Coleção MELHORES CRÔNICAS

Artur Azevedo

Direção Edla van Steen

Coleção Melhores Crônicas

Artur Azevedo

Seleção e prefácio
Orna Messer Levin e Larissa de Oliveira Neves

São Paulo
2014

© Global Editora, 2010
1ª EDIÇÃO, GLOBAL EDITORA, SÃO PAULO 2014

Diretor Editorial
JEFFERSON L. ALVES

Gerente de Produção
FLÁVIO SAMUEL

Coordenadora Editorial
FLAVIA BAGGIO

Preparação
ELISA ANDRADE BUZZO

Revisão
LUCIANA CHAGAS

Projeto de Capa
VICTOR BURTON

Imagem de Capa
RETRATO DE MODESTO BROCOS/COLEÇÃO FADEL

CIP-BRASIL. Catalogação na fonte
Sindicato Nacional dos Editores de Livros, RJ

A986a

Azevedo, Artur
 Artur Azevedo / Artur Azevedo ; seleção e prefácio Orna Messer Levin e Larissa de Oliveira Neves ; direção Edla van Steen. – São Paulo : Global, 2014.
 (Melhores crônicas)

Inclui bibliografia
ISBN 978-85-260-1670-5

1. Crônica brasileira. I. Título. II. Série.

12-1556.   CDD: 869.98
                                            CDU: 821.134.3(81)-8

Direitos Reservados
GLOBAL EDITORA E DISTRIBUIDORA LTDA.

Rua Pirapitingui, 111 – Liberdade
CEP 01508-020 – São Paulo – SP
Tel.: (11) 3277-7999 – Fax: (11) 3277-8141
e-mail: global@globaleditora.com.br
www.globaleditora.com.br

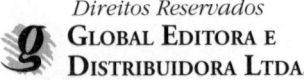
Obra atualizada conforme o
Novo Acordo Ortográfico da Língua Portuguesa

Colabore com a produção científica e cultural.
Proibida a reprodução total ou parcial desta obra
sem a autorização dos editores.

Nº de Catálogo: **2766**

Coleção Melhores Crônicas

Artur Azevedo

CENAS FLUMINENSES DE TODO DIA

Não seria exagero afirmar que Artur Azevedo (1855--1908) representa toda uma era do teatro brasileiro. Seu nome está intimamente ligado aos espetáculos produzidos no Brasil por cerca de quarenta anos, durante o último quartel do século XIX e início do XX (de 1870 a 1908). Apaixonado pelos palcos desde moço, escreveu não apenas algumas joias da nossa dramaturgia – a exemplo das sempre lembradas burletas *A Capital Federal* e *O mambembe* –, como também uma série de matérias jornalísticas sobre o meio artístico de sua época. Época, aliás, em que o teatro ocupava posição de grande importância na vida social fluminense.

Para o Rio de Janeiro, capital do Império e a mais importante cidade brasileira, logo transformada em capital da República, dirigiam-se pessoas de várias províncias à procura de conquistas pessoais e reconhecimento na vida pública. Em busca de oportunidades políticas, profissionais ou artísticas, ali chegavam jovens sonhadores e cheios de entusiasmo. Não por outro motivo, também Artur Azevedo, impulsionado pela vontade de se tornar escritor, migrou para a capital, em 1873, com apenas 18 anos de idade.

Nascido em São Luís do Maranhão, Artur Azevedo havia sido empregado, aos 13 anos, como caixeiro em um estabelecimento comercial a pedido de seu pai, um elegante e culto português que exercia a função de vice-cônsul, circulando nos mais altos meios sociais e literários da província. O rapaz não tardou, contudo, a deixar o trabalho no comércio para enveredar por outros caminhos. Iniciou-se na literatura, no jornalismo e no teatro, ensaiando alguns poemas e redigindo contos, crônicas, além de sua primeira peça: *Amor por anexins*, de 1870, que até hoje faz sucesso em palcos amadores e profissionais. Desde 1868, Artur Azevedo já publicava matérias em periódicos locais da província, como *Pacotilha* e *Semanário maranhense*. No ano de 1871, lançou *Carapuças*, uma coletânea de versos satíricos a respeito de figuras de sua terra natal e, no ano seguinte, participou da criação da revista literária *O Domingo*.

Chegando ao Rio de Janeiro, a versatilidade e a prodigalidade, que o acompanharam no início da carreira, não mudaram; pelo contrário, Artur Azevedo deu prosseguimento ao trabalho intenso como escritor, pondo em execução vários projetos simultâneos. As criações para o teatro fluminense tiveram impulso a partir 1876, quando se encenou *A filha de Maria Angu*, uma paródia da opereta francesa *La fille de Madame Angot*, que obteve excelente acolhimento pelo público. Naquele mesmo período entrava em cartaz outra paródia sua, *A casadinha de fresco*. Pouco depois seria a vez de *Abel*, *Helena* e *Nova viagem à Lua*. Todas, vale dizer, encantaram os espectadores, proporcionando aos artistas e empresários um retorno financeiro considerável.

Em 1883, depois de dez anos vivendo na Corte – quando já havia estado à frente da criação de uma revista (*Revista dos Teatros*, que durou poucos números) e de um jornal (*A Gazetinha*, que circulou por dezesseis meses), além de encontrar a estabilidade financeira num emprego público (adido, em 1875, e, logo depois, amanuense no Ministério da Agricultura, Viação e Obras Públicas) –, realizou um sonho de juventude, embarcando para a Europa.

Em Paris, conheceu os segredos da revista de ano, gênero musicado que reinaria nos palcos brasileiros por décadas. Assinou, sozinho ou em parceria, dezenove revistas de ano, sendo a primeira *O mandarim* (1883) e a última *O ano que passa* (1907). Quase todas alcançaram êxito e originaram provocantes polêmicas na imprensa com colegas de profissão, já que muitos exigiam de Artur Azevedo uma dedicação maior às comédias não musicadas, consideradas literariamente superiores.

Em paralelo ao trabalho como dramaturgo, Artur Azevedo sempre escreveu para periódicos e almanaques culturais, nos quais deixou espalhadas mais de quatro mil crônicas, além de dezenas de artigos, narrativas breves e poemas. De sua poesia dispersa foram reunidos alguns versos no volume *Rimas de Artur Azevedo*, publicado em 1909. O próprio escritor organizou a publicação de três coletâneas de sua prosa de ficção em *Contos possíveis* (1889), *Contos fora de moda* (1894) e *Contos efêmeros* (1897). Recentemente, em uma iniciativa sem par, o professor e pesquisador Antonio Martins de Araujo preparou a edição mais completa de que dispomos até hoje de todas as peças de Artur Azevedo (1983-1995).

No tocante aos escritos jornalísticos, no entanto, grande parte continua perdida na poeira das bibliotecas e dos arquivos. Para tentar sanar tal lacuna, a presente seleção de crônicas, originalmente publicadas na imprensa do Rio de Janeiro, oferece ao leitor uma recolha de textos inéditos que foram transcritos depois de selecionados diretamente nos microfilmes dos jornais pertencentes ao acervo do Arquivo Edgar Leuenroth, da Unicamp. Algumas matérias de Artur Azevedo para a imprensa motivaram pesquisas estimulantes e publicações anteriores de que esta seleta muito se beneficiou.[1]

---

1 Esta seleta se favoreceu dos trabalhos acadêmicos de Larissa de Oliveira Neves, *O Teatro: Artur Azevedo e as crônicas da Capital Federal (1894-1908)* (Unicamp, 2002); Rafaela Stopa, *As crônicas de Artur Azevedo na revista literária* O Álbum *(1893-1895)* (Unesp, 2010); Esequiel Gomes da Silva, *De Palanque: as crônicas de Artur Azevedo no* Diário de Notícias *(1885-1886)* (Unesp, 2010).

Sabe-se que a crônica, sem ter a pretensão de ser duradoura, nasceu e se desenvolveu nos rodapés das folhas diárias, ocupando-se de assuntos variados da vida comum. O comentário ligeiro sobre os últimos acontecimentos sociais, políticos ou artísticos, caracteriza o tipo de redação ágil e opinativa, que consolidou a crônica como um espaço de variedades, no qual o escritor podia exercer sua liberdade discorrendo a respeito de qualquer tema. De rodapé, a crônica passou a coluna vertical e, em seguida, chegou à página de abertura das edições de domingo, em sinal do prestígio que o gênero alcançou entre os leitores na virada do século XIX ao XX.

Muito marcada pela efemeridade da leitura diária, a crônica jornalística manteve a leveza de uma simples conversa, com "ar de coisa sem necessidade", na correta expressão de Antonio Cândido, que definiu sua perspectiva como a da "vida ao rés do chão". Assuntos corriqueiros e sem aparente relevância nela são flagrados pelo olhar atento do cronista desenvolto, que ora opina, ora faz anedota ou se abre para a rememoração do passado distante, com o qual estabelece relações ímpares. Artur Azevedo soube, como poucos, captar das coisas passageiras um ponto de observação sobre o momento presente. Aproveitou de cada flagrante uma cena dramática, da qual fosse possível extrair um gesto de indignação ou uma reflexão humorística. Suas crônicas, em tom de diálogo permanente com os leitores contemporâneos, parecem projetar vozes de uma conversa de rua, nascida ao acaso, e que se mostra bastante reveladora das preocupações do homem comum.

No lugar de cronista, Artur Azevedo se destacou, principalmente, nas páginas dos jornais *Diário de Notícias*, *Correio do Povo*, *A Notícia* e *O País*, em que manteve colunas semanais ou sessões diárias. Utilizou assinaturas diversas: A. A; apenas A.; o nome por extenso, Artur Azevedo; e pseudônimos correntes, como: Elói, o herói; Gavroche; X.Y.Z.; e Frivolino. Alguns desses codinomes migraram das colunas de um jornal a outro, sendo "Elói, o herói" o mais versátil de

todos. Vamos encontrá-lo no *Diário de Notícias*, em *Novidades*, *O Dia*, *O País*, e também na revista *A Estação*.
Além de escrever para as folhas diárias, Artur Azevedo participou da criação de revistas de literatura e cultura. Exercia, às vezes, múltiplas funções sendo ao mesmo tempo redator e editor, a exemplo do que ocorreu em *Vida Moderna* e *O Álbum*, periódicos nos quais fazia a cobertura dos espetáculos teatrais, no rodapé "O Teatro", e ainda mantinha a coluna "Crônica Fluminense". Entre 1886 e 1887 as crônicas de *A Vida Moderna* detectam sua atenção a questões de literatura e arte, com destaque à homenagem promovida em memória do poeta Fagundes Varela e à exposição de quadros de Berardinelli, assim como aos problemas de administração urbana – tanto nos comentários sobre a maneira como se manipulavam e conservavam alimentos perecíveis, especialmente carnes, quanto nas suas manifestações sobre o modo como eram transportados os cadáveres. Há ainda gestos de indignação com a mentalidade escravocrata da população fluminense e com os desvios morais dos dirigentes brasileiros, fossem eles funcionários públicos, como os da tesouraria de Pernambuco, que desviaram significativa soma de dinheiro dos cofres do Estado, fossem da família real, políticos ou membros do clero.
A coluna "Crônica Fluminense" seria retomada por Artur Azevedo em *O Álbum*, entre 1893 e 1895, para comentar os acontecimentos marcantes da semana, tais como um incêndio no Liceu de Artes e Ofícios, que comoveu a cidade, e a morte do editor francês Garnier, cuja personalidade controversa dividia os literatos. Junto às ocorrências semanais, ele aproveitava o espaço para opinar sobre temas políticos, como a Revolta da Armada e a Revolução Federalista, embora não fosse esse o objetivo da coluna.
Um dos rodapés mais importantes em sua carreira de cronista encontra-se em "De Palanque", publicado em três folhas distintas: *Diário de Notícias*, *Novidades* e *O Dia*, a partir de 1885. O autor desligou-se do *Diário de Notícias*

em junho de 1886, após um desentendimento com a direção do jornal, provavelmente motivado pelo seu excessivo entusiasmo frente à atuação da aclamada atriz francesa Sarah Bernhardt, na primeira visita dela ao Brasil. A crônica elogiosa, que entusiasmadíssimo redigiu após o espetáculo, não deixa dúvidas sobre a paixão do crítico pela diva.

Artur Azevedo voltaria a trabalhar no *Diário de Notícias* em outubro de 1886. No entanto, em 1887, um novo desentendimento levou-o a transferir sua coluna para o jornal *Novidades*, no qual permaneceu até julho de 1888, para então voltar ao *Diário,* com cujas diretrizes abolicionistas e progressistas se identificava. Nesse órgão da imprensa liberal discutiu ocorrências que mobilizaram a opinião pública, tais como o suicídio do menino Castilho, o alto preço cobrado pelos aluguéis das residências no Rio de Janeiro, a proposta de introdução de um imposto sobre celibatários convictos e a decisão de cidadãos da cidade de Resende de obrigar os sedutores de menores a se casarem com as moças desencaminhadas. O colunista utilizou, não raro, de sua pena para estabelecer uma interlocução direta com outros articulistas, com os quais debatia e polemizava. Também não se furtou a defender posições controversas e aproveitou da opinião influente para introduzir novos poetas e ajudar jovens escritores a se firmarem no cenário das letras nacionais, como foi o caso do estreante Olavo Bilac, cujos versos apresentou aos leitores da coluna. Artur Azevedo encerrou "De Palanque" em janeiro de 1890, no jornal *O Dia,* para onde se transferira em 1889.

Nesse período de importantes transformações para o Brasil, Artur Azevedo colaborou na revista para senhoras *A Estação*. Em sua coluna de variedades, intitulada "Croniqueta", festejou a abolição da escravatura, em 1888. No ano seguinte, quando se efetuou a mudança de regime político, iniciou sua colaboração no jornal republicano *Correio do Povo*, no qual passou a publicar a coluna "Flocos". Foram incluídos nesta seleção vários textos divertidos em que o cronista demonstra que a nova forma de governo não viria a mudar tanto assim a rotina dos brasileiros. Na crônica de 3 de dezembro de 1889 o articulista reclama, por exemplo, do tempo quente, e reivindica que a República consiga um feito jamais obtido pela Monarquia: acabar com a febre amarela, já que, eliminar o calor, ninguém conseguiria. Em alguns textos, demonstra seu carinho pela ex-família real brasileira, ao mesmo tempo que, em outros, se mostra um republicano convicto.

Nas décadas seguintes destacam-se duas colunas: "Palestra" (1893-1908), no jornal *O País*, e "O Teatro" (1894-1908), em *A Notícia*. Essa última constitui uma preciosa fonte de informações para estudiosos de teatro, visto que nela Artur Azevedo apresenta um panorama quase completo dos acontecimentos teatrais da cidade ao longo dos quatorze anos de sua produção como cronista semanal. Nas colunas de "O Teatro", fazia crítica aos espetáculos, divulgava ideias e opiniões sobre as mais recentes teorias dramáticas europeias, ou usava o espaço para discutir suas próprias produções. Outras vezes, fazia da coluna uma espécie de palanque para lançar campanhas em defesa dos artistas e da arte teatral. O leitor encontrará aqui, também, textos que revelam a luta de Artur Azevedo em prol da construção do Teatro Municipal do Rio de Janeiro, do qual foi o grande idealizador, e poderá conhecer melhor a sua faceta de cidadão generoso, presidente da Caixa Beneficente Teatral, um órgão concebido para auxiliar artistas e seus familiares em dificuldades financeiras.

Já da coluna "Palestra", publicada quase diariamente no jornal *O País*, a partir de 1893, o leitor encontrará textos em que o cronista aborda assuntos diversos, como em 27 de janeiro de 1902, quando reclama da falta de comemorações em honra ao centenário de nascimento do célebre escritor francês Victor Hugo. O artigo evidencia a admiração de Azevedo pela obra do grande romântico e pela cultura francesa, tomada entre nós como modelo de civilização. Mas, embora exaltasse os exemplos europeus, o cronista não deixava de demonstrar um profundo interesse pelas manifestações culturais eminentemente brasileiras, quando em face de expressões artísticas populares, como as pinturas de ex-votos, ofertadas a santos em ação de graças, e as festas folclóricas do Carnaval e do Bumba Meu Boi.

Encerram a presente coletânea algumas crônicas publicadas no jornal *O Século* entre 1906 e 1908 sob o título "Teatro a Vapor".[2] Em forma de diálogos diretos, o conjunto das situações nelas representadas revela a teatralidade existente em praticamente todos os escritos de Azevedo. Acontecimentos do dia e assuntos em voga na imprensa, como a novidade dos cinematógrafos, ganham destaque nas cenas que simulam conversas de rua. Com a leveza de uma conversa espontânea, o cronista capta as preocupações dos contemporâneos e se mostra um crítico afinado com seu tempo.

Desse modo o leitor encontrará nesta antologia uma gama variada de temas e preocupações representativas da versatilidade de Artur Azevedo, um cronista que se abriu ao debate dos problemas recorrentes na capital brasileira, ao final do século XIX, com a mesma intensidade com que se dedicou à dramaturgia e à crítica teatral, aqui ilustrada apenas pelos folhetins de *A Notícia*. O leitor com certeza irá sorrir quando perceber que vários dos temas comentados pelo autor continuam em voga hoje, mais de cem anos depois de publicadas essas crônicas. Artur Azevedo foi, sem dúvida, um cronista do Rio de Janeiro, atento às dificuldades da população que ali vivia e apaixonado pela arte dramática nela produzida.

Orna Messer Levin e Larissa de Oliveira Neves

---

[2] As crônicas do "Teatro a Vapor" foram selecionadas de ARAUJO, Antonio Martins de (Org.). *Teatro de Artur Azevedo*. Rio de Janeiro: Funarte, 2002. (Coleção Clássicos do Teatro Brasileiro, v. 5.)

CRÔNICAS

GAZETA DA TARDE

A PROPÓSITO DA
RUA DO OUVIDOR

13 de junho de 1884

Disse-me o outro dia um respeitável negociante, estabelecido à rua do Ouvidor, que os moradores e proprietários das casas da "grande artéria" seriam brevemente consultados sobre o projeto de macadmisá-la e iluminá-la por luz elétrica à sua custa.

A ideia não é má; quero crer, porém, que antes de se tratar do calçamento e da iluminação, os referidos cavalheiros deveriam, pelos meios a seu alcance, providenciar para que a reforma começasse pelas próprias casas.

Na rua do Ouvidor há estabelecimentos de luxo, dignos de um *boulevard* de Paris, como sejam o da *Notre Dame*, o do Sr. Douvizy, o do Sr. Zanha, e tantos; mas em compensação outros há que estão a pedir reforma urgente e radical.

* * *

O *Jornal do Comércio* devia dar o exemplo, ataviando o seu escritório de um modo digno da importância que justamente goza e da proteção merecida que lhe dispensa o público.

O seu escritório é o estabelecimento mais feio da rua do Ouvidor. É quase inaceitável com o seu largo balcão de taverna, com as suas teias de aranha, religiosamente conservadas, talvez por superstição, com as suas ruínas de papel poeirento e amarelecido pelos anos, com o seu velho e indefectível empregado de óculos e paletó de brim.

O grande órgão acha-se, contudo, em circunstâncias que lhe permitem andar de camisa limpa e botas engraxadas. O sacrifício é pequeno.

* * *

Demais – vamos lá! – todos nós que andamos a trocar pernas por este mundo, até que um dia nos chamem a contas no outro, nos comprazemos com as exterioridades, deixamo-nos levar pelas aparências, e muitas vezes absolvemos os vícios do conteúdo pelas virtudes do continente.

Ora, eu estou sinceramente convencido de que o jornalismo brasileiro não será uma causa bastante séria enquanto servir de escoadeiro passivo à bílis pública, enquanto as nossas leis o autorizarem a publicar sem responsabilidade, ou com uma responsabilidade fictícia, os insultos de toda a natureza que, por seis vinténs ou meia pataca à linha, todo o mundo dirige a todo o mundo.

Quando assisti sábado passado à primeira representação do *Gran Galeoto*, o admirável poema dramático, que neste momento extasia o público fluminense, fiz comigo a seguinte consideração:

– Que comédia imortal escreveria José Echegaray se vivesse no Rio de Janeiro, ou se em Madrid houvesse essa coisa que nos envergonha tanto como a escravidão, a mofina! A calúnia da mesma espécie que circula na *Puerta del Sol*, na *calle de Alcalá*, ou no *Fornos*, e provoca a tremenda catástrofe do belo drama espanhol, no Rio de Janeiro é posta em letra de forma, é impressa em jornais de grande tiragem que a vão levar à casa de todas as famílias, que a colocam sob todos os olhos, que a divulgam, que a popularizam! O *Gran Galeoto* intitular-se-ia entre nós *A Mofina*, e seria mais vibrante, mais impetuoso, mais dramático ainda.

* * *

Convenho que, até certo ponto, há uma tal ou qual igualdade nesta prerrogativa imoral que tem aqui toda a gente de dizer o que pensa ou o que não pensa do próximo.

Está no caráter do indivíduo injuriado dar ao desprezo a injúria anônima, ou pagar-se na mesma moeda se consegue desvendar a máscara do insultador covarde.

Eu, que me prezo de ser um homem honrado, considerar-me-ia indigno dessa classificação no dia em que insultasse alguém e não assinasse o insulto, ou, se o assinasse e fosse chamado a juízo, desse por mim um *testa de ferro*.

Convenho ainda que a *mofina* é para certo e determinado número de pessoas, que vivem, por fás ou nefas, da publicidade, uma espécie de termômetro, por onde aferem a sua importância social, política, científica, literária ou artística. Encarada por esse lado, a *mofina* torna-se quase elemento necessário.

O infeliz, que manda levar artigos injuriosos e anônimos ao escritório de uma folha, não gasta certamente o seu rico dinheiro senão contra individualidades que lhe fazem sombra, que lhe causam inveja, ou pela perfeição do seu trabalho, ou pelos aplausos com que as distingam, ou pelo dinheiro que lhes rendam, ou por outra circunstância qualquer.

* * *

Eu, por exemplo, experimento uma satisfação indizível quando leio nas colunas de qualquer jornal certas descomposturas que, por via de regra, aparecem logo depois da exibição de qualquer trabalho meu, que tenha agradado, merecida ou imerecidamente.

Aquela satisfação renova-se quando encontro sucessivamente os duzentos amigos, que me dão duzentas vezes a notícia da publicação.

Não me acusem de paradoxo, se lhes disser que, a respeito de *mofinas*, a minha frase é esta: Deus não me falte com elas!

Sim! Que o seu desaparecimento será prenúncio da minha decadência.

* * *

Durante longo tempo fui, a propósito de teatro, insultado nas colunas públicas de uma folha diária.

(Entre parêntesis: o autor dessas *mofinas*, que escrevia corretamente, e por vezes – custa a crer! – quase conseguia ter graça, há muito tempo não bole comigo. Não me agrada o armistício; mas é natural que o *mofineiro* reapareça, se ler este escrito. Faz-me esse obséquio, sim?)

As tais *mofinas* que – coitadinhas! – não me amofinavam, apareciam sempre nos primeiros dias de cada mês. Essa regularidade fez-me crer que fossem devidas à pena de algum pobre diabo que, como eu, envergasse talvez a libré do Estado, e tivesse talher nos banquetes do dia primeiro.

Era uma conjectura, uma simples conjectura; nunca soube, não sei, nem quero saber quem fosse.

Mas no meu foro íntimo sentia-me feliz por figurar na menstrua do meu desconhecido agressor, e reproduzia-a mentalmente, pelo seguinte modo:

Casa	30$000
Comida	50$000
Roupa lavada e engomada	20$000
Bondes	15$000
Alfaiate	20$000
Calçado	10$000
Etc. e tal	5$000
Despesas miúdas	6$000
Artur Azevedo	20$000
	166$000

Tive até ímpetos de procurar saber quem era o Dom Quixote que atacava de viseira caída os moinhos de vento da minha suscetibilidade literária, não para vingar-me das punturas de sua lança; mas simplesmente para aumentar, em sinal de gratidão, a minguada verba destinada no seu orçamento às despesas miúdas.

* * *

Mas agora reparo que fugi do meu assunto e espraiei-me em considerações pessoais.

Peço ao leitor que me desculpe, e sem dúvida o fará, se atender à circunstância de ser a *mofina* um dos trastes mais salientes do caráter nacional. Tratei de um costume. A minha pessoa foi um incidente.

Vou reatar o fio do meu pensamento.

* * *

Em pouca gente produzem as *mofinas* o mesmo efeito que em mim. Nem todos têm a minha filosofia. Pessoas há que se incomodam muito com tais publicações, não obstante reconhecerem que são filhas legítimas da inveja, e que a inveja é o elogio, senão mais lisongeiro, ao menos mais sincero.

* * *

Esse horror pelo insulto prejudica moralmente o grande órgão da rua do Ouvidor.

Atenuá-lo será uma providência.

Mas de que modo?

Reconheço que é impossível dar de mão a *mofina*, que constitui uma fonte de grande receita. Aos legisladores compete exterminá-la.

O que é preciso é, como já disse, enfeitar o escritório, iludir pelas aparências.

Há certas mulheres da vida airada, que, sentindo-se envelhecer, e desenganadas de que já ninguém as quer comprar, alugam em bairro sério, sossegado, uma casinha pobre e de aparência honesta, vestem-se de preto, fazem-se passar por viúvas recatadas, e deixam-se conquistar pelos papalvos, que facilmente se consolam gamenhos de que elas não lhes podem dar pela convicção – coitados! – de que em tempo a ninguém o deram.

Outras, em lobrigando ao longe o fantasma da velhice, fazem justamente o contrário: requintam de luxo, pedem às joias, às sedas e aos arrebiques de toucador e renovação dos seus encantos.

O público, essa entidade pagante, que sustenta igualmente as meretrizes e as publicações a pedido, prefere ao tugúrio da viúva a plástica do *cold-cream*.

* * *

O antro soturno do *Jornal* deve despir aquele ar inquisitorial e quase fúnebre; deve polir-se, envernizar-se, pintar-se. Evoque um Mefistófeles que o remoce, para seduzir Margarida, o público; ponha ao balcão catita meia dúzia de *petits crevés,* de pastinhas e flor ao peito, ou mesmo um enxame de moças bonitas, para o serviço das *mofinas.*

O que só me desgosta, quando o meu Dom Quixote supõe que me agride, é – creiam! – lembrar-me de que aquela descompostura passou logo pelas mãos de tal velhote, que podia ser meu avô, e é por demais respeitável com os óculos e o seu paletó de brim.

Artur Azevedo

O MEQUETREFE

OS SUICÍDIOS

30 de janeiro de 1885

Emílio Gondolo!
Augusto Francisco dos Santos!!
Francisco José Rufino de Sousa Lobato!!!
João da Silva Lomba!!!!
Décio da Costa Machado!!!!!
Uns atrás dos outros!
Onde vai isto parar?
Que diabo! os Srs. infelizes, quando quiserem matar-se, façam-o com o maior segredo possível, e sem *reclames*.
Está provado que o suicidar-se é tal qual o comer e o coçar: a coisa está em principiar.
Matem-se, mas não matem os outros.

* * *

Ao primeiro, ao que abriu a marcha, o pobre Gondolo, devemos sem dúvida os quatro suicídios que lhe sucederam em tão curto espaço de tempo. Foi uma espécie de *reclame*.
Como se sabe, o Gondolo era a *reclame* humanizada.
O segundo, uma criança de 19 anos, que se matou porque uma mulher lhe havia dito (dizem) que crescesse e aparecesse, deu maior coragem ao terceiro, Sousa Lobato, um velho quase septuagenário, sem família, sem ilusões e sem moléstias.

O quarto envenenou-se com estriquinina, sem declarar os motivos porque o fazia. E João Lomba era rapaz elegante, simpático e até bonito... *Cherchez la femme*.

O quinto foi ainda uma criança apaixonada: pobre mãe!

* * *

Rogamos ao sexto (que ainda não se sabe quem será) que, enquanto é tempo, reflita que o suicídio é uma coisa absurda e incoerente.

Se um homem se mata por uma mulher, ou uma mulher por um homem, é raro que, aquela ou este, passada a primeira impressão, não se ria de um disparate tamanho, e não se envolva a memória do morto, ou da morta, numa nuvem pesada de ridícula.

Todo aquele que se mata por dívidas é um caloteiro como outro qualquer, que foge à responsabilidade do pagamento.

O arrependimento e o trabalho salvam todas as culpas; ou na religião que professamos é fácil achar saída para tudo, ou Deus é um sofisma, como diz Fontoura Xavier.

Abula-se a pena de morte.

A.

DIÁRIO DE NOTÍCIAS "DE PALANQUE"

21 de outubro de 1885

Quando o Exm. Sr. Conselheiro Martim Francisco propôs, há uns anos, ao Parlamento, que no Brasil, como na antiga Esparta, se lançasse um imposto sobre os celibatários, a imbecilidade nacional expandiu-se num riso escarninho e alvar. Não houve sátira que não atirassem contra o venerando deputado, e os doutos Licurgos da Cadeia Velha nem ao menos concederam ao projeto as honras da discussão.

Pois bem: num dos últimos números do *Figaro*, jornal que raro toma a sério qualquer ideia, Albert Millaud, o mesmo escritor alegre da *Niniche* e de *Madame l'Archiduc*, discute o imposto dos celibatários com a gravidade digna do assunto.

Trata-se neste momento em França de inventar novos impostos, para fazer desaparecer o déficit que nos primeiros oito meses do corrente ano se elevava já a 17 milhões de francos sobre o exercício precedente.

"Parece-me, diz Albert Millaud, que chegou a ocasião de trazer de novo à baila um projeto timidamente proposto há alguns anos já me não lembra por quem. Esse projeto não é outra coisa senão o imposto sobre os celibatários."

Agora peço toda a atenção para os argumentos produzidos pelo distinto jornalista. Vou traduzi-los, para edificação dos meus leitores:

"Não me parece que possa alguém opor-se a uma taxa que atingirá diretamente uma classe refratária da sociedade, e ao mesmo tempo representará o resgate dos inimigos do casamento. A sociedade baseia-se efetivamente sobre este poderoso princípio que se chama a família. Para constituir um Estado civilizado, o casamento regular, a paternidade legítima, a hereditariedade, a moral – são elementos absolutamente indispensáveis. Todo indivíduo do sexo masculino, chegando à idade de 25 anos, deve consagrar à sua pátria as forças viris e a aptidão para a família. Tem a obrigação natural e moral de procurar mulher, de produzir filhos e de criar um *fogo*. É a reunião dos fogos que constitui a sociedade.

"Ora, o celibatário naturalmente só subtrai a todo o dever para com a sociedade. Indivíduo inútil sob o ponto de vista da reprodução da espécie, nenhuma vantagem oferece ao país em que vive. Isola-se voluntariamente do comércio de seus concidadãos. Em nada participa das necessidades de seus semelhantes. É inútil, ineficaz e perigoso.

"Direi mais: é culpado. O celibatário é fatalmente o elemento principal da libertinagem, da corrupção e do vício. Sujeito, como os outros homens, aos apetites do sexo, é obrigado a satisfazê-los. Para isso só tem dois meios: recorrer à prostituição ou ao adultério. Dir-me-ão que há homens casados que se dão perfeitamente com estes dois recursos, estranhos ambos ao seu lar doméstico. É possível; mas os esposos infiéis são coagidos ao mistério. Só pecam às furtadelas, com infinitas precauções. Afrontam a polícia correcional, o divórcio, o escândalo. Esperam a menor falta com transes contínuos e sobressaltos constantes. Lamentemo-los; não os castiguemos.

"Mas o celibatário faz o que quer, às escancaras. Salvo a questão secundária do duelo, afora algum processo escandaloso que, aliás, lhe lisonjeia a vaidade, o celibatário seduz a mulher do próximo com delícia, com ostentação, com glória.

[...]

"Acrescentai ainda ao passivo dos celibatários o fato de deixarem em França mais de três milhões de mulheres absolutamente improdutivas. Uma mulher que não casa não é um ente nulo. Se se prostitui, é um perigo, uma nódoa, uma peste. Só podem produzir filhos ilegítimos, sem nome ou com um nome manchado. Que será deles? Não é entre esses filhos, que não pediram que os pusessem no mundo, que devemos procurar a maior parte dos revolucionários a todo transe e dos criminosos do direito comum? Todos, ou quase todos que são frutos de celibatários. O celibatário, que os procriou, está mesmo protegido contra eles pela lei civil. O filho não pode procurar o pai que o tornou desgraçado, que o abandonou...

"Evidentemente, não podereis obrigar um homem a casar. Antes de tudo, o livre-arbítrio. Não podeis impor a um homem que ame, e é preciso admitir que o casamento se baseie sobre inclinação afetuosa entre um homem e uma mulher. Nem sempre assim é; mas o legislador deve supor o amor no casamento: assim o exige a moralidade desta instituição desacreditada.

"Podereis, porém, dizer ao celibatário o que outrora dizeis ao conscrito, e o que hoje dizeis ao voluntário de um ano.

"– Se não queres casar, resgata-te.

"O imposto da paternidade e da família não é menos sagrado que o imposto do sangue. Libertais um soldado por 1.500 francos, pagos de uma vez; bem podeis exigir do celibatário um tributo equivalente."

Depois de encarar a questão pelo lado financeiro (e não é essa a parte menos interessante do artigo a que me refiro), conclui deste modo o meu eminente confrade:

"Permitam-me agora uma confissão, para dar mais força, mais peso a esta crônica, que nada tem de paradoxal. O indivíduo que escreve estas linhas é solteiro e conta ficar solteiro toda a sua vida. É uma vocação. Não dissimula as culpas em que tem incorrido contra a sociedade, e é justamente para de algum modo livrar-se das censuras, e evitar remorsos a si e aos seus congêneres, que propõe ao país um tributo que lembra o das cem donzelas. Se os celibatários não contribuem para povoar o país, sirvam ao menos para restaurar as finanças."

Ofereço, pois, este artigo ao Sr. Conselheiro Martim Francisco, e rogo à Sua Ex. que, na próxima reunião do Poder Legislativo, insista de novo pela adoção de uma medida de tanto alcance político e social.

Não esmoreça diante do muito riso e do pouco sizo dos seus compatriotas.

Elói, o herói

26 de outubro de 1885

No Rio de Janeiro uma coisa para a qual se desvia o olhar seriamente é a carestia dos aluguéis das casas. Apesar do muito que nestes últimos tempos se tem construído nos bairros suburbanos, as casas continuam pela hora da morte; o preço dos aluguéis, em vez de baixar, sobe consideravelmente.

Por menos de cem mil-réis mensais é impossível encontrar um buraco limpo onde uma família, que se preze, se meta com os respectivos cacarecos. Ora, um chefe de família, para pagar todos os anos um conto e duzentos mil--réis de casa, é preciso que tenha, pelo menos, cinco contos de réis de rendimento.

O aluguel da casa é entre nós o fantasma negro do pobre. Mal tem ele pago, tarde e a más horas, o do mês passado, já o do mês corrente se levanta ameaçador e terrível. É a sua pedra de Sísifo.

Cidadãos, que gozam de certa posição oficial, como, por exemplo, os chefes de seção das secretarias de Estado, veem-se obrigados: ou a desequilibrar o seu orçamento, sacrificando muita coisa de primeira necessidade ao aluguel da casa, ou a encafuar a prole num pardieiro imundo, acanhado, infecto e mortífero.

Custa a crer que numa cidade onde há lugar para – que sei eu? – para uma população cem vezes maior que a atual, e num clima como o nosso, haja casas sem quintal, quintais sem largueza, alcovas que mais parecem enxovias, sem espaço, sem ventilação, sem luz, sem nada! – e casas de jantar agarradas às cozinhas, e geralmente ligados os lugares em que se come àqueles onde... antes pelo contrário.

Um rapaz solteiro, empregado do comércio, funcionário público ou estudante, dispondo de ordenado pequeno ou pequena mesada, não arranja por menos de trinta mil-réis um cochicholo arejado e limpo. Há por aí proprietários ou sublocadores que por pouco preço alugam "cômodos", mas estes com mais propriedade deveriam chamar-se "incômodos".

De resto, sempre que se trata de desembolsar dinheiro, quer alugando casa, quer comprando botas, deve se ter sempre presente o ditado: o barato sai caro. No Rio de Janeiro eu não conheço nada mais caro do que uma casa barata.

* * *

E outra coisa: sabe o leitor de tormento maior que o de "procurar casa"? Coitado de quem precisa pôr os quartos na rua. Tem que ler a seção *Aluga-se*, do *Jornal do Comércio*, e, como se isso não bastasse para dar-lhe direito ao reino dos céus, tem que visitar centenas de casas vazias. Ao cabo desse medonho sacrifício, farto de pedir chaves nas "vendas próximas" e de se encher de mau humor e pulgas, rende-se o pobre diabo, passivamente e de má vontade, à ganância de um senhorio, que se lhe constitui herdeiro em vida, e com carta de fiança, passa por "homem estabelecido".

* * *

Estando, pois, no rol dos impossíveis encontrar nesta cidade uma casa boa e barata, não posso deixar de aplaudir o Sr. Augusto Gomes Ferreira, que ontem inaugurou a sua Vila Blandina.

Que vem a ser a Vila Blandina? Um grande terreno, situado na fralda daquela pitoresca montanha do Mundo Novo, que se ergue altiva entre Botafogo e Laranjeiras, e está mesmo a pedir um túnel, que ligue as ruas Cardoso Júnior, deste, e Bambina, daquele bairro.

No terreno caberia um palácio, mas o Sr. Ferreira, que não tem nada de tolo, e muito de democrata, construiu nele, em vez de um palácio, dezesseis elegantes casinhas de pedra e cal.

A Vila Blandina proporciona a pequenas famílias estas imensas vantagens: morarem nas Laranjeiras, que, na opinião de muita gente, é o melhor bairro da cidade; terem todas as comodidades imagináveis, inclusive telefone ou teléfono (estou à espera da decisão de *Escaravelho*), e pagarem apenas sessenta mil-réis (creio) de aluguel mensal.

Em pouco tempo a Vila Blandina terá o dobro das casinhas que hoje tem, e ocupará duas ruas, das quais apenas a primeira se acha por enquanto aberta. Para esse tempo apelem as famílias que, despertadas por este artigo, tarde piarem: o que está feito não chega para as encomendas.

* * *

O Sr. Ferreira é um cavalheiro de fina educação, que retirou do comércio uma fortuna sólida e honesta, e de instante a instante, a propósito de tudo, diz *sim, senhor*.

– Isto aqui é a sala de visitas, sim senhor. Há *bonds* de tostão até à cidade, sim senhor...

Mas folgo de reconhecer que o proprietário da Vila Blandina é inteligente, bem conversado, sim senhor; e, confiado apenas na minha intuição frenológica, afianço que ele há de ser a pérola dos senhorios, sim, senhor.

Elói, o herói

16 de novembro de 1885

É um dever de boa camaradagem transcrever o seguinte artigo, que, sob o título *Os celibatários*, acaba de publicar no *Diário Mercantil*, de S. Paulo, o meu amigo Urbano Duarte; mas mesmo quando assim não fosse, eu faria a transcrição, porque confesso que estou sem assunto, que malandrei o dia inteiro, e são horas de atender ao paginador do *Diário de Notícias*, que reclama o "De Palanque".

De resto, estou convencido de que os meus leitores, apesar de benévolos, desejariam bem ver-me todos os dias tão bem substituído.

Eis o artigo de Urbano Duarte:

> São dignos de ler-se os artigos ultimamente publicados no *Diário de Notícias* a respeito da questão do imposto sobre os celibatários, questão levantada por *Elói* no sempre apreciado *De Palanque*. Por indiscrição deste último escritor, sabemos serem eles da lavra do Dr. Domingos Maria Gonçalves, ex-redator da *Folha Nova* e atual da *Gazeta de Notícias*, jornalista tão provecto como modesto e desinteressado.
>
> Opina contra o referido imposto, aduzindo argumentos ponderosos e reflexões sensatíssimas.
>
> Cada qual tem o direito de constituir ou não família legal, conforme o permitam as variadíssimas condições físicas e sociais dos indivíduos.
>
> O legislador não deve intervir neste assunto extremamente melindroso, complexo, ligado a considerandos de ordem muito especial, e cujo *criterium*

depende exclusivamente da plena liberdade e livre escolha dos interessados. Case-se mais que depressa quem todos os meses puder impavidamente afrontar com o proprietário, com o homem da venda, com o açougueiro, e o padeiro, e o alfaiate, e *tutti quanti* vieram ao mundo para martírio da humanidade arrebatada; mas que se defenda de tomar mulher perante Deus e o mundo aquele que não tiver fundos bastantes para operar tais proezas. Melhor é que fiquem em casa a apanhar moscas ou a esgravatar no nariz, pensando na vida.

* * *

Sabemos que os meios pecuniários não determinam por si só a felicidade conjugal. Mas são um dos fatores essenciais da prosperidade doméstica, porquanto a falta de numerário traz consigo a desinteligência e a desarmonia nos casais pobres.

Diz o rifão que "casa onde não há pão todos gritam e ninguém tem razão".

Concorrem e muito, para a boa constituição da família, a conformação da índole e da educação dos cônjugues, dependentes das famílias de que são oriundos e do meio social em que afeiçoaram os respectivos caracteres.

O autor dos artigos a que aludimos externou a este respeito um conceito tão profundo e exato, que poderia passar com força de axioma para os tratados de filosofia matrimonial.

Diz, pouco mais ou menos o seguinte:

Quando a esposa é *complemento* do marido, isto é, quando ela participa dos seus trabalhos, quando o auxilia, o ama, o considera, quando se torna companheira fiel e meiga, consoladora dos seus infortúnios e eco dulcíssimo das suas glórias e das suas alegrias: – não havendo dinheiro, é bom; mas se a burra está recheada, então é *xpto*!

(Esta redação é gracinha do cronista, e não do Dr. Gonçalves).

Quando a esposa é apenas um *suplemento* do homem, quando este a considera máquina de prazer, um luxo, uma teteia de salões, então é que ela se torna alheia aos interesses, às ideias e aos sentimentos do esposo, então – se não há na gaveta aquilo com que se compram os *filets* – é mau; se, porém, a opulência cobre o casamento com as dobras do seu manto dourado – é péssimo, é horrível, é para fazer um pobre diabo suicidar-se por estrangulamento nos chifres do belzebu.

* * *

Mas pelo amor de Deus, meu Urbano! Aí vens tu com a velha cantiga! Que diabo! não queres ou não podes casar? Pois não te cases; ninguém te obriga. Mas com os seiscentos! paga (e não bufes!) o direito de gozares tamanha liberdade, aproveitando os frutos da boa ordem social, produzida pela família.

O mesmo posso dizer ao *Diário de Sorocaba*, que em artigo editorial, publicado em 13 do corrente, defende os celibatários, não contra o imposto, mas contra o casamento. Se amanhã lançassem uma taxa sobre cães, o que seria justo, ninguém mataria o seu *Totó* para furtar-se ao pagamento. Assim, votado o imposto dos celibatários, ninguém se casaria para o fim exclusivo de fazer uma economia absurda. Os cofres públicos, mais do que as moças solteiras, teriam justos motivos para exultar.

* * *

A propósito do meu artigo de anteontem disse *Escaravelho*:

> O herói tem um gostinho particular em dizer-nos onde jantou na véspera, principalmente se o jantar foi bom. Ficamos sabendo que jantou com o Bernardelli, e qual foi o rol dos guisados. Eram todos a este e àquele; mas, quando chegou o *dindon*, não sei por que suprimiu à *Artur Azevedo*.

Por uma razão muito simples: o *dindon à Artur Azevedo* pareceu-me epigrama e epigrama injusto, porque o meu melhor amigo não tem nada de *dindon*, na acepção que lá está. Pelo mesmo motivo suprimi também as *huitres à Luís de Castro*.

Elói, o herói

12 de dezembro de 1885

Os pais de família de Resende acabam de dar um grande e salutar exemplo aos pais de família dos outros municípios do Império.

Senão, vejam a notícia que neste momento me deparou a *Tribuna de Parati*:

> Em Resende reuniram-se muitos chefes de família, e, formando um grupo de duzentas pessoas, procuraram Joaquim de Freitas Guimarães, sedutor de uma menor na Corte, e intimaram-no a casar com ela.
> O casamento efetuou-se com grande satisfação de todos.

Imaginem o Freitas com essas duzentas bengalas erguidas sobre a sua má cabeça, e digam-me se Damocles passou por maior tormento durante o régio festim de siracusano.

Ah! que se todos os pais de família tomassem a humanitária e moralíssima resolução que moveu aquelas quatrocentas pernas resendenses, os Freitas não andariam, como andam, à ufa, pirateando por mares nunca dantes navegados.

Numa terra em que, por via de regra, a ação da justiça é tão demorada, e as mais das vezes improfícua, não é mal cabida a intervenção do petrópolis e da peroba.

De hoje em diante já sabem as infelizes Margaridas a quem devem recorrer contra os Faustos de chapéu alto e colarinho postiço. Ainda há juízes em Resende.

* * *

Um espirituoso colega, tendo lido o recitativo, que eu transcrevi há dias, no qual o poeta Firmino Cândido de Figueiredo teve a pachorra de acumular quatro consoantes em cada verso, escreveu e enviou-me a seguinte versalhada, que assinou modestamente com o pseudônimo de *Florete*:

> Da imprensa a crença que avassala cala,
> A história inglória deste chefe escreve,
> Reclama clama contra a gente ingente,
> Que o medo tredo nem se quer descreve.
>
> Se a lua a rua não clareia, anseia
> A vasta casta das burguesas panças!
> Correm ou morrem, pois a malta salta,
> Voa o *nagoa* sobre as panças mansas.
>
> Fala a bengala da *baderna* eterna,
> Talha a navalha quantos *pintos* acha,
> Graças à praças do Coelho, espelho
> Que um soco louco nem de leve racha.
>
> Severo, austero, seu vetuso busto,
> Altivo, esquivo, toda a imprensa arrostra!
> A troça engrossa, vão surgindo e vindo,
> Darios pios da polícia amostra.

Ao Sr. Coelho Bastos não fará bom cabelo este *Florete*, que só teve lugar na minha panóplia por me parecer generosamente embolado.

* * *

Se o leitor tiver hoje um momento de folga, venha até o escritório do *Diário de Notícias* pasmar diante do Golias dos inhames.

O monstro nasceu e cresceu numa fazenda de Pindamonhangaba, com a tenção formada de dar de comer a um exército. Infelizmente, parece que ele está condenado a apodrecer, na sua qualidade de fenômeno, sem que nenhuma dentuça humana se atole na sua massa opulenta.

* * *

O nome de Olavo Bilac bem cedo fulgurará entre os melhores da nossa literatura. O leitor não conhece talvez esse poeta, que raramente aparece na *Semana* ou na *Estação*. Vou ter a honra de apresentá-lo, por intermédio de dois magníficos sonetos.

Eis o primeiro que ofereço ao leitor barbado:

NO LIMIAR DA MORTE
Grande lascivo! Espera-te voluptuosidade do nada!
Machado de Assis (*Brás Cubas*)

Engelhadas as faces, os cabelos
Brancos, ferido, chegas da jornada.
Da infância os dias lembras e, ao revê-los,
Que fundas mágoas n'alma lacerada!

Paras. Palpas a treva em torno. Os gelos
Da velhice te cercam. Vês a estrada
Negra, cheia de sombras, povoada
De espectros torvos e de pesadelos.

Tu, que amaste e sofreste, agora os passos
Para meu lado moves. Alma em prantos
Deixas os ódios do mundano inferno!

Vem! que enfim gozarás, entre meus braços,
Toda a delícia, todos os encantos,
Toda a volúpia do descanso eterno!

Agora o segundo, que vai com vistas à leitora:

PASSEIO MATINAL

Sai a passeio, mal do dia nasce,
Bela, envolvida em roupas vaporosas...
E mostra às rosas do jardim, as rosas
Frescas e puras que possui na face.

Passa... e todo o jardim, por que ela passe
Atavia-se: há falas misteriosas
Nas ramagens, saudando-a respeitosas...
É como se uma sílfide passasse!

E a luz cerca-a, beijando-a: o vento é um choro,
Curvam-se as flores trêmulas; o bando
Das aves todas vem saudá-la em côro!

E ela vai, dando à luz o rosto brando,
Às aves dando o olhar, ao vento o louro
Cabelo, e às flores os sorrisos dando.

Veem, pois, que não é preciso ser profeta para assegurar a Olavo Bilac um brilhante futuro nas letras brasileiras.

Elói, o herói

15 de dezembro de 1885

Há dias, a propósito do suicídio do menino Castilho, eu escrevi estas palavras: "Mas, piedade à parte, que homem daria uma criança que pensa em morrer na idade em que as outras crianças só pensam em brincar? Que trinta anos dariam aqueles treze anos?". Valentim Magalhães, num belo e comovente artigo, publicado na *Semana*, achou as minhas palavras "de uma filosofia tão cruel quanto banal".

Ora, com franqueza, nesta questão é natural que o meu objetivo seja mais exato que o de Valentim Magalhães...

Eu me explico: o ilustre moço foi criado com todo o mimo, e ainda hoje – francamente – é o tipo melindroso do menino brasileiro; esteve de pensionista num colégio onde nada lhe faltava; frequentou durante cinco anos a academia de S. Paulo, com larga e pronta mesada, e ali conquistou esse pergaminho que é o "Sezamo, abre-te" de todas as posições sociais na nossa terra; logo depois de formado, esposou por inclinação a priminha de quem era o "noivo" desde pequerrucho. Nunca lhe faltaram cuidados de família. Jamais conheceu a *quebradeira*, na acepção fundamental e genuína deste vocábulo medonho.

Agora eu: aos 13 anos, em 1868, justamente na idade em que o menino Castilho se enforcou, tiraram-me dos estudos, e "arrumaram-me" numa casa de comércio, donde só saía para ver minha mãe (e estava a duzentos passos dela) de quinze em quinze dias – e onde o meu emprego consistia em varrer duas ou três vezes por dia o armazém e o escritório, de manhã muito cedo dar a bomba num poço e encher uma tina d'água para a mulata do meu patrão tomar banho.

Ordenado nenhum; davam-me casa e comida; naturalmente não achavam pouco...

Não tenho a ridícula pretensão de fazer aqui a minha autobiografia. Basta confessar que, depois de numerosas peripécias, cheguei ao Rio de Janeiro aos dezenove anos, com um número igual de ilusões e de cartas de recomendação, mas sem vintém no bolso. As ilusões, guardei-as – por sinal que ainda conservo algumas. Quanto às cartas de recomendação, só me servi de quatro, e rasguei as outras quando um senador da minha terra, depois de ler a quarta, em que lhe diziam que eu era um rapaz inteligente e com muita disposição para letras, ofereceu-se para arranjar-me em algum lugar de condutor de *bond*, e ainda era preciso que eu pedisse emprestados a um usuário os 200$ precisos para a respectiva fiança. Agradeci e recusei a proteção do grande homem, "apesar de que (acrescentei), num lugar de condutor de *bond*, como em qualquer outra posição que estivesse reservada aos meus acanhados méritos, eu teria o prazer de ver sempre S. Ex. adiante de mim..." O que equivaleu a chamar-lhe de burro.

Durante muito tempo fui mestre de meninos, adjunto a certo colégio, e os meus únicos recursos eram 40$000 com que o dono do estabelecimento remunerava (por não poder fazê-lo melhor) as seis horas de serviço diário que eu lhe prestava. Com esse dinheiro eu, que não era nenhum Bocage, tinha que pagar casa, comida, roupa, calçado e tabaco.

E o caso é que os 40$000 réis e eu entendíamo-nos perfeitamente, se bem que nos separássemos sempre no primeiro do mês para não nos tornarmos a ver senão daí trinta dias. Mas o meu bom humor, esse é que, graças a Deus, nunca se separou de mim.

Portanto, não é muito que um sujeito que soube resistir, e ainda hoje resiste heroicamente, a tantas dificuldades, ponha de parte o sentimento, todo individual, da piedade, quando se trata de comentar publicamente um fato cujo exemplo lhe parece pernicioso.

* * *

Diz Valentim Magalhães:

> Vieram-me lágrimas aos olhos ao ler o tópico em que, depois de haver dito que fizera uma vez a pé o trajeto da rua da Real Grandeza, em Botafogo, à rua Sete de Setembro, a pobre criança, escreveu: "Ora... isso... bem pensado, não é para ter pena e doer o coração?...".
> É sim, pobre criança, e para doer o coração de quem não o tenha empreendido ao egoísmo ganancioso da vida mercantil. Teus patrões, infeliz José Castilho, julgaram talvez que de sobejo pagavam o teu trabalho – não te deixando morrer a fome. Pensavam de acordo com o seu tempo e com as condições do país em que vivem.

Bem se vê que o distinto escritor fluminense nunca foi obrigado a percorrer a pé uma grande distância por falta absoluta de um níquel para o bonde, e faz deste exercício, maçante embora higiênico, ou higiênico embora maçante, um bicho de sete cabeças. Pois a mim aconteceu essa *desgraça* um ror de vezes, mas nunca achei que uma viagem forçada fosse motivo para outra viagem mais forçada ainda, e mais longa, como é da morte.

V. Magalhães fala do tempo em que vivemos. Ora, pelo amor de Deus! Há trinta anos os caixeiros nem licença tinham para usar bigode; dormiam sobre o balcão e eram tratados como hoje não se tratam os escravos. Meu sogro – um respeitável negociante – contou-me que o seu amo constantemente lhe dava ordens desse jaez: – Ó menino, vá receber esta conta em Botafogo; *de caminho* passe pelo Saco de Alferes e deixe este embrulho em casa do Sr. Fulano.

Escusado é dizer que não lhe davam dinheiro, nem ele o tinha, para não ir a pé.

Entretanto, toda essa geração de caixeiros, que são hoje a honra e o esteio do nosso comércio, escapou ao desânimo e, consequentemente, ao suicídio.

* * *

Hoje os tempos estão mudados; o caixeiro, que em 1855 só usava jaqueta e não tinha licença para entrar num botequim, em 1885 é freguês assíduo dos gabinetes particulares do hotel do *Louvre* e da *Maison Moderne*, apanha flores no jardim do Sant'Anna, figura em sociedades de luxo, frequenta bailes, organiza *pic-nics*, tem amantes, veste-se à última moda, fuma charutos de Havana, anda de carro, faz acrósticos à memória de Ester de Carvalho, e muitas vezes acontece que o patrão fica a tomar conta da loja enquanto ele vai para a pândega.

Se José Castilho viesse ao mundo mais cedo, não teria saído do mundo aos 13 anos, e pelo meio mais violento e mais condenado. Se ele tivesse treze anos em 1855, e fosse já nesse tempo caixeiro na rua Sete de Setembro n. 119, é provável que hoje gozasse uma fortuna sofrível, e pendurasse ao peito, nos momentos solenes, uma comenda qualquer.

Por isso, concordo com Valentim Magalhães em que a pobre criança foi vítima do seu tempo, mas por motivos inversos aos que o meu distinto amigo indicou. O que a consumia, o que a desvairava, o que a matou foi não poder acompanhar os rapazes da sua idade, da sua profissão, em todos os prazeres que eles se proporcionavam, graças à condescendência dos amos.

Não tão banal, porém certamente mais cruel do que eu, é o redator-chefe da *Semana*, quando diz: "Essa criança fez bem em matar-se. A vida não é coisa tão preciosa, que valha a ausência de pai, de mãe, de irmão, de amigos e de protetor".

Mas pelo amor de Deus! Se prevalecesse doutrina tão paradoxal e, sobretudo, tão pessimista, haveria um moto contínuo de suicídios, e a liquidação final da espécie humana. Muitos, mas muitos indivíduos que todos os dias acotovelamos na rua – não têm família, nem amigos, nem proteção.

E o escravo, que é feito da mesma massa que o menino Castilho, o escravo que não tem o direito de saber quem é seu pai; o escravo que é filho de uma desgraçada a quem não se concede ao menos a faculdade natural do poder; o escravo, que nem sequer tem liberdade para matar-se: quais são os seus irmãos? Quem o protege?

* * *

Eu não estou convencido de que este seja o melhor dos mundos possíveis, mas não posso aceitar desculpas para o suicídio, contra o qual se revolta o primeiro e o mais natural dos instintos com que a natureza dotou a racionais e irracionais: o instinto da conservação.

Pregue Valentim Magalhães em favor do suicídio; está no seu direito; mas vá pregar a outra freguesia.

Elói, o herói

28 de abril de 1886

Não é debalde que dizem um velho rifão meteorológico: "Em Abril águas mil".

Pesa-me não ser um grande engenheiro hidráulico, para propor ao governo ainda maiores melhoramentos no sentido de obstar que a água nos pregue as peças que de vez em quando nos prega. O mês que termina depois de amanhã é nesse ponto particularmente funesto a esta muito heroica e leal; devem todos estar lembrados das enchentes de 1883, que a gente pôs em papos de aranha.

* * *

Entretanto, uma vez que para a execução de tão importante serviço não pode o governo aproveitar as minhas habilitações, inculco-lhe mr. Revy, o futuro barão de Quixadá, que me dizem um barra em questão de hidráulica. Ele que estude e realize os meios de nos livrar a todos dessa hedionda calamidade, que periodicamente nos ameaça.

* * *

Parece incrível que perecesse um homem afogado na rua das Laranjeiras, e aquele miserável rio das Caboclas – ou que melhor nome tenha –, insignificante fio de água, que no estado normal nem ao menos serve para a navegação dos barquinhos de papel, manufaturados pela criançada do bairro, crescesse ao ponto de alagar as casas que mais se julgavam ao abrigo da inundação.

Parece-me que uma galeria bem forte, não construída pelo emérito profissional do Lazareto, impediria o transbordamento. A mesma coisa já se fez no Catete, onde aliás não consta que o rio saltasse fora do leito, obrigando pacíficos cidadãos a fazerem o mesmo.

* * *

O Rio de Janeiro, que tem elementos para ser a mais bela cidade do mundo, é cercado por uns diabos de morros, que são outras tantas asas negras. Uns interceptam o ar às partes mais centrais e mais populosas da cidade; outros separam despoticamente os subúrbios mais importantes. Não contentes com isso, despejam lá de cima torrentes de água e de lama, capazes de asfixiar um exército.

Uma vez que não há tenção de deitar abaixo esses estafermos, que diabo! arranjem do melhor modo possível o escoamento das águas.

Mas isto de deixar que o Rio de Janeiro se converta numa cidade de banhos... forçados, é asneira que, além de outros inconvenientes, tem o de tirar o privilégio às barcas Ferry, até hoje tão procuradas pelos Srs. suicidas.

* * *

A propósito de inundações, vou fechar este ligeiro artigo com a narração de um fato extraordinário, que me foi comunicado.

Lugar da cena: a praia do Botafogo, convertida numa Veneza barrenta, bem diversa da de Marino Faliero. O palácio dos doges mediocremente arremedado pelo colégio de S. Pedro de Alcântara.

Há ali um bueiro aberto, mas naturalmente a água, que nada tem de cristalina, não deixa ver o medonho precipício. Se pensam que vou responsabilizar alguém por essa tentativa de homicídio, estão muito enganados: sou cidadão fluminense e estou farto de saber que nesta terra tapar um buraco é uma utopia e remover uma pedra dá mais trabalho que o levantamento dos muros de Troia. E façamos todos a justiça de acreditar que nem a municipalidade nem o Governo têm ao seu serviço os entes fabulosos de que Netuno dispunha.

Mas vamos à nossa história... que é mais recente: um homem passava a vender não sei o que em dois samburás presos às extremidades de um pedaço de bambu, que trazia ao ombro. A água dava-lhe acima do joelho. De repente, zás! desaparecem os samburás, o bambu e o homem. Tudo havia engolido o bueiro. Apenas na superfície das águas boiava o chapéu do desgraçado.

Algumas pessoas que de longe presenciaram o desastre dispunham-se a correr para o bueiro, quando aparecem de novo os samburás e o bambu, e logo depois o homem!

Estava salvo! Mas como? Muito simplesmente; o bambu ficara atravessado no bueiro, e o vendedor, exímio nos dificílimos exercícios da barra fixa não largara o pau.

E digam lá que a ginástica não deve constituir um ensino obrigatório.

* * *

A ginástica e a natação, porque estará bem aviado qualquer indivíduo que fixar entre nós a sua residência... e não nade como um peixe.

Isto há de chegar ao ponto de se estabelecer, em qualquer país estrangeiro, o seguinte diálogo entre dois amigos:

– Sabes? Resolvi fazer uma viagem.
– Sim? Até onde vais?
– Até o Rio de Janeiro.
– Cuidado, meu amigo, cuidado! Olha que tu não sabes nadar!

Elói, o herói

27 de maio de 1886

*S*ARAH BERNHARDT! – eis o nome que a estas horas todos os lábios repetem no Rio de Janeiro!
SARAH BERNHARDT! – eis o assunto de todas as conversações fluminenses, o grande acontecimento, o acontecimento por excelência!...

* * *

Descrever a balbúrdia que houve ontem por ocasião do desembarque da célebre atriz francesa é tarefa que daria não um, mas muitos artigos.

Logo que o *Cotopaxi* largou ferro, número considerável de lanchas, *bonds* marítimos e escaleres transportaram para bordo grande quantidade de indivíduos, levados uns pelo entusiasmo e outros pela curiosidade.

Eu tive a infelicidade de tomar passagem numa barca Ferry, que o Ciacchi pusera à disposição das pessoas que desejassem ir ao encontro de SARAH BERNHARDT. Essa barca bordejou durante muito tempo em torno do vapor, sem resolver aproximar-se. Afinal, nós, os passageiros inquietados por semelhantes manejos, interpelamos o mestre, e este nos declarou peremptoriamente ter recebido ordem expressa de não atracar.

Ainda assim, de longe, levantamos alguns vivas a eminente artista, que veio à amurada do paquete agradecer-nos, acenando-nos com um lenço.

Minutos depois, alguns de nós, desesperados, resolvíamos chamar escaleres e saltar de dentro da barca para dentro deles, com o risco de tomarmos um banho involuntário de água salgada.

Foi desse modo que eu e alguns companheiros de infortúnio conseguimos vê-la; dois minutos mais que nos demorássemos, não teríamos esse prazer: SARAH BERNHARDT deixava o paquete logo depois da nossa chegada.

Um grande desapontamento estava reservado às pessoas do povo que, em grande número, a esperavam no cais Faroux. Essas pessoas julgavam que Sarah viesse na barca – na tal barca donde eu fugira – e que se aproximava lentamente da ponte Ferry. Correram todos para a estação, resolvidos a aclamar a grande atriz na sua passagem. A esse tempo, desembarcava ela da lancha da alfândega, e da sua presença apenas se apercebiam seis curiosos, se tantos.

A grande atriz tomou um carro em companhia de seu filho Maurício Bernhardt e do empresário Ciacchi, e foi para o *Grande Hotel*, da rua do Marquês de Abrantes, onde se acha provisoriamente hospedada.

* * *

SARAH BERNHARDT engordou muito depois que a vi há três anos, e ontem, a bordo, indolentemente sentada numa cadeira de linho, com seu singelo vestido de viagem e a opulenta cabeleira loura a emoldurar-lhe o rosto rubicundo, em que se destacavam dois olhos realmente belos e expressivos, até me pareceu bonita.

* * *

Fluminenses! Não há duas Sarahs Bernhardts; outros, com mais autoridade que eu, o têm dito e repetido. É preciso que vos mostreis dignos dessa inestimável ventura que Deus vos depara por intermédio do Ciacchi.

Corramos todos a aplaudi-la pressurosos e entusiasmados. Que se não diga lá fora que não demos o devido apreço ao gênio consagrado pelas nações mais civilizadas do mundo. Não a critiquemos, nem a discutamos: admiremo-la!

E desculpai o desalinho deste artigo, escrito com muito entusiasmo, sim, mas também com muita dor de cabeça, por um pobre diabo que tem no falso elemento o menos generoso dos seus inimigos, inclusive a *Gazeta da Tarde*.

Viva SARAH BERNHARDT!

Elói, o herói

7 de junho de 1886

É possível que alguns dos meus leitores se lembrem de que fui eu, na imprensa fluminense, um dos mais estrênuos admiradores da Duse-Checchi, a eminente atriz italiana que o ano passado a todos nós arrebatou com os lampejos do seu talento. Nessa ocasião, eu disse, profundamente convencido, que era impossível representar como a Duse o difícil papel de Margarida Gautier.

Pois bem: desdigo-me, e sabe Deus com que sentimento o faço, ó minha adorada Duse! Sarah Bernhardt é o ideal das Margaridas! Estou extasiado! O espetáculo de anteontem assombrou-me!

Tinham-me dito que era esse o "pior" dos papéis, e quem mo disse, tinha, reconheço, a dupla autoridade da ilustração e da arte. Mas eu sou franco: para mim, o trabalho de Sarah na *Dama das camélias* vale dez vezes o seu trabalho na *Fédora*: é um curso completo de arte dramática! O velho teatro S. Pedro transformou-se anteontem numa academia! Viva Sarah Bernhardt.

Onde já se viu papel tão bem modelado, e tão consciencioso estudo dramático do coração humano? Não há uma cena, uma frase, um gesto, um simples olhar, em que essa prodigiosa criatura não seja um modelo intangível de toda a perfeição artística!

Furto-me ao trabalho de indicar aqui os pontos da peça em que Sarah me pareceu inimitável, porque seria preciso reproduzir o drama inteiro. O seu papel é uma série interminável de grandes prodígios de interpretação!

De assombro em assombro, o espectador inteligente acaba por se convencer de que tem diante de si um ente sobrenatural, anjo ou demônio, que o fascina, que o arrebata, que o empolga, deixando-lhe apenas a faculdade de admirar e aplaudir!

Há, na realidade, qualquer divina intervenção naquele surpreendente e inexplicável trabalho artístico! Não foi das aulas do Conservatório, nem dos conselhos de um ensaiador, nem das próprias páginas juvenis de Dumas Filho, que Sarah Bernhardt arrancou aquela estranha personalidade. Há certo misticismo na singular interpretação do papel; ela estudou-o em sonhos, nos estos da nevrose de que se acusou na carta que há dias publiquei. Aquele trabalho é o resultado de uma revelação divina, que ela própia não poderá explicar. Sarah Bernhardt seria uma Teresa de Jesus, se, felizmente para o mundo, não fosse uma Sarah Bernhardt.

Como toda a gente, admiro a arte, a ciência – pode-se dizer – com que ela representa; mas sobretudo a aprecio como agente direto, irresponsável de um poder invisível, de uma força oculta, irrefragável, que a apresenta aos nossos olhos em condições sobre-humanas.

Paris, a Paris atual, a Paris de Renan, de Zola, de Chavreuil, de Pasteur, de Fouquier, de Lecomte de Lisle, de Augier, de Dumas, de Meissonier, de Gounod, de Banville, de Coppée, de Rochefort, e de tantos outros – tem sempre a atenção voltada para ela; perdoa-lhe todos os desvarios, adora-a, e é com um coro louvaminheiro de poetas e de grandes homens, que responde às invectivas brutais de impertinentes credores e de burgueses escandalizados. Naquela brilhante constelação universal, Sarah Bernhardt cintila como uma estrela de primeira grandeza.

E quem poderá crer não esteja fora das tristes condições da raça humana, quem desse modo triunfa nestes tempos de pessimismo funesto e de perverso egoísmo? Não! Não! – decididamente Sarah Bernhardt não é uma mulher: é um mito.

* * *

O Sr. Felipe Garnier, que se encarregou anteontem do papel de Armando Duval, desagradou, como desagradara no papel de Loris Ipanoff, e foi vítima de uma manifestação pouco lisongeira por parte das galerias.

Estou convencido de que o Sr. Garnier, artista aplaudido pela primeira plateia do mundo, conseguirá reabilitar-se em papéis mais apropriados ao seu talento, nos quais não esteja visivelmente deslocado, como na *Fédora* e na *Dama das camélias*.

* * *

Depois de reeditar a chapa de que "os demais artistas contribuíram para o bom êxito da representação", direi que o espetáculo terminou sem outro incidente mais, a não ser um começo de incêndio na *toilette* de uma senhora, incêndio que felizmente foi extinto pelos vizinhos, sem ser preciso o auxílio do corpo de bombeiros.

Foram, pois, anteontem, dois os *queimados*, por motivos diversos, mas partidos ambos do galinheiro. O Sr. Garnier por uma pateada, e a tal senhora por uma ponta de cigarro!

Bem se dizia, desde o princípio do espetáculo, que lá em cima os estudantes estavam a *fumar*...

Elói, o herói

VIDA MODERNA
"CRÔNICA FLUMINENSE"

21 de agosto de 1886

"O dinheiro não faz a felicidade": é bem verdadeiro este provérbio, inventado não sei se por um milionário, para consolação dos pobres diabos carregados de esteiras velhas, ou se por um pobre diabo, para desespero dos homens ricos. O conde (quase marquês) de Mesquita que anteontem faleceu depois de cruciante e prolongada agonia, nunca foi um homem feliz... era um valetudinário, sempre de mau humor, sempre encantoado no seu ouro, sempre receoso de que o roubassem, e algumas vezes roubado, efetivamente. Curvado, trôpego, enfiado, arrasava por essas ruas nos 60 anos que pareciam 70. Nunca ninguém lhe surpreendeu nos lábios um sorriso franco e jovial. Não fez família e, quanto aos amigos... Ora! Há lá milionário que acredite sinceramente na sinceridade alheia? Não tinha paixões nem manias: a sua biblioteca limitava-se aos relatórios das associações e irmandades, e a uma ou outra publicação por fascículos, assinada por condescendência. Não tinha flores no jardim, nem objetos de arte dentro de casa. Não consta que jamais encomendasse um quadro ou uma estatueta, ou convidasse alguns artistas para os deliciarem com boa música, e os deliciar a eles com uma boa ceia. No próprio comércio do Rio de Janeiro, nesse comércio de pouco mais ou menos, que, por falta de dinheiro, deixa em meio o edifício da Bolsa, não adquiriu simpatias a riqueza deste abastado enfermiço – dinheiro estagnado, que a ninguém aproveitava, nem mesmo ao dono, e agora vai correr mundo e ser bem aplicado, graças a Deus... e aos herdeiros.

Ele só tinha um prazer, intermitente, é verdade, mas esse digno de inveja: de vez em quando mergulhava as mãos no saco dos contos de réis, e mandava um punhado de ouro à pobreza. Se diz verdade o vulgacho, quando afirma que "dinheiro é sangue", Jerônimo de Mesquita era tão fidalgo de sangue como se descendesse de velhos paladinos.

Em geral, as fortunas adquiridas por testamento correm mais que os doze apóstolos reunidos: cantando vêm, cantando vão. Por isso admira que o conde de Mesquita aferrolhasse não com a avareza de um Harpagon, mas com a prudência de um israelita, e mesmo, pode-se dizer, com a filosofia de um Vespasiano, toda essa dinheirama, que não lhe custou esforços do corpo nem da inteligência. E que dinheirama, santo deus! Contam de um brasileiro ingênuo que, chegando a Paris e admirado da magnificência dos edifícios, perguntava ao cicerone: – De quem é este palácio? – e de quem é aquele jardim? E mais isto? E mais aquilo? E mais aquilo outro? – A todas estas perguntas, o cicerone respondia invariavelmente: *Je ne sais pas*. Um dia passou um grande enterro, e o brasileiro indagou quem era o morto. – *Je ne sais pas,* respondeu ainda o cicerone. – Oh, que pena! Morreu *je-ne-sais-pas*, um homem tão rico!...

O conde de Mesquita era o *je-ne-sais-pas* do Engenho-Velho e do Andaraí-Grande. Basta dizer que o bonde da Tijuca passava durante um quarto de hora, sem interrupções, por terrenos seus! – De quem é aquele correr de casas? – Do Mesquita. – E aquele palacete? – Do Mesquita. – E aquele enorme terreno? – Do Mesquita. – E aquele morro? Do Mesquita. – Eu, quando ia àquelas paragens chegava a convencer-me de que a minha pessoa pertencia também ao Mesquita, e tratava de me pôr longe daqueles domínios, que me lembravam os tempos medonhos do feudalismo. Por isso, no dia seguinte à morte do conde de Mesquita, muita gente esperava ansiosa a publicação do seu testamento, para consultá-lo, como se consultasse a lista da loteria.

Por falar em loteria: um dever de gratidão leva-me a registrar nestas colunas o falecimento do único homem que nesse mundo lisonjeou praticamente a minha musa, oferecendo dinheiro pelos meus versos. Quero falar do capitão negro, proprietário do famoso quiosque do Rocio. Um dia, esse homem vermelho, apoplético, com os olhos esbugalhados, mas pilhérico como abade e risonho como um sátiro, procurou-me e propôs-me o seguinte negócio:

– Você faz-me um anúncio em verso todas as semanas e eu dou-lhe um décimo – sempre o mesmo número – de todas as loterias da corte, além de 25$000 réis mensais.

Eu não aceitei a proposta; mas nem por isso deixei de honrar a memória desse lotérico Mecenas. A minha musa confessa-se eternamente grata à sua memória. A terra lhe seja leve, e Deus lhe dê lá em cima a sorte grande da sua divina misericórdia.

Repito: dinheiro não faz a felicidade... Muito mais feliz que todos os condes de Mesquita, havidos e por haver, considero o doutor Escragnolle Taunay, que não é rico, mas deve agradecer a Deus a boa estrela a que o confiou. É feliz na família, na sociedade, na política, nas letras e nas artes.

Na política, Escragnolle Taunay, que acaba de ser escolhido senador pela província do Paraná, é o conservador mais liberal e o liberal mais simpático que eu conheço; nas letras, Silvio Dinarte recomenda-se por *Inocência*, singela narrativa provinciana, que tem todo o perfume dos sertões mineiros, e pela *Retirada da Laguna*, uma epopeia em prosa; nas artes Flavio Elysio tem feito as delícias de todos os pianos que se respeitam, com as adoráveis *Chopinianas*, titulo que só parecerá pretensioso a quem não conhecer tão delicadas composições de Mestre. Juntem a estas qualidades do espírito a afabilidade, a bonomia, de Escragnolle Taunay e o fato, frívolo na aparência, mas importantíssimo no fundo, de ser o único senador louro e o mais novo dos senadores. – Digam lá se o dinheiro faz a felicidade de alguém!

A última vez que eu me encontrei com Escragnolle Taunay – ou antes: com Flavio Elysio foi no Conservatório de Música, há oito dias, durante o esplêndido concerto inaugural da Sociedade de Quarteto do Rio de Janeiro. A respeito desta distinta Associação, que teve o bom-senso de escolhê-lo para seu presidente, devo fazer queixa aos leitores do meu amigo Miguel Cardoso, o abalizado professor de música. Ficou de pedra e cal entre mim e o Miguel que ele mandaria à *Vida Moderna* a crítica do concerto; até a última hora debalde esperei pelo cumprimento dessa promessa formal. Desenganado, só me resta dizer ligeiramente aos leitores que a Sociedade de Quarteto conseguiu atopetar o salão do Conservatório com a melhor roda fluminense e que Cernichiaro Queiroz e os seus companheiros foram realmente dignos dos entusiasmados aplausos que receberam, e eu renovo.

Artur Azevedo

11 de setembro de 1886

*E*m boa hora experimentem os indefectíveis srs. Capoeiras toda a evidência da profecia divina: quem com ferro fere, com ferro será ferido. O famoso Campanhão, terror da pança inofensiva do transeunte pacífico, chefe de malta e navalhista emérito, acaba de ser cozido a facadas por um indivíduo que o matou para não ser morto por ele. É provável que um dos dois partidos dominantes – o nagôa ou o guaiamu – perca muito com isso; a sociedade lucra e os cidadãos que não têm a honra de pertencer a nenhuma daquelas facções batem palmas a norte e repetem a frase cruel de Sganarello quando D. Juan desaparece nas profundas do inferno: *Voilà, par sa mort, un chacun satisfait.*

O mesmo não se pode dizer do conde de Mesquita, cujo misterioso testamento deixou muito sujeitinho a ver navios do alto de Santa Catharina. Esse curioso documento tem sido furtado a todas as vistas indiscretas; o juiz que o abriu e teve – ditoso magistrado! – as primícias daquela deliciosíssima leitura resiste a todos os empenhos e desengana os mais atilados repórteres. Parece que nessa obra póstuma, a única do atilado conde Mesquita, há revelações terríveis, histórias escandalosas, desabafos e recriminações.

Sei de uma folha diária de grande circulação que empregou altas diligências por apanhar o testamento e publicá--lo em folhetins microscópicos, para que os seus numerosos leitores saboreassem aos poucos tão desejada pitança. Infelizmente, nada conseguiu e a mim bem pouco se me dá, pois sei de fonte limpa que não fui contemplado pelo opulento e ingrato capitalista.

Boa ideia teria o conde, se destinasse uma gorda quantia ao Livro de ouro da Ilustríssima Câmara Municipal...

Em se tratando de libertar escravos, todos os meios são bons, não há dúvida; mas é pena que esse Livro de ouro seja uma espécie de registro de impostos, mais ou menos absurdos e ilegais, e a maior parte das quantias ali subscritas não o fossem da vontade espontânea dos respectivos subscritores. Figuram ali indivíduos que são tão filantropos como eu sou bispo; uns súcios que abriram a bolsa tão somente para mais tarde poderem abrir um quiosque.

Mas enfim, *por fás ou por nefas*, por fás, principalmente, pois houve música a dois de fundo, a Câmara Municipal acaba de distribuir, por mão da Sereníssima Princesa Isabel, nada menos de quarenta cartas de liberdade.

Entre os escravos havia dois que eram brancos. Sua alteza admirou-se muito de que houvesse escravos da sua cor, e comoveu-se bastante. Há mesmo quem diga que sua alteza chorou. A mim confesso que tanto me comovem escravos brancos, como amarelos ou pretos: a minha sensibilidade não faz questão de ótica. Também não compreendo que a nossa princesa se admirasse de ver escravos brancos: há quinze anos, isto é, antes da Lei de 28 de setembro, n. 1, os homens da nossa raça bem que o faziam com o simples adjutório de uma mulata clara e cativa. Escravos brancos não faltam no Brasil, em número talvez proporcional ao dos senhores que o não são.

Depois da distribuição das cartas de liberdade, houve na Câmara Municipal a solene inauguração do grande quadro do nosso distinto pintor Pedro Peres, representando a primeira festa dessa natureza ali realizada. O artista declarou que o seu trabalho estava ainda por concluir; reservo, pois, o meu juízo para momento mais oportuno. Entretanto, posso já afiançar que o que está pronto honra o talento e a mestria do pintor.

Esse quadro foi feito por empreitada; a Ilustríssima Câmara chamou propostas para uma obra de arte, como se se tratasse do calçamento de alguma rua; a proposta de Peres era a mais barata: foi um acaso feliz...

Por enquanto, só se conhece uma crítica de quantas porventura já se fizeram ao quadro: a crítica do Imperador. Na opinião de sua Majestade, a tela está pouco iluminada, e o seu próprio retrato muito escuro. A esta última observação talvez fosse o imperador levado pela impressão causada pelos escravos brancos. Quanto à falta de luz, parece-me que o pintor fez bem não abusando dela, visto reproduzir um salão que efetivamente não prima pela claridade.

O quadro, indubitavelmente devido à vaidade de nossos edis, que morrem por um retrato a óleo, terá no futuro grande valor histórico. Contudo, mais interessante seria se representasse uma daquelas sessões tumultuosas, em que alguns vereadores capadócios transformaram o recinto da Câmara em curso de alta capoeiragem. Daqui a milhares de anos chamaria ainda a atenção de todo o mundo a tela que se intitulasse: "Uma sessão da Câmara Municipal do Rio de Janeiro no século XIX".

Ainda sobre a libertação de escravos:

A *Gazeta da Tarde*, de ordinário intransigente em matéria de emancipação, rasgou sedas aos frades carmelitas, pelo fato de haverem estes reverendos libertado os sessenta e seis escravos pertencentes à sua Ordem.

Pois, senhores, eu não acompanho a *Gazeta da Tarde* nestes elogios, pois hesito em dizer bem de ministros de Deus que conservaram tantos indivíduos no cativeiro até o atual momento em que a sua filantropia é quase ociosa! Pois quê! suas reverendíssimas resistiram ao influxo da lei Rio Branco, ao tremendo discurso de Torres Homem, ao 25 de Março, ao Ministério Dantas; viram passar indiferentes, do fundo de suas celas, todo esse movimento abolicionista, com a sua imprensa inflamada, as suas festas, as suas consagrações, e todo o brilhante cortejo das matinês e quermesses, e só agora, depois de tudo isso, é que se lembram de restituir à liberdade esse punhado de homens, a maior parte dos quais são talvez sexagenários, libertos por lei? Tarde piaram, meus santarrões; a mim não me apanham loas enternecidas, nem melífluas candongas. Isto de escravatura está por pouco tempo, graças a Deus: mas tenho ainda esperanças de ver desaparecer o último frade antes do último escravo.

No momento de terminar a minha crônica leio nos jornais a notícia do roubo de perto de oitocentos contos à tesouraria de Pernambuco. Oitocentos contos... não será muito conto? Não terá o telégrafo acrescentado um ponto? Veremos.

Artur Azevedo

18 de setembro de 1886

    Consta-me que alguns de meus leitores embirram com a mania, que tenho, de aludir constantemente à minha pessoa, e por amor disso me dão pancada de cego. Já o defunto *Escaravelho* ia às nuvens sempre que, na extinta seção "De Palanque", do *Diário de Notícias*, a minha pena deixava escapar o pronome eu.

    Confesso ingenuamente que muito me apraz, quando tenho a honra de conversar com o respeitável público, recorrer às minhas impressões pessoais, em vez de me aproveitar das impressões alheias. Entretanto, cuido que se nas referências feitas, nos meus escritos, à minha obscura pessoa, alguém um dia encontrou frase que redundasse em louvor subjetivo, é porque me leu com olhos enviesados e malignos. Falando de mim, sem ofender a minha reconhecida modéstia, não faço mais do que imitar os grandes mestres da crônica parisiense. E já agora que tenho jornal meu, não estando, por conseguinte, sujeito a contrariar os interesses do próximo, como acontecia no mencionado *Diário de Notícias*, posso, com o maior desassombro e a maior sobranceria, declarar alto e bom som aos leitores descontentes que o que há é isto e o mais gastou-se.

    Et qui me trouve mal, n'a qu'à fermer les yeux.

    Quem não fechou os olhos foi o governo a respeito do roubo praticado na tesouraria de Pernambuco. Já trancafiou um tesoureiro, e prepara-se resignadamente para chorar na cama, que é lugar quente quando não faz frio.

    O roubo – disse eu. Disse mal! Um telegrama do Recife afirma que não houve roubo; o que houve foi um desfalque. Não considerar o desfalque um roubo não deixa de ser um cúmulo do século de Proudhon, para quem a mesma propriedade o era.

Roubo ou desfalque. Desfalque ou desfalques, o dinheiro desapareceu, e, se bem andou, onde irá ele? O que admira é que o tesoureiro não desaparecesse também. Na nossa terra, via de regra, sempre que aparece um desfalque desaparece um tesoureiro. Dizem até que o governo dos Estados Unidos considera a má-fé dos nossos tesoureiros um dos meios eficazes de argumentar à corrente imigratória que tem feito a prosperidade daquele grande país. É pena que, por seu turno, os tesoureiros norte-americanos, acusados de desfalques, não se refugiem no Brasil, que precisa de gente como de pão para a boca. A ausência de semelhantes hóspedes leva-me a crer que a polícia na América do Norte é mais bem-feita que na do Sul; decididamente, em Nova Iorque os tesoureiros infiéis não conseguem pôr-se a panos com a mesma facilidade que os do Rio de Janeiro.

É, realmente, contristadora a época que atravessamos. Este roubo do dinheiro público, praticado, de conivência com um agente da polícia, pelos próprios funcionários incumbidos de o guardar, é a prova mais eloquente da nossa dissolução social, grande frase campanuda, que já entrou nos domínios da chapa, mas nem por isso deixa de ser esmagadora e terrível.

O funcionalismo está contaminado: os poderes públicos terão, desgraçadamente, de perguntar mais vezes a outros tesoureiros: – Que é dos níqueis que te dei para guardar? – e os tesoureiros, moita...

Os leitores desculpem-me citação tão pouco literária; mas, depois que o senhor Viriato de Medeiros citou o "*Vem cá Bitu*", em pleno senado, um cronista alegre e frívolo tem, certamente, o direito de recorrer à musa dos capadócios.

Quem quiser passar uns momentos pândegos, leia os últimos discursos deste Viriato, o mais galhofeiro dos senadores, depois do Sr. Martinho Campos, que já não tem, aliás, a endiabrada verve de outrora. Viriato é um homem precioso, que sabe amenizar com boa pilhéria e discussão massuda das mais altas questões administrativas. Mas não o admiro... Se a *Vida Moderna* me rendesse setenta e cinco mil-réis diários, eu esgravataria os recessos mais misteriosos do meu espírito, e bofé! que seria um gaiato de conta, pedida e medida. Viriato rebentaria de inveja!

Ó Vasques, ó rei aclamado e inabdicável da chocarrice brasileira, por que não te fazes senador, tu que já tens quarenta anos, e sabes, com um simples arremedilho, espancar o *spleen* do inglês que tenha lido de fio a pavio um número do *Times*? Faze-te senador, meu velho, e sejam quais forem as tuas opiniões políticas conserva-te sempre na oposição, e zurze os governos naquele mesmo tom esganiçado com que, na *Corsa do bosque*, o escudeiro Girassol vai pedir para a princesa Malmequer a mão da princesa desejada. Auguro-te um verdadeiro sucesso.

Um verdadeiro sucesso está igualmente reservado aos *Vinte contos*. Este título que faz lembrar os bons tempos em que a sorte grande das loterias da Corte não tinha ainda subido às vertiginosas alturas em que atualmente paira, este título é o de um novo livro de Valentim Magalhães, há muito tempo anunciado pela *Semana*, e ansiosamente esperado.

Encerra, efetivamente, vinte contos escritos em português de boa água, naquele estilo despretensioso e fluente, que é o encanto de tudo quanto produz o talento literário de tão amável colega. Desse delicioso rosário de historietas, alegres umas e outras profundamente melancólicas, algumas se destacam pela justeza de observação, como a *Loucura de um sábio* e *O ideal de uma condessa*. Todas essas, porém, merecem ser lidas e relidas.

Estas duzentas páginas, impressas nas oficinas da própria *Semana*, são destinadas aos assinantes do creditado periódico. Orna-as o retrato, em fototipia, e o fac-símile da assinatura do autor.

Parece que nunca mais vamos ver dançar Giovanini Limido! Segundo as últimas notícias, a grande bailarina que tanto nos deliciou durante as noites inolvidáveis do Brahma e do Excelsior ficara em Buenos Aires atacada de bexigas negras.

Bonesi, o homem-pitorra que o nosso público aplaudiu delirantemente, a Isolina Torri, que era bela por si e pela Giovanini, e outros artistas da companhia de ópera-bufa e baile do Sr. Ferrari, faleceram naquela cidade, vítimas de tão hedionda moléstia.

As representações cessaram como o combate do Cid, e a companhia dissolveu-se. Os pobres artistas, caloteados, espalharam-se, e andam por aí ao deus-dará em terra estranha.

A esta Corte veio parar um precioso destroço deste medonho naufrágio: o baixo Carbonetti, artista de primeira ordem, que se vê obrigado a fazer benefício, recorrendo, desse modo, à proteção do público fluminense. E o público fluminense se mostrará generoso e cavalheiro, como sempre se mostra nessas ocasiões – não é assim?

Artur Azevedo

25 de setembro de 1886

Correu há dias em São Paulo um extraordinário boato. Dizia-se, nos círculos mais bem informados, que a atriz Virginia era a Sarah Bernhardt portuguesa. Há de haver toda razão para supor que a balela foi forjada pelo colega do *Monitor*, interessante periódico do meu amigo Dolivais Nunes.

Se Dona Sol algum dia volver à terra dos Andradas, o aludido colega naturalmente reconhecerá que – Sarah Bernhardt é a atriz Virginia Francesa. – Ora, colega, boa noite, sabe?

Francamente lastimo que estejam a comprometer deste modo a Sra. D. Virginia, que é modesta, simpática, inteligente, estudiosa e, sobretudo, sensata, quanto lhe é preciso para rir-se a bom rir de estrambóticas louvaminhas.

Aqui, no Rio de Janeiro, a distinta atriz portuguesa foi aplaudida e obsequiada como merecia. Na noite de sua festa artística inventaram, só para ela, um novo gênero de manifestação de apreço: um enorme ramilhete, atado a um barbante, descendo triunfantemente das torrinhas, balouçando-se no espaço para chegar nas mãos da heroína da festa. À porta do teatro quatro cavalheiros, espadaúdos e entusiasmados, dispuseram-se a desatrelar o *coupé* da beneficiada substituindo os animais pelas suas próprias pessoas; ela, porém, com o bom-senso que a caracteriza, protestou energicamente para semelhante sistema de tração animada, e foi para casa levada pela parelha irracional que trouxera. Entretanto, no meio de todo esse entusiasmo, ninguém se lembrou, felizmente para a Sra. D. Virginia, de compará-la à incomparável Sarah Bernhardt. Em São Paulo um jornalista – um jornalista de talento – não trepidou em fazê-lo!

Esses exageros não exaltam o artista: prejudicam-no. Nós os que vivemos desta inglória tarefa de sujar papel para entretenimento do público, somos – franqueza! – somos algumas vezes obrigados a mentir: não conheço na nossa imprensa Epaminondas que não se tenham deixado levar por certas e determinadas conveniências. Mas que diabo! Tenhamos sempre presente ao espírito um provérbio que eu inverti para meu uso particular, e ponho às ordens dos amigos e dos colegas: – nem todas as mentiras se dizem.

Se eu fosse a Sra. D. Virginia, e tivesse, como sei que ela tem, a consciência de meu merecimento artístico, publicava em todas as folhas de São Paulo a seguinte

DECLARAÇÃO AO PÚBLICO

A abaixo assinada declara, por causa das dúvidas e para os fins convenientes, que não é Sarah Bernhardt portuguesa.

S. Paulo, tantos de tal.

A atriz Virginia

A nova empresa do gás começou muito mal: deu um banquete à imprensa, e não se lembrou de convidar os redatores da *Vida Moderna*. Estou contrariado, não porque o apetitoso *menu* me estivesse feito crescer água na boca, mas porque perdi o ensejo de fazer um brinde, que já estava na ponta da língua, e eu contava impingir como improvisado *inter pocula*.

Esse brinde era feito ao rei morto, mesmo nas bochechas do rei posto. Isto é, a *Gas Company*, a orgulhosa e inflexível *mistress* do Mangue.

Não há de haver dúvida de que a extinta empresa gozando de imunidades incríveis, de faca e queijo na mão, obrigava os pobres contribuintes a recorrer às casas de prego para o pagamento de um trimestre de gás.

É verdade que toda e qualquer reclamação foi sempre considerada coisa mínima no pretório da Rua da Quitanda; mas, incompreensão, durante tantos anos não houve nunca o menor transtorno da iluminação da cidade; não consta que algum transeunte incauto esborrachasse o nariz de encontro a um lampião apagado.

O serviço, organizado como se acha, é admirável. À hora competente, a cidade ilumina-se como por encanto! Suba o leitor uma tarde ao Corcovado, e assista, lá de cima, ao acender das luzes. É curiosíssimo! Os pontos luminosos vão surgindo sucessivamente aqui e ali, como estrelas que despontam, e em dez minutos, num quarto de hora, se tanto, a muito heroica e leal cintila lá embaixo completamente iluminada!

Eu brindo a *Gas Company* com todo o entusiasmo de um coração e de um nariz agradecidos; faço-o nestas colunas, uma vez que não foi possível fazê-lo – *Clicquot frappé*.

O Sr. Brianthe, feliz organizador da nova empresa, deve estar seriamente arrependido de haver inventado o seu famoso *Carburador*. Imaginem! – um aparelho que se adapta aos candeeiros comuns, e, não sei por que processos engenhosos estabelecem uma economia sensível no consumo do gás corrente.... é o caso do feitiço volta-se contra o feiticeiro.

Entretanto, o arrependimento do Sr. Brianthe nada é, comparado com o sentimento análogo que neste instante pesa no espírito de todos os cidadãos que celebram o triunfo ilusório dos "ex-futuros" vereadores da ilustríssima Câmara Municipal, cuja eleição acaba de ser anulada.

Aí está porque embirro com tudo o quanto é precipitação... lembra-me sempre a conhecida história de certo indivíduo, que comprou um bilhete na loteria e, no dia em que andava à roda, disse à cara metade: "mulher, vou ver se meu bilhete está premiado. Vai para a janela; se me vires voltar de *tílburi*, é porque tirei a sorte grande!" efetivamente, a pobre senhora foi para a janela, e, passado algum tempo, viu apontar na esquina um *tílburi*, e dentro deste o marido, excessivamente pálido. Pôs-se imediatamente a saltar como uma doida, a quebrar os pratos velhos e os cacaréus desconjuntados, os quais haviam de ser dignamente substituídos naquele mesmo dia. Entretanto, oh, irrisão do destino! O bilhete estava branco; o marido, tendo quebrado uma perna ao sair da casa das loterias, fora obrigado a tomar o *tílburi* mistificador.

O caso dos vereadores gorados parece com essa história de incontável filosofia: aí estão suas senhorias de pernas quebradas e bilhete branco. Entretanto, o Sr. Fulano deu um baile em regozijo pela sua eleição, o Sr. Beltrano recebeu o retrato à óleo, o Sr. Sicrano foi mimoseado com uma chapa de ouro, e todos eles fizeram as mais doces promessas a seus numerosos compadres e afilhados.

Sirva isto de exemplo. De hoje em diante só haja manifestações depois que os eleitos do povo tiverem prestado juramento e experimentado o cômodo das largas curuis municipais.

Ninguém se fie nas urnas, que muitas vezes são urnas funerárias, e enganam tanto quanto o *tílburi* da anedota e o testamento do Conde de Mesquita – bilhete que saiu branco para muita gente, apesar da larga distribuição de brilhantes de todas as cores... exceção feita da cor do burro quando foge.

Artur Azevedo

9 de outubro de 1886

Ainda assim, houve perto de dois mil Calígolas que deram ao Sr. Malvino Reis o seu voto para senador do Império; dois mil, porém, não bastam, e Belisário está às portas, não de Roma, mas da Sibéria. Dizem todos por aí que o Imperador não pode, não deve nem quer escolher outro, e eu acredito. Sr. Pereira da Silva, que mais uma vez se console, e o terrível Sr. Andrade Figueira que se não desconsole: o que for seu às mãos lhe há de chegar.

A semana, se se mostrou propícia para um ministro, foi quase fatal para outro. Enquanto o da Fazenda não cabe na pele e esfregue as mãos de contente, vendo-se colega do Sr. Lafayette e do Sr. Barão da Estância, anda o da Guerra seriamente atribulado com as caretas do exército. Muita gente por aí está deveras assustada; mas não creio que a famosa "Questão Militar" dê mais alguma coisa de si: o homem das barbas não gosta de brincadeira com o exército e, naturalmente, fará com que a este sejam dadas todas as satisfações possíveis. Entretanto, o senhor Alfredo Chaves tem razão; o seu grande, o seu único defeito é não ser militar; a farda não gosta de servir sob as ordens da casaca; a espada não se submete facilmente ao guarda-chuva; embora esse guarda-chuva seja do Sr. Carlos Afonso. A pasta da guerra só devia ser confiada a soldados, da marinha a marinheiros. A menos que fundissem as duas pastas numa só, e é o que já deviam ter feito há muito tempo: nesse caso, tão bem aceito seria um general como um almirante.

Houve essa semana uma enchente de manifestações, nenhuma a óleo e cada qual de seu gênero.

O Sr. Conde de Matosinhos resolveu dar um passeio a Europa, e esta resolução imprudente de sua Ex. ia o matando. Na verdade, é preciso ter a constituição robusta do ilustre negociante para resistir a tantos e tão impertinentes testemunhos de apreço e consideração. Se, ao cabo de cinquenta anos de trabalho, a gente, no comércio do Rio de Janeiro, se expõe a ser vítima das próprias virtudes, renuncio à ideia, que há muito me sorri, de dar um pontapé nas minhas letras gordas e abrir casa de negócio. Ao Sr. Conde de Matosinhos só lhe falta arrepender-se de ter sido até hoje homem de bem: por pouco mais o chamavam também a Sarah Bernhardt portuguesa.

Manifestação muito diversa foi feita a Machado de Assis por ocasião do vigésimo segundo aniversário da publicação do seu primeiro livro de versos: *Crisálidas*. A nenhum dos meus leitores – porque eu não julgo ter leitores que me envergonhem – parecerá estranho o motivo da festa: Machado de Assis é hoje, sem dúvida alguma, o vulto mais saliente das letras nacionais, e em tempo algum ninguém o excedeu na pureza da linguagem, elevação e correção de estilo. A celebração da data do seu início nas letras é uma coisa lógica, e eu só acho louvores para os que tiveram a feliz lembrança deste banquete de honra.

Serviram-nos um delicado *menu*, que lastimo não fosse posto em vulgar pelo mesmo colega do *Diário de Notícias*, que há dias nos revelou a existência de "costelas de cordeiro com pirão de ervilhas" no banquete Matosinhos. Ao estoirar o *champagne*, o Dr. Belisário de Sousa pronunciou um eloquente discurso, pondo em relevo as admiráveis qualidades do mestre, que não se deixou seduzir pela enganosa Circe da política, conservando-se fiel à sua profunda vocação de artista e homem de letras. Machado de Assis ergueu-se para agradecer a manifestação com que o honravam no dia em que ele publicara o seu primeiro livro... e fazia o seu primeiro discurso. Leram depois alguns trabalhos inéditos

Dermeval da Fonseca, Valentim Magalhães, Filinto de Almeida, Castro Rabelo, Olavo Bilac e outro sujeito cujo nome não vale a pena citar. Terminou a festa com a recitação de uns esplêndidos versos da *Crisálidas*, escolhidos ao acaso.

Acabo de receber a seguinte carta de Max, o espirituoso *sportman* da *Vida Moderna*: "Estou com muita febre, e incapaz de qualquer serviço de paz ou guerra. Por esse motivo, bem a meu pesar, não fiz o *Sport*. Mando-te o programa anotado: arranja qualquer coisa. – Max."

Em toda minha vida tenho ido três vezes a corridas; mas não creio que jamais alguns dos nossos prados tivesse o aspecto que as arquibancadas do Derby Club apresentavam domingo passado: todas as senhoras elegantes, todas as formosuras do Rio de Janeiro (que não são poucas) deram-se ali *rendez-vous*; era uma constelação brilhante e variada!

Em nenhuma dependência do *Club* havia lugar onde a gente pudesse ficar à vontade: estavam cerca de quatro mil pessoas, segundo os cálculos de um empresário teatral, que se achava presente. O grande prêmio Rio de Janeiro atraiu público de todos os pontos da cidade.

Compulsemos as notas de Max:

1º Páreo: 1º lugar, Odalisca, 1.450 metros em 96 segundos. 2º lugar, Vila-Nova. 3º, Americana.

2º Páreo: 1º lugar, Monitor, 1.609 metros em 110 segundos. 2º lugar, Galgo. 3º, Dandy.

3º Páreo: 1º lugar, Diva, igual distância em 110 segundos. 2º lugar, Baioco. 3º, Regina.

4º Páreo: 1º lugar, Cheapside, 1.450 metros em 94 segundos. 2º lugar, Plutão. 3º, Pery.

5º Páreo: 1º lugar, Boreas, 1.609 metros em 108 segundos. 2º lugar, Sílvia II. Carmen caiu, depois de pisar três homens. Vitória de Boreas legítima, mas contestada; houve *chinfrim*, que prejudicou a venda das *poules* para o grande prêmio.

A mim me pareceu que o Boreas ganhara a corrida; mas um *sportman* de polainas, fazendo-me ver que eu não estava bem em frente ao poste do vencedor, explicou o meu engano pela teoria das projeções. Como eu respeito muito os *sportmen* de polainas, dei-me por satisfeito e convencido.

> 6º Páreo: grande prêmio Rio de Janeiro. Venceu a invencível Phrynea; realizou-se o prognóstico da *Vida Moderna*. O valente animal percorreu 3.200 metros em 216 segundos! Satan, Coupon, Contesse d'Olonne etc. foram vergonhosamente distanciados. Bravos à Phrynea!

Que entusiasmo! Até chapéus atiraram à raia (sem *calembourg*)! A égua só faltou beijarem-na! O Sr. Barão da Vista Alegre, ditoso proprietário deste belíssimo animal, estava deveras radiante.

> 7º Páreo: 1º lugar, Diva, 1.000 metros em 65 segundos. 2º lugar, Regina, 3º, Douro.
> 8º e último páreo: 1º lugar, Foufrou, 1.450 metros em 100 segundos; 2º lugar, Castillione; 3º, Africana.

Se eu dispusesse de mais espaço, falaria ainda do péssimo serviço da condução dos passageiros pelos trens da Pedro II, que sabe zombar do público.

É provável que Max no próximo artigo diga alguma coisa sobre as corridas vespertinas do simpático *Sport Fluminense*.

Artur Azevedo

16 de outubro de 1886

O *Diário de Notícias* é a folha mais esportiva do Rio de Janeiro, assegura-nos, e eu acredito, que se venderam *poules* sobre a escolha do senador por Minas Gerais. A nomeação do Sr. Candido de Oliveira, que foi um verdadeiro azar, determinou um dividendo de 90$000 réis aos apostadores. A *poule* custava 10$000 réis, como no Jockey-Club e no Derby Fluminense.

O paço de S. Cristovão é, às vezes, uma verdadeira caixinha de surpresas: quem podia esperar que Sua Majestade escolhesse o *leader* da minoria! Todas as vistas estavam voltadas para o Sr. Cesario Alvim, e quem me dera de apólices, mesmo a cinco por cento, quantas felicitações precipitadas lhe dirigiram seus numerosos amigos! Eu, que não conheço pessoalmente o Sr. Candido de Oliveira, fiquei muito sentido quando vi riscado o nome do ex-presidente do Rio de Janeiro pelo famoso lápis fatídico. É que, apesar de funcionário público, simpatizo imenso com o Sr. Cesario Alvim.

Apesar de funcionário público, disse, porque S. Ex. teve a infeliz lembrança de propor mais um imposto de oito por cento sobre os nossos vencimentos; e o fez antes que o italiano Succi inventasse a tal beberagem que dispensa qualquer oficial de secretaria de se alimentar pelos meios comuns durante um mês inteiro.

Se a proposta, que infelizmente, foi rejeitada, viesse depois da notícia desse grande descobrimento, haveria uma atenuante à perversidade do Sr. Cesario Alvim. Desde que o empregado público, mediante algumas gotas de certo e determinado líquido, fique dispensado de mandar ao açougue e ao armazém durante trinta dias, podem os Srs. Deputados propor quantos impostos lhes passarem pela augusta e digníssima cabeça. Mas, caso se reconheça que a invenção de Succi não passa de uma tremenda pulha, não se lembrem Ss. EExs. De fazer propostas dessa ordem. Pelo contrário, proponham que nos mandem dar mais alguma coisa, e eu afianço-lhes que ninguém se zangará.

O mesmo não acontece quando se lê a história do que ultimamente se passou no tribunal do Júri da Corte – a menos que se tenha sangue de barata:

Na terça-feira passada foi julgado Geraldino José de Moraes, acusado de seduzir escravos e alugá-los, ou fingir que os alugava, a pessoas incautas, recebendo adiantadamente o preço do aluguel, e fazendo ouvidos de mercador a toda e qualquer reclamação.

Anteontem foi julgado José Balthazar Teixeira, que, em janeiro de 1885, mimoseou a sua amásia Balbina Rosa com um embrulho de frutas secas envenenadas com estriquinina. Os leitores conhecem a história desse curioso processo: uma amiga de Balbina, encarregada de fazer chegar o presente às mãos da outra, lembrou-se em caminho do rifão "Guardado está o bocado para quem o come", provou uma das frutas, e por pouco pagou com a vida a sua curiosidade gulosa. Deste modo foi descoberto o hediondo crime.

Pois bem: o monstro que reservara a Balbina tão esquisito festim... de Balthazar, foi absolvido, ao passo que Geraldino, o alugador de escravos aliciados, foi condenado a nove anos e nove meses de prisão com trabalho e multa não sei de quanto.

Não digo que absolvessem este malandro: castigo merecia-o ele, e rigoroso; mas a pena que lhe impuseram é tão exagerada, que o próprio promotor público apelou.

Ainda há poucos dias o Júri absolveu o célebre compadre do barão de Vila Rica, simplesmente pelo fato de lhe ter achado graça. Contudo, entre Lima e Silva, que está no gozo de sua liberdade, apto para fazer novos barões, e até condes e marqueses, e Geraldino, que vai passar toda a sua mocidade na Casa da Correção, a escolha é bem difícil.

O primeiro apanhou três contos de réis a um homem tolo, mas sério, prometendo arranjar-lhe um baronato; o segundo alugou escravos que não eram seus ou não existiam, recebendo de Fulano e Beltrano quantias que, reunidas, não perfazem de certo os três contos alapardados pelo primeiro. Em que pode ser este menos condenável que o outro? Tanto as pessoas enganadas por Geraldino como o comendador iludido por Lima e Silva foram vítimas do mesmo sentimento de boa-fé, porque tão natural nos homens é o desejo de ter criados que o sirvam como o de possuir títulos que os honrem.

Estou convencido de que Geraldino foi condenado a tantos anos de prisão, porque os jurados não souberam o que fizeram, ou não fizeram o que queriam fazer. E assim há de ser, enquanto o advogado do réu e o acusador tiverem o direito de recusar os vinte e quatro cidadãos mais inteligentes do sorteio.

A vida e a liberdade do próximo não podem estar à mercê de doze indivíduos que não saibam onde têm o nariz... nem a justiça.

Justiça têm feito a imprensa e público ao jovem compositor de *Herói à força*, que já na *Donzela Theodora* apresentara uma exuberante amostra do seu talento.

Dizem que Abdon Milanez não sabe nada de música; eu acredito sinceramente, mas como sei ainda menos que ele, admiro-o e aplaudo-o sem reservas.

Se eu há três anos não conhecesse a partitura do *Herói à força,* e ma impingissem como obra francesa, de Lecocq, Audran ou qualquer outro *maestro* em voga, não haveria de minha parte hesitação alguma em acreditar nisso, porque francamente, não vejo – e o público, que não sabe música, pensa como eu – não vejo em que as operetas de importação sejam superiores às de Milanez. Entretanto, desejo ardentemente que o meu inspirado amigo adquira o que ignora e aperfeiçoe o que sabe, porque decididamente não posso acreditar que ele não saiba alguma coisa mais do que eu.

Quero crer que o Abdon Milanez seja como um grande poeta que de vez em quando claudique em regras de metrificação e tenha uma detestável ortografia. Ora, isso é fácil aprender, que diabo! O que não se aprende é a espontaneidade, a inspiração, a fluência, a inflexão musical, a perfeita intuição da música de teatro e todas essas qualidades concorrem nele abundantemente, admiravelmente.

Se Abdon Milanez não sabe nada, como se diz, e escreve um *Herói à força*; em sabendo alguma coisa será capaz de escrever um *Fausto*. Ora, a termos ali um futuro Gounod, é realmente para lastimar que o deixemos entregue ao Sant'Anna. Pela rua do Espírito Santo vai-se perfeitamente à rua do Senado; à posteridade, nunca!

Artur Azevedo

23 de outubro de 1886

Compassivo leitor, eu resido na Rua da Misericórdia, que não é precisamente Dieppe, Touville nem outro qualquer lugar de recreio. O meu segundo andar é alto, fresco, espaçoso e bem ventilado, mas ora Deus! moro por baixo do Hospital Militar e perto da Santa Casa, entre o necrotério e a Câmara dos Deputados, a dois passos do laboratório das autópsias e do depósito de cadáveres. Isto não é um bairro: é um *memento, homo*!

É raro chegar à janela e não ver um caixão de defunto. Todos eles me passam pela porta. Um indivíduo que se colocasse na minha sacada durante algumas horas poderia fazer a estatística mortuária da capital!

Deixem-me trazer para estas colunas algumas considerações sobre esse horrível sistema de transportar caixões de defuntos, embora eu dê ao meu artigo as cores sombrias do *Caixão negro*, o romance que está sendo atualmente publicado em folhetins da *Gazeta de Notícias*. Entre parêntesis direi que me surpreendeu a troça feita à *Vida Moderna*, por esta simpática folha, a propósito dos horrores das nossas estampas, no mesmo dia em que ela publicava também uma gravura representando um cadáver medonhamente acocorado num caixão ao lado de um ananás e outras frutas de que se munira, provavelmente para não morrer à fome durante a travessia que fizera – segundo explica o texto – de New York a Paris!

Mas, voltando ao sistema de transportar caixões, vou contar uma história que presenciei há dias. Ao sair de casa, pela manhã, esbarrei-me com um membrudo sujeito de suíças, camisa de meia e descalço, com as calças arregaçadas até um pouco abaixo do joelho. Esse indivíduo carregava à cabeça um caixão de terceira classe. Acompanhei-o até a rua S. José, passando pela do Cotovelo. Aí tomamos direções opostas: ele foi para a casa do seu defunto e eu para a casa do meu barbeiro.

Nesse dia eu tinha que ir jantar com um amigo na Rua da Pedreira da Candelária. À hora competente, meti-me num bonde e saltei na rua da Pedreira da Glória. Imaginem qual foi a minha surpresa ao ver o caixão de terceira classe encostado verticalmente à parede, entre as duas portas de uma velha venda! Olhei para dentro deste modesto estabelecimento. O homem de suíças e camisa de meia estava bêbedo, radicalmente bêbedo. Reconheci-o, apesar de um fato que tenho observado muito: é incalculável o número de indivíduos de suíças e camisa de meia encontrados nas ruas do Rio de Janeiro. Um dia lembre-se o leitor de fazer pessoalmente essa observação, e saia de casa no firme propósito de reparar nos tipos dessa espécie. É característico.

Aquele pobre caixão de terceira classe viera naturalmente a correr a via sacra, de taverna em taverna, até ali. O homem de suíças, de embriagado que estava, nem podia dizer onde era a casa do defunto. A polícia levou-o para a estação e eu retirei-me dali justamente quando mandavam chamar não sei que autoridade para resolver sobre o destino daquele caixão transviado.

Imagino o que iria em casa do morto, onde debalde esperavam o caixão, gênero de primeira e mais absoluta necessidade! Que balbúrdia! a família reclamando o caixão à Misericórdia, a Misericórdia à procura do homem de suíças, o homem de suíças cozendo a bebedeira na estação policial, a polícia à cata do cadáver e o cadáver a apodrecer sobre um canapé, sem poder sair de casa!

Nada disso aconteceria se a Santa Casa dispusesse de veículos hermeticamente fechados, que se destinassem ao transporte de tais caixões. Escusava o público de fazer a

cada passo encontros desagradáveis. A gente deve lembrar-se o menos possível da morte.
— Mas a que propósito fala V. de sua casa e da Santa Casa? Perguntará, finalmente, o leitor aborrecido por lhe estar eu a impingir coisas mínimas que nenhuma relação têm com a crônica fluminense.
— Tem o leitor toda a razão, mas desconfio que continuarei a aborrecê-lo. Ontem, quinta-feira, passavam de onze horas da noite, e eu estava no meu gabinete muito entretido a arranjar uma peça que o Heller, do Sant'Anna, espera com a condescendência de um amigo e a impaciência de um empresário, quando, de repente, senti um cheiro muito pronunciado a chamusco. Se eu tivesse a desgraça de residir por cima de alguma venda, soltaria um grito de horror. Absorvido pelo meu trabalho, não notei que pelas três largas janelas, abertas para a rua, o gabinete fora invadido por uma nuvem de fumo rarefeito. Cheguei à janela, e um grande clarão avermelhado me feriu a vista. Era um incêndio, um incêndio pavoroso, como no tempo em que os circunscrevia o famigerado carvalho!

O fogo subia como vomitado por um enorme vulcão; havia um conflito de novelos rubros enroscados uns nos outros, salpicados de numerosas faíscas, que ascendiam vertiginosamente, numa cintilação pirotécnica. Era horrivelmente bonito!

Esta manhã, quando soube que a vítima desse incêndio tinha sido Gustavo — aquele bom e alegre Gustavo — senti remorsos de o haver apreciado de minha janela, como se apreciasse um fogo de artifício! E é a confissão pública dessa perversidade de meu espírito que eu desejei fazer neste artigo. *Pecavi...*

Aí está um incêndio que deve ser especialmente lamentado pelas crianças: quantos brinquedos queimados! Quantas bonecas destruídas pelas chamas!... Na imaginação infantil da criança há de reproduzir-se medonhamente a horrível catástrofe da Rua dos Ourives: polichinelos a torcerem-se entre as labaredas, como as vítimas da Inquisição, bebês de cera a derreterem-se, velocípedes a estalarem, bolas de borracha a inflamarem-se, cavalinhos de pau a crepitarem, e realejos, trens de cozinha, estradas de ferro, pandeiros, pitorras, espadas, espingardas – tudo a arder, a arder, a arder! Sabe Deus se este incêndio não vem sugerir a criação de um corpo de bombeiros de crianças.

Fico aqui. O leitor naturalmente vai dizer aos amigos que eu não fiz crônica por falta de assunto. Como se engana! Assuntos não me faltaram. Tínhamos dois mortos: Rotschild e o ator Montani, o ouro e a miséria, a felicidade e a desgraça. – O baile da Sereníssima Princesa Imperial, modelo de alta distinção, de *savoir-vivre* – o boato da próxima viagem de sua Alteza, que deseja consultar as sumidades médicas do Velho Mundo sobre o seu estado interessante. – a viagem de sua Majestade, o Imperador, que inspirou ao Neto, do *Mequetrefe,* uma página espirituosa e cheia de bom humor. – O julgamento do capitão Muller de Campos e a má vontade bárbara do promotor Durão. – O julgamento de Francisca de Castro, infeliz mulher que teve a desgraça de assassinar outra mulher. – A volta de Furtado Coelho e Lucinda, a colerina em Buenos Aires etc. etc.

Já vê o leitor que não faltaram assuntos para a crônica; o que faltou foi crônica para os assuntos.

Artur Azevedo

30 de outubro de 1886

O Castagneto, que, já o tenho dito e folgo de repeti-
-lo, é o mais original dos nossos pintores, acaba de expor
na casa Vieitas vinte e oito paisagens marinhas copiadas do
natural, em Angra dos Reis, a bela terra do bom peixe.

Há, entre esses estudos, alguns realmente dignos de
figurar na galeria de qualquer amador que se preze; mas,
ainda que a assombrosa fertilidade do Castagneto não pre-
judique absolutamente (o que não é vulgar entre pintores)
as outras qualidades de que ele dispõe, e sem as quais não
adquiriria a invejável reputação de que já goza, lamento que
este delicadíssimo artista não sacrifique um dia vinte, ou
trinta, ou quarenta estudos, como estes, à concepção e execução de um grande quadro, de alguma coisa "que fique".

Dar-se-á caso que o Castagneto tenha lido a tenebrosa
história daquele Claudio Lantier, e experimente os efeitos do
pessimismo esmagador de Emílio Zola? Vamos, meu artista,
un bom mouvement! Não há que hesitar! Estenda a tela, pe-
gue nos pincéis, espevite a lâmpada maravilhosa do ideal,
e mãos à obra!

É uma consolação tratar de arte e de artistas em tempos
tão melancólicos. Paira atualmente sobre esta nossa terra
uma nuvem de desalento, que invade todas as almas. A
questão militar – eis aí uma coisa inventada para entristecer
os espíritos mais indiferentes. E como se isso não bastasse,
aí temos notícias desesperadoras da província, e a absolvi-
ção de D. Chiquinha Calças-largas pelo meritíssimo tribunal
do Júri da Corte.

Em boa justiça, D. Chiquinha devia efetivamente ir para
o meio da rua. O crime de que a acusavam foi apenas mais

uma exibição de um drama, que há muito fez centenário, e a cujas representações a polícia jamais quis assistir. Um senhor ou uma senhora que mata um escravo ou uma escrava? Ora, ora! A peça é conhecida: os personagens é que mudam constantemente de nome e de sexo, o lugar da ação é que é outro, o desfecho é que às vezes é menos teatral: nem sempre a polícia aparece na última cena, como no *Tartufo*.

Se os cemitérios falassem...! Se a justiça dos homens pudesse penetrar até o fundo sombrio dessas propriedades agrícolas, onde o próprio Deus não teria forças para abolir a pena de açoites...! Vamos lá! Esta D. Chiquinha, se fosse condenada, pagaria por si e por outras muitas Donas Chiquinhas, cujas vítimas não andaram em procissão pela Rua do Ouvidor. O Júri da Corte fez bem absolvendo essa mulher que tem brilhantes e faniquitos.

Se alguma vez a sua apregoada loucura histérica lhe sugerir o desejo hediondo de matar lentamente outra Joana, faça-o com mais cautela, para não expor seu marido a despesas inúteis e desgostos sérios. Tome as devidas providências para que a vítima não venha cá fora assoalhar maus tratos e sevícias. Lembre-se de que estas coisas são sempre desagradáveis, principalmente para uma senhora, embora histérica, e fique certa de que, se o Júri a absolveu, a opinião pública, essa condenou-a a trabalhos por toda a vida, e de grilheta aos pés.

Condenados estão os imperantes – sem ter praticado crime de espécie alguma! – ao pior suplício que se pode imaginar; aturar manifestações de cinco em cinco minutos. Se é certo o que dizem os Joões de Barros e Fernões Mendes enviados pelas redações das folhas diárias para acompanharem suas majestades na sua digressão à província de S. Paulo, aquilo é um não acabar de vivas, foguetório, luminárias e discursos. Ainda bem que em toda a parte a liberdade de escravos tem sido complemento obrigado de tais festas; o meticuloso cronista do *País* registra fielmente as palavras caídas dos lábios do Imperador por essas ocasiões (– é sempre com prazer que vejo estes atos... – ou – seja um bom cidadão... etc.) palavras que, presumo, não passarão à posteridade como: atirem em primeiro lugar, Srs. Ingleses! –; – A mulher de Cesar não deve ser nem sequer suspeitada! –; – Do alto daquelas Pirâmides quarenta séculos nos contemplam! –, e outras.

Em S. João da Boa Vista havia uma bandeira com a seguinte quadra:

> Viva o cidadão monarca,
> Democrata soberano,
> Merecedor do respeito
> Do próprio republicano

Estes versos, cujo autor teria a vida ganha se estivesse na Corte e oferecesse os serviços da sua Musa ao Castelões e ao Paschoal, devem ter agradado ao Sr. D. Pedro II, pois é sabido que o principal traço político de sua majestade é justamente contar com o respeito do republicano. E não há negar que ao republicano tem isso aproveitado muito.

Enquanto sua majestade era cantado em quadrinhas na bela serra de Caldas, corria nesta Corte o boato de que o seu neto D. Pedro Augusto andava envolvido numa complicadíssima intriga amorosa. Folgo de ver desmentido esse terrível boato, lembrando aos leitores que, se não há mentira sem fundamento, não há calúnia que o tenha. Ou então não existe a calúnia. *D'abord un bruit léger* etc., – leia-se Beaumarchais.

Sobre o grande morto José Bonifácio de Andrada e Silva, que acaba de galgar o pedestal de estátua do patriarca da Independência, e pedir um lugar ao lado de seu glorioso avô, falará o meu colega Luís Murat. Eu já lhe prestei a minha homenagem no *Diário de Notícias*.

Outro cadáver, mais obscuro porém não menos digno de respeito, solicita neste momento o meu coração; o de

Alice Clapp, a filha querida de meu amigo João Clapp, o seu bom anjo, a sua alegria, a sua religião, o seu tudo!

Por mim e pelos meus companheiros da *Vida Moderna*, apresento ao pai angustiado os pêsames da nossa amizade; que esse arcanjo do lar, voando para a eternidade, não leve debaixo das asas brancas a fortaleza de amigo, a paz inalterável do espírito, a generosa inteligência, que tem feito de João Clapp um dos mais vigorosos atletas da grande causa da redenção dos cativos!

Artur Azevedo

13 de novembro de 1886

O *Cholera* bate-nos à porta... *Video lupum*! Há por aí muita gente assustada, e não tarda que seja imitado o exemplo do ex-boticário Ferreira, que fechou a loja e pôs-se a panos. Com a diferença de que os medrosos o farão por causa do *cholera* e o Ferreira o fez em seguida a um acesso de cólera. Cólera sem H. Sem H nem razão. Afinal de contas, o fato de possuir alguns milhares de contos de réis – como dizem que possui – não é motivo para que o aludido ex-boticário esteja fora do alcance do regulamento da Inspetoria de Higiene.

Quanto à invasão do *cholera* com H, tomo a liberdade de lembrar aos leitores que, nestas ocasiões, o pior é ter medo; devemos receber o inimigo – que, aliás, felizmente, ainda está longe de nós – de braços cruzados e com uma sobranceria que desde logo o convença de que não morreremos de caretas.

Há dias, numa roda de rapazes, falava-se do *cholera*.

– Se ele aparece, dizia um, eu meto-me no mato.

– Eu saio imediatamente da Corte, dizia outro.

– Eu subo ao Itatiaia, acudia o terceiro.

Enfim, éramos seis, e todos demos a nossa piada – todos menos um, que se conservou calado, muito pálido, com os olhos pregados no chão.

– E tu, perguntei-lhe; tu? que farás se aparecer o *cholera*?

– Eu morro.

Esta pusilanimidade ainda é mais perigosa que a própria peste. Nada! Deixemo-nos de fanfarrices, sim, mas não capitulemos desde já vergonhosamente.

Como já disse, o inimigo ainda está longe; as medidas preventivas adotadas pelo governo não têm que se lhes diga, e o calor aí está, para preservar-nos da grande calamidade.

Ainda não lhes falei da exposição Bernardelli-Facchinetti, mas nunca é tarde para tratar de assuntos relativos às belas-artes.

Se ainda não foram à Imprensa Oficial apreciar os belos quadros de Henrique Bernardelli, não percam tempo enquanto não se fecha a exposição. Recomendo-lhes, sobretudo, a *Farandola*, que, no meu entender, é um verdadeiro primor artístico. É natural que se insurjam, como eu me insurgi, contra aquele céu italiano das paisagens de Capri, de um azul violento, em contradição absoluta com a natureza fria da terra; mas dizem que aquilo é assim mesmo, que Henrique Bernardelli nos dá a impressão rigorosamente exata do que viu. Não discuto. Entretanto, prefiro-o como pintor de belas mulheres, e dou-lhe os sinceros parabéns pelos seus esplêndidos modelos – principalmente pelo modelo que lhe serviu, entre outros quadros, para aquele magnífico pastel intitulado *Cismando*. É uma *ragazza* capaz de apaixonar o artista – o que não seria precisamente um cúmulo.

O velho Facchinetti faz bem triste figura ao lado do seu jovem colega; mal avisado andou aceitando tão arriscada companhia. Decididamente, não posso tomar a sério aquela pintura meticulosa, em desacordo flagrante com todas as regras estabelecidas pela arte moderna. Para que as miniaturas do Facchinetti me deem alguma impressão da realidade, sou obrigado a tirar o *pince-nez* e a contemplá-las a olho nu, para não contar as folhas das árvores e as janelas das casas longínquas.

Um dos atrativos desta exposição é o busto de Henrique Bernardelli esculpido por seu irmão, o ilustre estatuário. Uma bela cabeça à Rubens, que se prestou maravilhosamente à severa fantasia do glorioso escopro a que devemos a inolvidável *Faceira*.

França Júnior, um magistrado que se fez homem de letras e um homem de letras que se fez artista, expõe, neste momento, na casa Vieitas, doze paisagens que trouxe de Caxambu, onde esteve a banhos. São estudos feitos com muita sobriedade de colorido, mas com uma segurança de desenho realmente admirável num amador. Cumprimento com efusão o autor do *Direito por linhas tortas*, e dou-lhe os parabéns pelo seu quadro do *Vale de Caxambu*, o maior e mais trabalhado dos doze que se acham expostos.

Da arte para a poesia a transição é fácil e a *Vida Moderna* deve algumas palavras a Fagundes Varela, a quem acabam de erigir um monumento fúnebre do cemitério do Maruí, em Niterói.

    El poeta en su misión
    Sobre la tierra que habita
    Es una planta maldita
    Con frutos de bendición

Estes versos de Zorilla – creio que são de Zorilla; cito--os de memória – aplicam-se perfeitamente ao mavioso cantor de *Juvenília*. O pobre Varela passou pela vida sem lhe conhecer senão os espinhos e as agruras: foi um mísero na acepção deste vocábulo vulgaríssimo, que tem servido de muleta a tanto alexandrino suspeito.

Eu jamais defendo a sociedade em que vivemos, porque sou como esses advogados que só se encarregam de boas causas; mas é mister confessar que Fagundes Varela a si próprio deveu tanta amargura. Se viesse ao mundo um pouco mais tarde, ou um pouco mais cedo, seria sem dúvida o mais ilustre dos nossos poetas; mas perdeu-se inteiramente no meio romântico em que caiu. Não foi a sociedade, mas a mesma convivência literária que o perdeu num tempo em que os poetas andavam convencidos – que força de imaginação! de que a poesia habitava o fundo dos copos como as nereidas habitam o fundo das águas. Nada! Eu prefiro, ainda assim, os poemas honestos feitos *aquae potoribus* pelos bebedores de água com quem tanto embirrava mestre Horácio.

Quem dera que Fagundes Varela tivesse sido do mesmo parecer! Em vez de um mausoléu no cemitério de Niterói, ter-lhe-íamos levantado uma estátua na capital do Império!

Artur Azevedo

20 de novembro de 1886

Suas Majestades Imperiais aí estão de volta de sua excursão à província de São Paulo. O Sr. D. Pedro II, longe agora dos delegados, subdelegados, vereadores, vigários, carcereiros, *reporters*, professores, alunos e tenentes-coronéis, que tanto o cacetearam durante a viagem, vai suspirar de aliviado nos cômodos de S. Cristóvão, e refletir sobre o que viu e ouviu em terras de Amador Bueno.

Notaram todos que Sua Majestade mostrou-se particularmente interessado pela sorte dos escravos protestando, em toda a parte, contra o abuso de serem recolhidos às cadeias públicas, independentemente de sentença, pelos simples mando dos respectivos senhores. A simpatia imperial, assim tão francamente manifestada, dá-nos a esperança de que, na próxima fala do trono, o monarca dará de mão a todos os trapos quentes em que nesta questão de elemento servil tem-se envolvido a coroa.

Visitando a província mais adiantada do Império, sua Majestade teve ocasião de indignar-se, e de dar largas à sua filantropia; faça ideia o Sr. D. Pedro II da indignação que se apossaria de seu espírito, se visitasse as províncias mais atrasadas; se percorresse os sertões do Norte, e assistisse às cenas dessa comédia sombria, cujos personagens são a Ignorância e o Cativeiro.

Resolva-se um dia sua Majestade a surpreendê-los no meio de uma representação; mas não se anuncie; vá sem espalhafato, sem os arautos da reportagem, *sans tambour ni trompette*; e eu afianço-lhe que há de ver coisas que nunca imaginou. Anunciada que seja com antecedência a sua visita, Sua Majestade nada verá, porque andarão todas as autoridades numa faina, de fazenda em fazenda, de povoação em povoação: – Aí vem o Rei; guardem isto; escondam aquilo; limpem aqui; varram acolá! Cubram aquele tronco! Uma mão de cal naquela parede! Aquele juiz de paz que não ande descalço! O subdelegado que não apareça ao homem de ceroulas, como nas audiências!...

Surpreenda-os, senhor; pregue-lhes um susto.

Outra majestade que também chegou foi o calor, esse calor benéfico e liberal, que nos dá vida e saúde, e que é tão caluniado nas casas particulares e nas folhas públicas.

As andorinhas do *high-life* fogem para Petrópolis e Friburgo. Eu aqui fico, afrontando resolutamente as audácias do termômetro, aquecendo-me sob este sol benigno, que me alenta, e renova o sangue das minhas veias.

Olhem para o nosso céu, para as nossas montanhas, para as nossas flores: vede que encanto primaveril em toda a natureza! Como o calor aformoseia tudo! Sente-se nas coisas uma germinação fecunda; tudo vive, tudo produz... em toda a parte o amor dominando a espécie!

Fujam! Fujam para as montanhas, e deixem-nos os nossos morros azuis e as nossas árvores, formosas na sua imobilidade de zinco.

A semana foi essencialmente teatral, por isso há de desculpar-me o colega *Cratchit*, se invado a seara que lhe pertence.

Inaugurou-se na Guarda-Velha um café... Perdão! Café é coisa que lá não há!... um cerveja-concerto, intitulado *Folies Brésiliennes*. Dizem que é empresária do divertimento uma parteira, que procura tirar dessa indústria algum resultado prático para a sua profissão. Não sei até que ponto seja isso verdade; só sei que o Sr. Subdelegado da freguesia de S. José não consentiu que eu assistisse ao espetáculo da estreia, pois no melhor da festa suspendeu a função.

Dei graças a Deus por ter voltado intacto para casa, e ainda não tornei às tais *Folies*, que nada têm em comum com as diversas *Folies* parisienses, desde as *Folies Dramatiques* até as *Folies Bergères*.

Não me parece que o gênero de espetáculos inaugurados na Guarda-Velha (esta Guarda-Velha é predestinada!) seja o mais apropriado para dar consideração a um artista! A uma artista, talvez...

Rialto, o escritor das *Entrelinhas* da *Gazeta de Notícias*, a quem tanto horrorizam as nossas gravuras, desta vez não terá razões para indispor a *Vida Moderna* com o público. A estampa de hoje representa uma menina com um gato ao colo; não há, que me conste, animais menos horrorosos que os gatos e as crianças.

Um poeta do meu conhecimento perpetrou o seguinte soneto, para acompanhar essa gravura:

INFANTILIDADE

Este reboliço vai na casa de Marieta!
É que fugiu *Mignone*, a gata favorita,
E tanto chora, e chora a pobre pequenita,
Que o papai manda pôr anúncios na *Gazeta*.

Da vizinhança alguém, com o olho na gorjeta,
A trânsfuga encontrou, que andava de visita
Ao demo de um maltês filósofo, que habita
De um cano de fogão a cálida saleta.

Marieta, ao ver *Mignone*, estende-lhe os bracinhos,
Dá-lhe um banho de amor em beijos e carinhos,
Nervosa, a soluçar, e ao mesmo tempo a rir.

E entre afagos lhe diz: "Senhora, foi preciso
Pôr-se um anúncio! Veja o que é não ter juízo!"
E todo o anúncio lê para *Mignone* ouvir.

Artur Azevedo

27 de novembro de 1886

As eleições municipais sucedem-se... e parecem-se. Sempre a mesma frieza, sempre a mesma culposa indiferença, sempre os mesmos nomes, alguns dos quais o município, por mais que parafuse, não sabe a quem pertencem.

Os novos edis ainda não se assentaram nas cômodas curuis que lá os esperam no campo de Santana; a ocasião é propícia para que lhes façamos as recomendações de estilo.

Lancem suas senhorias as vistas sobre esta heroica e leal. Como o Rio de Janeiro, nenhuma cidade do mundo depara à respectiva Câmara ensejo para brilhar, e tornar-se credora da gratidão de um povo. As ruas, esburacadas estas e malcheirosas aquelas; as casas mal pintadas ou a cair aos pedaços; os mercados imundos; as praças maltratadas; um desprezo geral, inqualificável pelo Código de Postura; a longanimidade dos fiscais e – Que me importa? – dos fiscalizados; tudo indica bem claramente o que deve fazer uma Câmara Municipal, desejosa de corresponder à confiança do povo.

– Não há dinheiro! Eis aí o grande argumento; os cofres da Câmara estão completamente vazios.

Pois é enchê-los! Entregue-se o leitor uma destas manhãs à interessante leitura do Código de Posturas; depois, imagine que é fiscal, e dê pela cidade um longo passeio, durante o qual vá multando, mentalmente, está sabido, os infratores, que em seu caminho encontrar, das mencionadas posturas: veja quanto pode um fiscal, por esse processo, que é o mais simples, o mais legal e o mais digno de aplausos, meter nos cofres da Ilustríssima.

Ao que parece, o *cholera-morbus* não tem desejos de cá voltar: talvez que não se tivesse dado bem em 1855 e em 1866. Pois se não vier, não é porque não façamos o que é humanamente possível fazer para atraí-lo. Não lhe fechamos os nossos portos, e, em tempos de peste, todos o sabem, não fechar portos é abrir portas.

Mas a saúde pública tem de curvar a cabeça diante desses terríveis e inatacáveis fantasmas que se chamam "interesses comerciais". Que sofra uma população inteira, contanto que eles, os tais interesses, não sejam levemente contrariados. O Governo pesa na balança das conveniências políticas estes dois fatos – *cholera-morbus* e fechamento dos portos –, e reconhece que esta é uma calamidade muito maior que aquela.

Só no último caso recorremos a meios extraordinários.

Podemos até modificar ligeiramente e adaptar às nossas atuais circunstâncias um conhecido provérbio: depois de roubado, tranca nos portos.

O que, sem medo de cair em erro, posso afiançar aos leitores da *Vida Moderna*, é que, se em poucos dias o *cholera* desaparecer totalmente da República Argentina, e houver no Brasil um caso, um único, e esse mesmo esporádico, dos *morbus* ou do *nostras*, ou mesmo de alguma cólica mais grave, que se discuta – a mencionada República há de ser a primeira a fechar-nos os portos!

Se formos visitados pela peste, do que Deus nos livre e guarde, Montevidéu, a terra das quarentenas e dos vexames, Montevidéu, que hoje brama e representa contra o lazareto da Ilha Grande, não só nos fechará o seu porto, mas levará o rigor sanitário ao ponto de proibir que se pronuncie em toda a República o nome do Brasil, como os efésios proibiram que se pronunciasse o nome de Erostrato.

Talvez a estas horas – e não é outra coisa – talvez o *cholera-morbus* e a febre amarela façam, extramuros, as maiores cerimônias para cá entrar, e, afinal de contas, por delicadeza, não entre nem ele nem ela.

– Então, querido colega? Tenha a bondade de entrar!
– Não! A senhora primeiramente.
– Isso, não! Ambos é que não é possível! Ou o senhor ou eu!
– Pois fique a senhora, que é de casa.
– Perdão, eu cedo-lhe este ano os meus direitos.
– Não. Não posso consentir... nesse caso, vou-me embora.
– Por quem é, colega... entre desassombradamente.
– Entre a senhora!
– Entre o senhor!
– A senhora!
– O senhor!
– Ora!
– Ora!
– Pois bem, uma vez que está fazendo tanta cerimônia, nenhum dos dois há de entrar.
– Pois está dito: deixemos esses pobres brasileiros em paz e às moscas. Ande daí, vamos tomar qualquer coisa.

E o *cholera* e a febre lá vão *bras dessus, bras dessous*, alegremente, para o diabo que os carregue!

Peste maldita, que me roubaste um dos maiores prazeres da minha vida, – ler o *Gil Blas*! Leitores, permitam-me este desabafo pessoal...

Imaginem que os últimos números da interessantíssima folha parisiense têm me chegado às mãos impregnados de ácido fênico. Pode ser que esta substância seja muito estimável como desinfetante: como perfume é simplesmente insuportável. Não há meio de estar uma pessoa no seu quarto, deitada, tendo à cabeceira do leito uma coleção de jornais recentemente chegados da Europa. Da Europa, sim; agora desinfetam tudo! O *Gil Blas* tresanda!

Com o olfato tão desagradavelmente impressionado, não me é possível ler, com a mesma satisfação de outrora, as belas crônicas de Nestor, de Grimsel, de Colombine e de Santillane, nem os magníficos contos de Catulle Mendès, Armand Silvestre e Banville!

Um horror! – O meu espírito, por mais que eu faça por fortalecê-lo, não pode associar o prazer que me dá um artigo de Fouquier com a irritação que me causa o cheiro do ácido fênico. E ler de nariz tapado é coisa incômoda, que não faço, nem mesmo quando por acaso me cai sob as vistas qualquer dessas polêmicas de regateira, que são a vergonha da nossa imprensa diária.

Artur Azevedo

4 de dezembro de 1886

O *Jornal do Comércio* termina com as seguintes palavras o artigo congratulatório, que publicou anteontem, aniversário natalício de S. M. o Imperador:

> Não houve nunca amor da pátria mais acrisolado, nem cremos que em todo o Império haja homem que, mais ardente e sinceramente do que o Sr. D. Pedro II, deseje que sempre felizes os brasileiros possam nunca ter de recordar com lágrimas de pesarosa saudade a data que celebram hoje com júbilo, o dia 2 de dezembro.

Os leitores prestem toda a atenção a essa chave de ouro, e digam-me se aquilo em trocos miúdos não quer dizer: "O Sr. D. Pedro II é o brasileiro mais desejoso de se que se prolongue a sua existência". E ainda assim é um modo de falar, porque o *Jornal do Comércio* atribui claramente ao monarca certas veleidades de imortal: ninguém mais ardentemente deseja, diz ele, que os brasileiros possam nunca recordar com lágrimas o 2 de Dezembro.

Ora, para que os brasileiros não possam para o futuro recordar com lágrimas essa data, hoje faustosa, é mister das duas uma: ou que Sua Majestade não morra, ou que todos os outros brasileiros morram antes dele.

Por outro lado, pode-se considerar que muito pior será para o Sr. D. Pedro II se morrer, e o 2 de Dezembro não for lembrado com lágrimas, o que significará que Sua Majestade morrerá como Luís XIV, esquecido por todos depois de ter sido sinceramente amado pela maior parte.

Em todo o caso, triste lembrança teve o *Jornal do Comércio* falando de nojo quando se tratava de gala, misturando as lágrimas hipotéticas de amanhã com a evidente alegria de hoje, queimando brandões de cera quando devia queimar foguetes.

Enquanto os grandes do Império despiam anteontem os pesados fardões agaloados, depois de exibirem no Paço a tradicional mesura dos cortejos oficiais, alguns amigos enterravam, no cemitério de S. João Batista, o pobre Joaquim Veloso.

Conheceram-no? Era o conselheiro menos conselheiro que podia haver. Um companheiro alegre, bom, comunicativo, precioso. Vivera meio século, e parecia não ter deixado ainda a casa dos trinta. Associava perfeitamente a dignidade de lente da Escola de Marinha com as suas rapaziadas, eternas rapaziadas, de *viveur*. Diante dos seus discípulos, era um professor habilitado, sério, respeitável; ao lado de uma mulher bonita era um homem de espírito, um solteirão que se não sacrificava às brutalidades do amor comprado, mas comprazia-se na convivência alegre do sexo que se intitula fraco. Havia dous homens naquele homem, que ensinava matemáticas à luz do sol e fazia *calembours* à luz do gás. Em qualquer deles, porém, acharíeis um cavalheiro e um amigo.

Encontramo-nos um dia em Paris, no *boulevard*, por acaso. Joaquim Veloso andava estudando já não me lembra que indústria, e contava introduzi-la no Rio de Janeiro. Não sei em que deu isso. Naquele dia jantamos juntos num bom restaurante, e entre o café e o *cognac*, enquanto alguém de minha família se levantou para ir lavar as mãos, ele disse-me, todo derreado na sua cadeira, os polegares metidos nos sovacos do colete, com uns tons de *corpuchic*:

– V. está acompanhado; a Paris, meu amigo, deve-se vir sozinho.

– Opinião de solteirão egoísta, retorqui.

– Paris, acrescentou ele, é um banho de mar, que não faz efeito quando não há mergulho. V. é um banhista que não pode mergulhar; conhece apenas a superfície deste oceano.

Permitam que lhes fale ainda de outro morto.

Inaugura-se hoje, no cemitério de S. Francisco Xavier, o túmulo erguido para depósito das cinzas de Sá Noronha. Como se sabe, a iniciativa desta piedosa demonstração de saudade partiu do *Diário de Notícias*; a subscrição aberta no escritório desta folha atingiu a soma necessária, e uma comissão, composta por quatro amigos e admiradores do ilustre compositor português, dirigiu os trabalhos, confiados ao hábil marmorista e arquiteto brasileiro, Sr. Ludovico Berna.

Evitou-se, pois, que as cinzas do autor do Arco de Sant'Anna fossem dispersas: honra do *Diário de Notícias*. Quando algum dia Portugal fizer o inventário dos seus homens, e procurar saber onde para a ossada de Francisco Sá de Noronha, que foi uma individualidade artística, o Brasil poderá apontar para esse túmulo modesto, em vez de interrogar com os olhos as misteriosas e hediondas valas onde se atiram os ossos dos indigentes.

Mas agora reparo que a minha crônica tem estado por demais fúnebre. Não lhe quero carregar a cor sombria com mais comentários sobre a grande nota da atualidade. Já sabem que me refiro ao colégio Abílio.

Demais, os meus bons amigos e ilustrados colegas Luís Murat e Xavier da Silveira Junior, discípulos agradecidos do Sr. Barão de Macaúbas, defendem, neste mesmo número da *Vida Moderna*, o colégio Abílio das graves acusações erguidas em toda a imprensa contra ele; seria uma indelicadeza da minha parte reeditar aqui as asperezas que *Elói, o herói*, escreveu no *Diário de Notícias*.

Aludidos colegas rebatem uma frase minha: – o educador não deve nunca zangar-se –, e dizem que a mesma coisa seria exigir que fulano não se risse, Beltrano não se divertisse ou Sicrano não chorasse.

Sim, meus estimados colegas, concordo, é isso mesmo.

Assim como exigimos do acrobata que dê cambalhota, do pintor que nos faça um retrato parecido, do alfaiate que nos cosa uma casaca elegante, da carpideira que chore alheias mágoas, nós que não sabemos ginástica, nem pintura, nem o manejo da agulha, da linha e da tesoura, nem temos a lágrima no canto do olho, nós, sem paciência para aturar meninos, sem confiança no nosso sistema nervoso, devemos exigir que o educador seja brando, meigo, terno, afável, persuasivo, que tenha um temperamento especial, finalmente que não se zangue nunca.

Quem não tiver este feitio, não se meta a educar crianças. Cada qual para o que nasceu, que diabo! – Já o velho Tolentino exclamava – e ainda há dias o citei num ligeiro artigo:

>Que não deve chorar alheio fado
>Quem tem o de ser mestre de meninos.

Artur Azevedo

11 de dezembro de 1886

Estranha Valentim Magalhães que, depois de prolongada e dolorosa moléstia, o Guilherme de Aguiar houvesse reaparecido no palco do Sant'Anna sem que os seus amigos e admiradores lhe fizessem uma grande manifestação. Eu por mim não estranho coisa alguma. Os bons atores indígenas, são, por via de regra, tratados na nossa terra com muita indiferença. Para que o Guilherme de Aguiar valesse alguma coisa, devia ter vindo artista dramático de Portugal. Mas só se fez ator depois de ter sido caixeiro de armarinho; esse é que foi o mal.

O público é muito ingrato para com os nossos atores, e há dias, quando o *País* classificava de *cabotine* a velha Clélia, nenhuma voz senão a minha se levantou em defesa dessa pobre senhora, que é, incontestavelmente, uma de nossas primeiras atrizes.

Mas o exemplo mais flagrante da ingratidão do público é o ator Martinho.

Ainda ontem o encontrei andando a passo de carga: levava debaixo do braço o protocolo, ou coisa que o valha, e no queixo uma bela pera grisalha, à Saldanha Marinho.

Ele, o capitão Tibério, do *Fantasma branco*, o Batatudo, do *Vinte e nove*, o Leonardo, dos *Milagres de Santo Antônio*, o Pedrinho, da *Graça de Deus*; ele, o Martinho, a encarnação da graçola do tempo da *Marmota* e do José Antônio, ele, o Martinho, de pera!...

E o público?... onde está o público fluminense que não vê isso?

Pois já te não lembras, ingrato e desconhecido público, já te não lembras do teu *Bolieiro*, do teu *Mascate italiano*, do

teu Martinho?... daquele que punha fora do bastidor a ponta do pé, e isso bastava para desatares uma gargalhada homérica, vibrante, maior, muito maior que o teu reconhecimento?
Pobre Martinho!
Outrora, sempre que se anunciava o seu benefício, a polícia tomava medidas preventivas contra a conquista dos bilhetes! Havia sempre ferimentos... Mortes não consta que as houvesse nunca...
Nos espetáculos comuns, não podia, por motivo qualquer, ser exibida a farsa anunciada.
João Caetano vinha ao proscênio, e dizia:
– Respeitável público, não podendo, por motivos independentes de minha vontade, ser hoje representada a farsa Tal, o ator Martinho...
Não se ouvia o resto! Que gargalhada! Que salva de palmas!
Bastava pronunciar este nome, Martinho, para eletrizar aquele público.
Digo aquele, porque com certeza já não és o mesmo, ingratatão de uma figa!
Dás o cavaco pelos bons artistas enquanto eles não têm cinquenta anos. Não és o público francês, que guarda, até a última pluma, os velhos espanadores de sua hipocondria.
Este velho espanador benemérito, o Martinho, queixava-se da má fé dos empresários, a quem chama travessos. Vocábulo antigo com aplicação novíssima.
– Não me queixo do público, disse-me ele há dias; não foi o público que se esqueceu de mim; fui eu que o deixei, e de mais a mais, à francesa. E acrescentou:
– Empresários é que não os quero mais. Enquanto vivi do teatro, vivi da desconfiança; por isso, fiz-me cobrador da Companhia de Seguros Confiança.
Cobrador, ele, que nunca precisou "cobrar benefícios".
O velho ator quer iludir-se a si mesmo quando protesta não se queixar do público. A fria recepção que fizeram ao Guilherme – um grande ator, como bem disse Valentim Ma-

galhães – é a prova mais frisante de que o frequentador dos nossos teatros julga-se desobrigado para com aqueles que o divertem, desde que paga por alguns vinténs o direito de assistir ao espetáculo.

Artur Azevedo

18 de dezembro de 1886

*F*iquem os leitores prevenidos que lhes vou dar uma crônica triste como um farricoco. Bem sei que nestes tempos de calor, com que todos embirram menos eu, e de carne podre, e de *cholera-morbus* em perspectiva, o meu dever é tratar de assuntos alegres e brincalhões; mas a semana esteve infelizmente mais para um *andante* que para um *scherzo*, e a fisionomia dos fatos reflete-se fatalmente nestes rabiscos obscuros.

Imaginem que nesta semana chorou o Vasques, e chorou desesperadamente; quando chora o Vasques, que a tanta gente faz rir, é justo que todos chorem, que chore o próprio riso, e a gargalhada se converta num soluço enorme, infinito, que lembre o estertor de um gigante.

O popularíssimo ator está viúvo; perdeu a desvelada companheira que durante trinta anos o amou com tanto devotamento...

Era uma santa criatura Amélia Vasques. Só os que tiveram a ventura de conhecê-la de perto poderão dizer que gasofilácio de afetos e de virtudes eram aquele coração e aquele espírito. Já eu o disse noutro lugar, e agora o repito: ela foi o modelo das mães, o exemplo das esposas, o beijinho das avós.

Nunca ninguém carregou com mais sublime resignação a pesada cruz do matrimônio; nunca ninguém afrontou com mais angélico sorriso as maiores contrariedades da vida; nunca ninguém recebeu com mais sobranceria a medonha visita da morte.

Durante os seus últimos dias, atomentada por uma enfermidade terrível, no epílogo daquela existência de afetos e de ternura, de amor e de sacrifício, toda a sua piedosa preocupação era iludir o esposo e os filhos sobre a gravidade visível e desesperadora do seu estado.

– Não sinto nada... estou boa... completamente boa, murmurava, já com os olhos embaciados pela agonia.

No momento supremo, em que instinto da conservação naturalmente domina todos os outros, em que o egoísmo é um sentimento fatal, – pobre senhora! – talvez sofresse menos pela presunção da morte que pela certeza de que ia ser a causa de sofrimentos alheios.

O Vasques foi para ela o melhor marido que poderia dar um ator que precisava tirar de todas as sensações humanas o próprio gérmen do seu talento, a manutenção – pode-se assim dizer – das suas faculdades artísticas.

Não é o vício que disputa o ator ao conchego íntimo da família: é o próprio teatro. Nenhum artista é completo sem essa desordem, em que atua menos o coração que o espírito. De tentação em tentação, o pobre diabo de carne e osso cai de remorso em remorso.

Minhas leitoras solteiras, aceitai o meu conselho: não vos caseis com um homem de teatro, principalmente se esse homem tiver prestígio artístico. Ele vos amará, será solícito, desvelado, respeitoso; mas nunca poderá pertencer-vos integralmente. O teatro é um grande ladrão. Arreceai-vos dele.

Quando cheguei perto da cova em que ia ser enterrada Amélia Vasques, reparei noutra sepultura, ao lado, que havia sido atulhada de terra naquele momento.

Junto a essa sepultura vi um oficial de marinha tão absorvido na sua dor, que não deu pela chegada do numeroso préstito que acompanhava a morta. As lágrimas deslizavam-lhe na fronte varonil de marinheiro valente, e caíam-lhe na farda. Era um companheiro de bordo, um amigo íntimo do infeliz tenente Rosas, que ali dormia o derradeiro sono.

Aquela cena me comoveu profundamente: na realidade, deve ser um amigo aquele amigo, que esperou pela última pá de terra, que se deixou ali ficar chorando amargamente, lavrando com lágrimas um mudo protesto contra esse direito do verme sobre o corpo, e de Deus sobre a alma; imaginando nessa tremenda peleja do finito e do infinito.

Para onde irão os que amamos?

Quando me afastei dali, com o peito oprimido por um sentimento indizível, pensando naquele pobre Rosas... tão guapo e tão cheio de vida... dilacerado por uma corrente de ferro, a bordo do seu navio, do seu *Aquidabã*, que pretendeu talvez, por esse hediondo modo, provar não ser de papelão, como diziam – embrenhei-me sozinho nas sombrias alamedas dos túmulos, percorrendo com vista os epitáfios... alguns dos quais são tão cômicos... tão....

Embora! Como eu amo a paz dos túmulos, e como, entre os mortos, me sinto fortalecido para os combates da vida!

Quando saí do cemitério, já lá não estava ninguém. Era o lusco-fusco. Tomei o meu carro; tinha caminhado apenas algumas braças, quando passei pelo oficial de marinha que voltava do cemitério, a pé, cabisbaixo, as mãos nas costas, fumando melancolicamente o seu cigarro...

– Como vai triste... pensei; com que saudades lá deixou ficar o pobre amigo coberto com tanta terra! – Ora! daqui a meses... ou daqui a anos... talvez nos encontremos num baile... numa pândega qualquer... Deus soube o que fez quando semeou no mundo o bálsamo da consolação, e o Dr. Ayer tornou-se um benemérito da humanidade quando inventou o *Pronto Alívio*.

À medida que eu me afastava do cemitério, o coração se me desoprimia, e o bom humor voltava ao meu espírito.

O cocheiro teve a fantasia de atravessar a vila Guarani quase em completa escuridão. Pois bem, dir-se-ia que esse lugar solitário, que ainda não foi invadido pelos mestres de obras; ermo, onde predomina ainda o verde dos capinzais taciturnos – acabava de me aliviar completametne, como se fora um éden, a que eu ligasse deliciosas recordações!

E não mais pensei nos mortos, para lembrar-me dos vivos, principalmente dos que amo.

Artur Azevedo

25 de dezembro de 1886

Há dias compareceu perante o tribunal do júri, um miserável gatuno, acusado de haver furtado um candeeiro de querosene. Esse pobre diabo, que esteve durante nove meses na Detenção, esperando o seu julgamento, só foi para a rua pelo voto de qualidade.

No dia seguinte era unicamente absolvido João Antonio da Costa Silveira, que, em abril do corrente ano, um mês depois de casado, assassinara a navalhadas sua mulher, D. Joana Constança Papi.

Eu condoo-me tanto deste desgraçado, como da pobre mulher que ele tão barbaramente matou; mas é triste ver assim proclamado pelo júri o direito do assassinato. Demais, dizem-me que Silveira é menos Otelo que Sganarello; não houve a alma danada de um Iago que o justificasse. Suspeitas, meras suspeitas... dúvidas que não se converteram em certeza... lágrimas que se transformaram em sangue...

Na verdade, repugna aos espíritos honestos acreditar que uma rapariga de vinte anos prevaricasse um mês depois de casada, a ponto de merecer pena de morte... Mas o tribunal do júri reconhece e sanciona esse absurdo...

Não vem a pelo, nestas ligeiras colunas, discutir os discutidos direitos da mulher. Mas dói-me, creiam, lembrar-me que, se se invertessem os papéis: se este Silveira fosse um marido infiel, e a esposa, louca de ciúmes, o assassinasse, a pobre Constança estaria a estas horas vergada ao peso de uma condenação rigorosa.

– Malvada! Mulher sem entranhas! Peste! Assassinar o marido! Pantera! Privemo-la da luz meridiana, metamo-la num cárcere bem fundo, onde o seu hálito não infeccione o ar que respiramos e os olhares não prostituam o sol!

De modo que o homem, o forte, pode cometer todos os excessos da paixão, ao passo que a mulher, a fraca, só tem o triste direito de resignar-se.

A grande atenuante desses indivíduos que matam as mulheres – é o amor. Mas não será, em muitos casos, não o próprio amor mas o amor próprio. E que outra coisa é o sentimento de ciúme senão egoísmo?

Já não estamos no tempo em que a honra de um homem dependia da educação ou do temperamento de uma mulher. O marido não é responsável pelos desvarios da sua cara metade. Quando adquire a certeza de que é enganado por ela, manda-a para casa do pai ou para a casa do diabo, e divorcia-se. Matá-la é um recurso que lhe não restitui a honra, se a tiver perdido, nem a piedade dos outros, se a solicita.

O diabo é saber da sua vergonha e conformar-se com ela. O marido que assim procede causa nojo, embora invoque a desculpa da educação dos filhos. Nada mais justo que separá-los da mãe; esta não poderá receber castigo mais tremendo nem mais doloroso.

João Silveira casara havia apenas um mês; não podia estar completamente identificado com sua mulher; não tinha filhos com ela; uma separação absoluta punha-o a coberto de qualquer insinuação desairosa, ao mesmo tempo que o justificava. Preferiu tornar-se um assassino, e mergulhar para sempre a alma no sangue da infeliz moça. Sua alma sua palma.

Está um tanto paralisado o nosso movimento artístico. Sempre julguei que tivéssemos um fim de ano mais animador. Nestes últimos dias a produção de coisa que se veja tem se limitado a quatro paisagens de A. Parreiras, expostas no Moncada, e a um palmo de tela, deliciosamente pintado por França Júnior, e exposto na *Glace Elégante*.

O Castagneto voltou de Angra dos Reis com as mãos abanando: as chuvas não o deixaram sujar a palheta. Está agora na Ponta d'Areia, donde trará – diz ele – meia dúzia de bonitas marinhas, e o mais depressa possível. Ora queira Deus!

Por falar em artistas: deixem-me desejar a boa-vinda ao Xisto Bahia, que aí está de torna-viagem do Norte.

Brevemente teremos o prazer de reatar relações com aquele inolvidável Bermudes, da *Véspera de Reis*.

O Xisto Bahia é um dos nossos atores mais originais e mais inteligentes. Esta ausência de três anos naturalmente não fez com que nos esquecêssemos dele, e a prova disso terá o *seu Barmude* no primeiro espetáculo em que se apresentar.

Azeitar mandíbulas.

Artur Azevedo

1 de janeiro de 1887

Os inimigos d'alma, diz a doutrina cristã, são três: mundo, diabo e carne. Mas presentemente, nesta boa e heroica cidade de Estácio de Sá, tira-se à carne a acepção figurada e faz-se dela um inimigo – e que inimigo! – do corpo. O matadouro de Santa Cruz manda-nos a carne podre como a consciência de certos açougueiros, que nesse estado a impingem à pobre população. Parece impossível que, tendo-se feito um matadouro tão caro, não se observassem as regras impostas às construções desse gênero. Dizem-me que da falta de tendais provêm todos os inconvenientes que nos obrigam a comer carne podre, como se fôssemos animais sem dono.

A carne fica em Santa Cruz longas horas empilhada e exposta à ação corrosiva do sol; depois é arrumada a trouxe-mouxe, em vagões que não têm a capacidade precisa para transportá-la convenientemente, e chega a S. Diogo em petições de miséria.

Mais de uma proposta tem sido apresentada à Câmara e ao Governo para o transporte da carne e sua conservação por meio dos processos de frigoríferos, que são, aliás, de uma simplicidade admirável.

Ignoro que considerações houvesse para que entre tais propostas nenhuma fosse imediatamente aceita. Tratando-se, como se trata, de um benefício real, feito à população, é muito para estranhar a negligência do Governo.

O mal consiste, cuido, na aluvião dos pretendentes, que, desejando todos a mesma coisa, atropelam-se nas antessalas das repartições públicas, e nem alcançam nem deixam que outros alcancem a suspirada concessão. É como o caminho da fortuna de que fala o Fígaro. Entretanto, é fácil estudar, que diabo! qual das propostas poderá mais facilmente livrar-nos desse condutor de pestes que se chama carne deteriorada.

Da alimentação depende, mais do que geralmente se costuma pensar, a felicidade dos povos. Não pode haver um cérebro sofrível onde haja um mau estômago. E, sejamos francos, nós nos alimentamos mal, muito mal, e temos uns diabos de estômagos bem melindrosos. Em toda a parte do mundo, ir ao Mercado é um regalo que predispõe favoravelmente o estômago de qualquer indivíduo que deseje agradar a vista antes de agradar ao paladar; no Rio de Janeiro, ir ao Mercado é o meio mais seguro de perder o apetite. Aquela imundície é capaz de ofender a suscetibilidade gástrica do próprio Castro Urso.

Abençoado será o Governo paternal que nos brinde com um bom mercado, e prescreva enérgicas posturas, que mantenham o asseio, condição fundamental e indiscutível de tais estabelecimentos.

No Rio de Janeiro não se come. Janta-se, almoça-se, ceia-se, mas não se come. Comer é uma ciência difícil, a que ainda não chegou a nossa civilização. Poucos entre nós conhecem a harmonia dos *menus*. O estômago do fluminense está confiado a cozinheiras boçais, que ignoram a relação desses com aqueles acepipes. Servem-se todos os pratos ao mesmo tempo, atabalhoadamente, sem critério, sem arte, sem o bom-senso culinário, que é preceito irrefragável para bem viver.

"Uma boa dona de casa", quando "determina" um jantar, o faz ligeiramente, sem consultar as incompatibilidades ou as conexões que existem entre os diversos pratos. Vão lá dizer-lhe que a salada é um mediador plástico entre o assado e a sobremesa. Vão lá dizer-lhe que – sopa, feijoada, ensopado, carne assada e laranja – é o jantar mais pulha que pode haver, e que, pelo mesmo preço, pode-se arranjar um jantarzinho digno de ser oferecido ao próprio *Brillat Savarin*!

E note-se com que falta de *savoir vivre* se ingerem todos esses absurdos gastronômicos! Conheço pessoas distintas que comem tudo no mesmo prato, ou antes, na mesma gamela; senhoras que blasonam de elegantes e metem a faca na boca, e palitam os dentes à mesa, quando os não desentopem com a ponta da língua, produzindo um assovio característico, muito desagradável.

Muito desagradável é também a questão suscitada entre dois distintos jornalistas a propósito do *D. Quixote*, mutilado pelo Sr. Carlos Jansen para uso da infância. O Sr. Jansen não fez mais do que fizeram Florian e outros; mas isso não é razão para que nós, homens de letras, concordemos com tais mutilações.

O *D. Quixote* circunciso deixa de ser *D. Quixote* – um livro que não se fez para crianças, nem para donzelinhas.

Eu embirro com essa livraria didática, traduzida ou adaptada de gloriosos alfarrábios, e consistindo na dinamização literária de coisas escritas por grandes homens para homens grandes. Façam-se livros para a infância, mas não se alterem escritores imortais, em quem ninguém tem o direito de bolir, a menos que se trate de tornar "representável" uma peça de teatro.

Os editores Laemmert são useiros e vezeiros desse delito; em sabendo da existência de um grande livro antigo, vão ter com o Sr. Jansen, e gritam-lhe:

– Pega nele pra capar!

Artur Azevedo

8 de janeiro de 1887

Parece que é obrigação de todo o cronista que se preza desejar as boas-festas aos leitores. Cumpro de muito boa vontade esse dever, fazendo votos para que o ano novo lhes traga um milhão de prosperidades, para que se não esqueçam da *Vida Moderna*, que precisa, como todo o jornal, de apoio do público.

A *Vida Moderna* tem – me parece – cumprido rigorosamente o seu programa; não deu menos do que prometeu, e mais não fez, porque realmente não lhe foi humanamente possível.

Todos quantos sabem as dificuldades com que luta na nossa terra qualquer empresa literária, por mais insignificante que sejam, louvarão, certamente, a nossa persistência e – posso dizê-lo – a nossa coragem.

Tudo quanto temos conseguido, devemo-lo neste momento – devemo-lo aos nossos bons editores, Srs. Lombaerts & C., e aos graciosos e ilustres colaboradores que nos têm auxiliado, sem outra recompensa mais do que a nossa profunda gratidão, moeda esta com que dificilmente poderão mandar ao açougue ou à padaria.

A todos envio, no meu nome e no nome do meu colega Luís Murat, sinceros agradecimentos. Escorada por tão bons esteios, é provável que a *Vida Moderna* consiga triunfar contra qualquer sopro mais rijo do destino.

Os nossos editores já fizeram encomenda de novas gravuras, cada qual mais digna de atenção. Em Deus confiamos que havemos de conquistar o público, pelos olhos e pelo espírito.

E, uma vez que falei deste ponto vou confiar ao leitor o segredo do nosso ideal.

Ei-lo, em poucas palavras: transformar a *Vida Moderna* em periódico exclusivamente nacional, publicando gravuras executadas à nossa vista, sobre assuntos da atualidade, logo que os nossos gravadores possam competir com os do estrangeiro, ou, por outra, logo que possamos mandar buscar artistas que nos livrem deste mau fado de reproduzir, reproduzir sempre, sem jamais produzir.

Bem sei que isso custará muitos sacrifícios, mas queira o público, e tudo se arranjará.

A *Vida Moderna* é talvez, a crisálida de uma "ilustração" brasileira. Que felizes seríamos, se pudéssemos desde já converter em realidade este belo sonho?

Lá vai caminho da Europa a nossa estimada Princesa, em companhia de seu esposo o Sr. Conde D'Eu, de seus filhos e do aio destes, o Sr. Dr. Ramiz Galvão, ex-diretor da Biblioteca Nacional.

A acreditar no que por aí se diz, com visos de verdade, a sereníssima Sra. D. Isabel vai ter o seu bom sucesso na Europa, visto não lhe inspirar confiança alguma a ciência obstétrica dos doutores indígenas. O fato não deixa de ser um pouco humilhante para a corporação médica desta corte; mas é o caso que se imponha, e a Princesa, não deixa de ser senhora de seu nariz.

Bons ventos a levem, e melhores a tragam em companhia de um príncipe rechonchudo e bonito. E durante a ausência de Sua Alteza, que se consolem Petrópolis e os concertos clássicos.

Bem insípida foi a semana que passou, todas de festas e bailes carnavalescos. De um fato apenas se falou, mas esse naturalmente escapa ao tinteiro de um cronista discreto e generoso.

Aposto que adivinham ao que me refiro... pois fiquem sabendo que lhes não dou o gostinho de explorar este escândalo...

Demais, ao que me informaram, *ele* é solteiro e *ela* viúva. Só têm que dar satisfações à sociedade; mas é de presumir que a sociedade não lhas peça...

Apenas estranho o lugar que escolheram para os seus colóquios amorosos....

Que livro impagável escreveria um Chavette sobre as nossas praias de banhos!

Dizem-me que a taxa dos juros dos depósitos da Caixa Econômica foram reduzidos de cinco a quatro e meio por cento.

Pudera! Não fosse ela econômica...

Artur Azevedo

15 de janeiro de 1887

Fui outro dia ver o novo edifício do Gabinete Português de Leitura, que está quase concluído e será inaugurado, dizem-me, em 10 de setembro próximo, quinquagésimo aniversário da fundação daquela altíssima sociedade.

Não há dúvida de que é o primeiro edifício do Rio de Janeiro, metendo em linha de conta a Casa da Moeda e a decantada Academia de Belas-Artes, que eu, confesso, nunca a achei lá essas coisas, apesar do entusiasmo do Sr. Escragnolle Taunay.

Quem penetra no novo edifício parece que entra num desses alcáceres, vestígios brilhantes da passagem do árabe na península ibérica. O fluminense, que ainda não saiu do Brasil, e, em matéria de arquitetura, nunca viu coisa melhor que o palacete do Barão de Nova Friburgo, naturalmente pasma diante da harmonia daqueles rendilhados, daquela confusão de cores que se combinam com tanta arte. Nada ali se afasta uma polegada do estilo manuelino, que é, por bem dizer, o árabe batizado na pia católica; tudo obedece à mesma intenção artística; tem tudo o mesmo cunho arquitetônico.

A parte principal do edifício, imensa biblioteca, cercada por uma dupla galeria bastante alta, e profusamente iluminada pelos raios do sol, coados através de um teto de vidro, magnificamente disposto; é de um luxo de ornamentação até hoje desconhecido no Brasil.

Nem cabe nessa coluna a descrição geral e minuciosa do edifício, nem eu nesse gênero faria coisa que me satisfizesse: vá o leitor à Rua de Luís de Camões; transponha aquela esplêndida fachada, reprodução exata de um dos mais curiosos monumentos de Lisboa – o mosteiro de Belém – e receba *de visu* a inefável impressão, que a minha pena, por mais que se esforçasse, não poderia dar-lhe.

Esse edifício, levantado com tanta honra para a colônia portuguesa do Rio de Janeiro, e tanta vergonha para nós, fluminenses, que nenhum temos tão sólido, tão elegante, tão coerente, tão digno de capital de primeira ordem, esse edifício, terminadas todas as obras, importará em menos de quinhentos contos de réis!

Não sei o que mais admire, se o monumento, se a economia com que o fizeram.

Quando o governo brasileiro encarregar o Sr. Dr. Paula Freitas de construir uma casa para a Biblioteca Nacional, é provável que despenda mundos e fundos, e o monumento rache mais dia menos dia. Proponho que se peça aos diretores do Gabinete Português de Leitura o segredo de uma obra boa e barata. Esses cavalheiros não o recusarão, certamente.

Os atuais vereadores da ilustríssima Câmara Municipal reuniram-se pela primeira vez no dia do corrente. Não consta que houvesse conflito; a polícia não foi incomodada e isso é bom sinal.

O vereador Cândido Leal, estimulado pelo exemplo da municipalidade de S. Paulo, propôs que a rua do Ouvidor ficasse sendo a rua de José Bonifácio.

Não sei que mania é essa de mudar o nome às ruas! A rua do Ouvidor, desde que deixou de ser de Aleixo Manoel, é e será sempre do Ouvidor. E esse nome histórico é tão popular, que, se lho trocassem por outro, embora ilustre, o povo não se habituaria a designá-la pela nova forma. Poupe-se uma provação dessa ordem à memória de José Bonifácio.

Acresce que dar o nome de um cidadão a uma rua é, noutros países, considerado distinção suprema, mas no Rio de Janeiro não se pode lisonjear ninguém, porque hoje em dia não há aqui quem não tenha a sua rua.

O conselho municipal de Paris, a grande cidade que é ou deve ser o modelo de todas as outras, só a um homem concedeu a honra de, estando ele vivo, dar o seu nome a uma rua. Esse homem chamou-se Victor Hugo. Entre nós não é preciso que o indivíduo tenha morrido ou que se chame alguma coisa. Sabe alguém quem é o Paula Matos? Alguém me dá notícia de Paulino Fernandes? E o doutor João Ricardo? E o João Homem? E o Cardoso Júnior? E o Santos Rodrigues? E tantos outros? Quem são? De onde vieram? Onde estão? Para onde foram?

E o senhor Malvino Reis? Pois há maior disparate do que dar à rua do Rio Comprido o nome deste cidadão extraordinário, que não seria capaz de inventar, não digo a pólvora, mas os palitos? Compreende-se que ao Sr. Malvino Reis dessem o nome de Rio Comprido – isso sim! E facilmente o faria S. M. o Imperador, assinando um decreto de barão; mas o contrário, oh!...

A propósito:

Um amigo meu andava à procura de casa para mudar-se – uma luta, todos sabem o que isso é.

Encontrei-o um dia.

– Então? achaste coisa que te sirva?
– Achar, achei.
– Onde?
– Na Rua do Rio Comprido.
– Boa rua. Quando te mudas?
– Não me mudo.
– Ora essa! A casa é cara?
– Baratíssima e muito boa; mas eu pensei...
– Em quê?
– Imagina, ser obrigado a pôr nos meus cartões de visita o nome de Malvino Reis! Nada! não quero a casa!

Artur Azevedo

29 de janeiro de 1887

Uma comissão de médicos esteve há dias muito ocupada em examinar o estado mental do maluco Hecht, que assassinou o agente de polícia no Café de Java. A dita comissão pediu um prazo para apresentar o seu parecer; naturalmente vai deitar a livraria abaixo para, afinal de contas, afirmar o que qualquer de nós – o leitor ou eu – afirmaria sem mais dares ou tomares: que o assassino não tem a responsabilidade de seus atos.

O que não consta é que se tenha mandado proceder aos exames médicos das autoridades que com tanta inépcia expuseram a vida do mencionado agente mandando-o perseguir um pobre diabo que já tinha a mania das perseguições.

Seria bom verificar se o cérebro de SS. EExs não têm alguma coisa de mais ou de menos. Está provado que Hecht é um doido, ao passo que SS. EExs gozam da reputação de homens sensatos, em cujos ombros descansam cabeças perfeitamente equilibradas.

Outro que, durante algum tempo, passou por ter macaquinhos no sótão, como José Telha, é o Julio Cesar, que veio, viu mas não venceu, como seu glorioso homônimo romano.

Há já um bom par de anos assisti à primeira conferência que esse senhor realizou na escola da Glória, e na qual declarou ter descoberto o segredo da navegação aérea.

Lembro-me bem que o Sr. Julio Cesar rematou sua conferência com as seguintes palavras: – Se o meu invento é uma realidade, solicito os aplausos dos homens de bem;

se o não é, sujeito-me à surriada dos garotos. Ora o ilustre brasileiro, em vez de se sujeitar à surriada dos garotos, sujeitou-se a um emprego na Secretaria do Governo do Pará e provou que maluco é quem o chama.

Idiota fui eu, confesso, quando para escrever umas tantas coisas sobre o balão Vitoria, molhei a pena na tinta do entusiasmo e do patriotismo, e ainda em cima caí com alguns cobres para as respectivas experiências.

Desfrute o Sr. Julio Cesar em paz e às moscas o seu emprego, e uma vez que lhe não foi possível elevar-se no balão Santa Maria de Belém, trate ao menos de elevar-se na estima de seu chefe de seção. A tesouraria de fazenda é também um ponto de apoio: o Sr. não teve a glória de descobrir o do espaço mas reste-lhe a consolação de haver encontrado o do estômago.

Oh! O estômago! O estômago!

Pois não acaba de suicidar-se nessa cidade, para não morrer à fome, uma velhinha de 75 anos, Mme Bartet, a conhecida engomadeira da rua dos Barbones?

À fome!... mas isso é lá possível no Rio de Janeiro, a terra dos hospitais de caridade, dos asilos de beneficência?...

À fome, não meus senhores: Mme Bartet era também uma doida e foi por isso que se matou: no Brasil ninguém se suicida por ter fome.

Infelizmente para o Brasil.

E o pobre João Seiler, um rapagão de trinta e dois anos, alegre, divertido, brincalhão, é encontrado morto nas Paineiras, o coração varado por uma bala!

Trata-se de um suicídio ou de um assassinato? Seiler não tinha inimigos nem amarguras. Mataram-no? Por quê? Por amor, dizem, e o amor é também uma espécie de fome, muito mais difícil de satisfazer que a outra.

Entretanto, ninguém lhe conhecia paixão amorosa. Os jornais mal disfarçaram o desejo de um romance com o bilhete de visita encontrado no cadáver. Era um nome de mulher, cujas iniciais publicaram. E assim se compromete uma senhora!

Mas que diabo! Ter-se na algibeira o bilhete de visita de uma Dona fulana não é prova suficiente de que se morra por ela. Por esse sistema já tenho andado apaixonado por muita gente.

Espero que a polícia nos esclareça sobre esse misterioso crime.

Dizia-lhes há pouco que no Rio de Janeiro não se morre à fome; em compensação, se não fossem as providências municipais ultimamente tomadas, em relação ao Matadouro de Santa Cruz, muita gente poderia morrer por haver comido.

Já numa das minhas últimas crônicas tratei desta questão da carne podre; não quero voltar a assunto tão desagradável, tanto mais que agora podemos voltar a mastigar sem escrúpulos o bife nosso de cada dia. Seja tudo pelo amor de Deus.

De Deus, ou de São Sebastião que anda agora na berra, depois dos milagres das setas, acontecido na Igreja do Sacramento.

O Santo não cabe na pele de contente. E razão tem ele porque o povo já começa a atribuir à sua intervenção divina o fato inaudito de não termos o *cholera* em casa.

O Governo e a Inspetoria de Higiene, naturalmente, terão ciúmes do São Sebastião, que pretende chama a si, sub-repticiamente, a glória de ter evitado a invasão da epidemia; mas vão lá entrar em luta com um padroeiro.

Muito mais fácil é lutar com um comendador, embora recomendado pelo partido dominante: O Sr. Sizenando Nabuco que o diga.

O simpático advogado está eleito vereador da Ilustríssima Câmara. É de supor que empregue o seu talento e o prestígio desse belo nome – Nabuco – em benefício desta cidade, que tanto merece e tão pouco tem recebido.

Não terminarei sem dar parabéns aos proprietários das *Novidades* pelo primeiro número de sua interessante folha, em que tudo me agrada, sinceramente o digo. Os artigos são bem escritos por Moreira Sampaio, Alcindo Guanabara, Filinto de Almeida, Coelho Neto, Soares de Souza Junior e Guimarães Passos, nomes todos muito conhecidos dos leitores da *Vida Moderna*. A folha é bem impressa – com bom tipo e bom papel – na Imprensa Montalverne. É noticiosa, tem serviço telegráfico, traz um romance tenebroso e promete outro, menos pantafaçudo. Que mais querem? Digam!

Se as *Novidades* não "pegarem" é que decididamente não há mais meio de plantar uma folha no Rio de Janeiro.

Artur Azevedo

5 de fevereiro de 1887

Que susto, caramba!
Os leitores não se assustaram? Eu confesso que até me esqueci de que era da freguesia de S. José! Ora também!... duas notícias daquelas!... Pudera!...
Façam ideia: uma *grève* dos operários do gasômetro na véspera de uma reunião militar – reunião para a qual se anunciavam veementes protestos contra o governo... façam ideia!..
Felizmente, os gasistas entraram em acordo com a empresa, e os senhores militares mostraram-se civis, ou antes, de uma cordura evangélica.
Não tivemos a cidade às escuras na véspera de uma sedição espaventosa contra as instituições que felizmente nos regem. Ainda bem! Ainda bem!...
Tudo está na paz do Senhor.
Confesso ainda que não fui ao Recreio Dramático anteontem ao meio-dia, receando arriscar a pele num conflito, em que entrasse como no Credo.
Reservei-me para a noite e fui assistir à representação da *Família fantástica*, que, pelos modos, é comédia mais divertida que a outra, embora de menos aparato.
O que não é nada divertido é ir um cidadão pacífico para o xadrez, pelo simples fato de estar parado a uma esquina, como sucedeu ao Sr. Angelo Bevilacqua.
Este senhor estava uma destas últimas noites de visita em casa de um amigo. Saiu e foi para a esquina próxima esperar o *bond*.
Passou o *bond*, e o Sr. Bevilacqua deixou-o passar, ou porque visse dentro dele alguém com quem não se queria

encontrar, ou porque embirrasse com o cocheiro, ou porque estivesse distraído, ou por outra qualquer razão.

Pois o fato de haver o Sr. Bevilacqua deixado passar o *bond* foi argumento suficiente de que a polícia lançou mão para trancafiá-lo no xadrez durante uma noite inteira, e parte do dia seguinte, em companhia de gatunos, vagabundos e desordeiros da pior espécie.

O melhor e mais justo comentário que a isso posso fazer é a narração do seguinte diálogo havido entre dous amigos que outro dia se encontraram à meia-noite:

– Adeus F. Onde vais a estas horas?
– Vou ao Caju.
– Ao Caju? Oh! Diabo! Pelo sim, pelo não é bom que leves uma bengala.
– Aquilo por ali é muito bem policiado.
– É policiado? Nesse caso, leva, além da bengala, um revólver de seis tiros!

Realmente, não sei a que ponto chegaremos com semelhante polícia! Devemos encastoá-la e mandá-la de presente ao diabo!

Diz-se mal da polícia em todo canto, mesmo em Londres, onde é quase perfeita; diz-se mal por sistema, porque ninguém está contente com a polícia que tem, visto que, tratando-se de um serviço que tanto interessa à sua pessoa e à sua fazenda, o cidadão tem um ideal absoluto que não se realiza, nem nunca se realizará.

Por isso, a muita gente pode parecer lá fora que seja sistemática a oposição que os jornais fluminenses fazem à polícia do Rio de Janeiro. Pois não há nada mais justo. Os fluminenses já não pedem uma ótima polícia, nem uma boa polícia, nem mesmo uma polícia sofrível: o que eles pedem é uma polícia. Não há, nem nunca houve disso por aqui.

A princípio, toda a gente julgou que a extinção da guarda urbana viesse melhorar este absurdo estado de coisas, e que o cadáver de Castro Maia fosse o marco miliário de uma transição nos nossos costumes policiais. Pois, meus caros senhores, a coisa está no mesmíssimo estado, se não estiver pior.

Já por vezes tem se falado em organizar uma polícia particular; mas esta ideia aparece e desaparece que nem a *Pátria* do Sr. C. B. de Moura. Se fosse alguma tolice, há muito tempo estaria posta em prática.

Em prática puseram os habilíssimos xilógrafos brasileiros, Srs. Pinheiro & C., a boa ideia da criação de uma revista exclusivamente ilustrada com gravuras abertas sobre madeira no seu importante estabelecimento da rua Sete de Setembro.

Os dois primeiros números do *Brasil Ilustrado* prometem muito, e já o segundo é melhor que o primeiro, o que é bom sinal.

A redação está confiada a dois escritores vantajosamente conhecidos: os Srs. Félix Ferreira e dr. Pires de Almeida, e a parte artística parece-me perfeitamente servida.

Com tais elementos, pode o *Brasil Ilustrado* erguer-se a uma grande altura. Assim não lhe falte, não digo a proteção deste público – porque isso é uma coisa impossível –, mas a coragem imprescindível a todas as empresas desse gênero, que pretendem firmar-se em terras de Santa Cruz.

Artur Azevedo

14 de maio de 1887

*S*e tão bons olhos tens, leitor benévolo, que não precises de luneta, não podes imaginar por quanto sai um desses objetos, aparentemente baratos. Apelo para os míopes. Pode-se dizer que custa "os olhos da cara". Tratando-se de lunetas, a expressão não pode ser mais apropriada.

Compra-se um *pince-nez* de ouro; de vez em quando é necessário pôr-lhe um vidro novo; hoje reforma-se o aro direito, que se partiu, amanhã o esquerdo, que se quebrou, e depois d'amanhã o eixo, que lá se foi. De sorte que, ao cabo de algum tempo, a luneta nada tem do material primitivo: é um objeto inteiramente novo, que constantemente se renova.

Pois o atual ministério é uma espécie de luneta; tem sido reformado por partes, e ainda espero vê-lo inteiramente outro. O Sr. Cotegipe é que será sempre o mesmo: o presidente do Conselho é para o Ministério o mesmo que o nariz é para a luneta. O nariz não se reforma.

O caso é que tivemos uma semana exclusivamente política, para gáudio da população, que se regala com semelhantes assuntos.

A seara não me pertence; é natural que meu colega das *Notas Políticas* aprecie os fatos com a largueza de vistas e o bom humor que o caracterizam.

A semana seria igualmente literária, se a comédia de Francillon fosse digna continuadora das glórias de Alexandre Dumas II, e se a *Relíquia* de Eça de Queirós cumprisse religiosamente as brilhantes promessas do primeiro capítulo.

Infelizmente, nem a comédia do Recreio Dramático, nem o folhetim da *Gazeta de Notícias* deram a nota literária do dia. *Francillon*, apesar dos aplausos que a consagram, é um aborto dramático, inferior à *Princesa de Bagdá*, que foi pateada em Paris, e Eça de Queirós desorientou-se, desde que levou o seu bacharel Raposo para o Oriente. O romance perdeu a sua fisionomia, deixou de ser um documento humano (para empregar um termo da moda), e tornou-se uma fantasia nem sempre interessante, um pretexto e nada mais, para encartar bonitas coisas a respeito da Terra Santa.

Negar que Eça de Queirós tenha brilhantes qualidades de estilista é duvidar da existência do sol; mas quem leu *O Primo Basílio* e sobretudo aquela monumental história do *Crime do Padre Amaro*, esperava muito mais da observação física do seu novo romance.

Entretanto, aguarde-se o final...

Uma das coisas que na *Relíquia* me dá que pensar é ver que o bacharel Raposo, enquanto percorre o mapa extenso das montanhas da Judeia (Ai, pátria da rosa hebreia!) entende-se perfeitamente em português com quantos encontra. Ora, e tais impropriedades são muito aceitáveis na *Doutinegra do tempo*, por exemplo, em que franceses e árabes falam todos o mesmo idioma; mas num romance de Eça de Queirós são imperdoáveis, repugnam, fazem mal aos nervos – não fazem?

O que é também repugna é a discussão (se aquilo é discussão!) levantada entre o *País* e a sessão intitulada *Notícias Várias*, do *Jornal do Comércio*.

Não há dúvida que é preciso realmente muita paciência para aturar as malignidades do Dr. Luís de Castro, cujo maior prazer é magoar o próximo; um jornalista, porém, com o talento e a experiência do Sr. Quintino Bocaiuva, não deveria exceder-se como tem feito – para não dar o exemplo, quando mais não fosse.

Entretanto, parece que ainda desta vez os ecos adormecidos da formosa Ilha d'Água não despertarão sobressaltados ao som de alguns tiros de pistola, nem o tilintar das espadas interromperá o concerto dos passarinhos assustadiços.

Reina a paz em Varsóvia... e na rua do Ouvidor, entre Ourives e Quitandas. Ainda bem!

Para terminar, duas más notícias: Castagneto, o nosso apreciado pintor de marinhas, parte para Itália, e Visconde Coaraci publicou uma seleta de autores clássicos.

Visconde Coaraci... quem diria? *Sic transeat...*

Artur Azevedo

A ESTAÇÃO "CRONIQUETA"

15 de maio de 1888

O fato mais importante da quinzena foi a abertura do Parlamento e a festa que se lhe seguiu.

Sua Alteza a Princesa Imperial Regente deve ter gravado na memória o dia 3 de Maio de 1888 como o dia mais feliz da sua vida. A ovação que lhe fez o povo foi muito significativa, e eu sinto que o *Diário de Notícias*, com uma proclamação espetaculosa, tirasse a essa manifestação popular o seu caráter de espontaneidade.

A Fala do Trono alvoroçou todos os corações. Deixai que eu registre nessas páginas percorridas por tão formosos olhos o seguinte trecho, que deveria ser inscrito em letras de ouro numa coluna de pórfiro:

> A extinção do elemento servil, pelo influxo do sentimento nacional e das liberalidades particulares, em honra do Brasil, adiantou-se pacificamente de tal modo, que é hoje aspiração aclamada por todas as classes, com admiráveis exemplos de abnegação da parte dos proprietários.
>
> Quando o próprio interesse privado vem espontaneamente colaborar para que o Brasil se desfaça da infeliz herança que as necessidades da lavoura haviam mantido, confio que não hesitarão em apagar do direito pátrio a única exceção que nele figura em antagonismo com o espírito cristão e liberal das nossas instituições.

* * *

Ainda haverá algum deputado bastante corajoso para defender a escravidão, e assisti-la nos seus últimos arrancos? É possível.

Mas vejam lá, meus senhores, ainda estão em tempo de bater nos peitos e murmurar o *Peccavi*, que insultou o Sr. Moreira de Barros; só assim poderão evitar uma nota aviltante na nossa história; só assim poderão salvar toda a odiosidade das suas ideias.

Eu desejava ver todos os brasileiros ligados para erguer aos céus um *Hosanna* uníssono, sem que uma única voz – nem mesmo a do Sr. Andrade Figueira – destoasse do conceito geral.

Nestes dias de tanto júbilo para a pátria livre deviam calar-se todos os ódios, todas as prevenções, todos os interesses mesquinhos.

A gente empobrece sem os escravos? Pois que empobreça! Deve ser consoladora a miséria nos braços da Liberdade.

* * *

Valentim Magalhães e Lúcio de Mendonça publicaram de sociedade os três primeiros números do *Escândalo*, uma revista que promete dizer a verdade nua e crua sobre todas as coisas públicas.

Esse programa é muito difícil de realizar, e por sinal que logo no primeiro número disseram-me maravilhas de um concerto musical, em que foram cruelmente estropiadas algumas composições dignas de melhor sorte.

Em todo o caso, os dois valentes escritores poderão prestar ótimos serviços, quando mais não seja com a publicação intermitente de algumas páginas de boa prosa portuguesa, cheias de estilo e gramática. No terceiro número dizem-

-se coisas bem desagradáveis a um poeta que foi nomeado cônsul-geral do Brasil não me lembra em que republiqueta.

Não o acusam precisamente por ser poeta. Parece, a julgar pelas informações, que o homem não prima pela agudez dos costumes. Mas que diabo! nesse caso, devemos levantar as mãos para o céu, e agradecer ao Governo que nos livra dele como nos livra da escravidão.

Demais, o tal poeta foi, segundo me consta, republicano exaltadíssimo tanto em prosa como em verso: que diabo queria o *Escândalo* senão que o arrumassem num Consulado?

C'était fatal
C'était prévu

como se cantava numa opereta de Offenbach.

* * *

O Jockey Clube e o Derby Clube apostaram uma corrida. Andam a ver qual deles chegará mais depressa à Ruína. Não lhes gabo o gesto.

Em toda a parte do mundo são as sociedades esportivas que "dão a nota" da vida elegante. Mas essa rivalidade desvirtua completamente o caráter dos dois clubes, porque os obriga a confundir-se com os nossos empresários quando se esfalfam a disputar o público.

O Derby e o Jockey fazem lembrar o Heller e o Souza Bastos, quando queriam pôr ao mesmo tempo em cena a *Dona Juanita*.

* * *

Neste jornal, dedicado ao belo sexo, não posso deixar de registrar o falecimento de Dona Maria Eugênia da Gama

Jones, que no seu tempo foi, dizem-me, a brasileira mais elegante e uma das mais formosas.

Nesse tempo chamava-se Guedes Pinto. Este nome, mais que o de Jones, poderá a leitora ligá-lo à pessoa de quem se trata.

Maria Eugênia foi a rainha da moda; os seus bailes eram outros tantos acontecimentos; nas suas recepções encontrava-se quanto o Rio de Janeiro tinha então de mais distinto e elevado; todos a cortejavam, todos a adulavam.

Distribuiu esmolas e benefícios a torto e a direito, se cada um de quantos mereceram os seus favores pedirem para a sua alma a misericórdia de Deus, e se Deus as quiser atender, ela será lá em cima tratada com todas as atenções.

Era muito rica, foi muito bela, foi muito adulada e morreu paupérrima, velha e esquecida. Há quatorze anos que estava demente.

Elói, o herói

31 de maio de 1888

Depois da minha última croniqueta produziu-se o fato mais importante de nossa vida social: foi declarada extinta a escravidão no Brasil.

Houve três dias que valeram por três séculos: esta data – 13 de Maio – vai figurar na nossa história com eternas irradiações.

Folgo de lembrar neste periódico de senhoras, que foi a mão de uma senhora que assinou a suspirada Lei; ao mesmo tempo libertando o escravo do cativeiro, e a nós outros, que nascemos livres, da inaudita vergonha de ter escravos.

Honra e glória à princesa D. Isabel! Que o seu nome simpático seja transmitido à mais remota posteridade, envolvido nas bênçãos das mães dos oprimidos e dos escravizados! Que a História faça das suas páginas um sacrário que o guarde e um documento sublime que o santifique eternamente!

Virentes palmas e imarcessíveis coroas reserve o futuro para quantos colaboraram na grande obra do arrasamento dessa negra Bastilha – a Escravidão –, em cujas masmorras se achavam presos e manietados os brios deste vasto Império! À frente desses heróis invencíveis, que para a vitória tanto trabalho deram à cabeça como ao coração, conserve a História o nome glorioso de José do Patrocínio, o mais brilhante, o mais aparelhado, o mais lógico, o mais simpático e o mais popular dos apóstolos do Abolicionismo!

E a minha glória consistirá na deliciosa contemplação da glória alheia.

O Imperador piorou em Milão. O telégrafo, inflexível, no seu laconismo barato, chegou a pintá-lo num estado desesperador. Esta notícia caiu de chofre sobre a população, no momento em que esta se preparava para comemorar ruidosamente a Lei da Liberdade.

Entretanto, ao que parece, a própria Lei repeliu a morte para longe do leito imperial; e o velho e honrado soberano cobrou algumas medidas pelo calor da apoteose da filha, estremecida. Está salvo o imperador. Deus no-lo restitua.

* * *

As festas da Imprensa Fluminense, projetadas, discutidas e realizadas em sete dias apenas, jamais sairão da memória do Povo. Nunca a luta popular vingou com tanta intensidade; nunca a Imprensa mostrara tão evidentemente que nada sobrepuja a sua força, desde que a sua força seja dignamente empregada.

A missa campal de S. Cristóvão, as corridas, as regatas, os espetáculos gratuitos, os bailes públicos, os fogos de artifício, o préstito das escolas, e, sobretudo, essa inolvidável procissão cívica de domingo – tudo esteve digno do sagrado objeto da comemoração.

O povo fluminense mostrou que sabe ser um grande povo. Nenhum distúrbio sério perturbou as festas. Dir-se-ia que a Lei de 13 de Maio, acabando com os escravos, acabara igualmente com os desordeiros.

Permita a leitora que, pela primeira vez, me desvaneça de pertencer também, embora obscuramente, à poderosa falange da nossa Imprensa.

* * *

No meio destas estrondosas alegrias tem havido, infelizmente, um sopro gélido de morte. Alguns brasileiros distintos desapareceram nesta quinzena: o conde da Paraíba, o deputado Cunha Leitão, o senador de um dia Barão de Leopoldina, o advogado José Caetano, o médico Souza Fernandes.

O mais ilustre, porém, dos mortos da quinzena é Luís de Castro, o redator-chefe do *Jornal do Comércio*, e uma das fisionomias mais acentuadas e mais originais da nossa sociedade.

Era um grande egoísta e um grande preguiçoso, mas tinha tanto talento, tanta sabedoria e tanta virtude, que apenas perdurará a memória dos lados bons da sua grande individualidade.

Procurado um dia na redação do seu jornal por um *effronté*, que pretendia alugar-lhe a consciência, ele perguntou-lhe com o seu sorriso eternamente cômico:

– Diga-me se é coisa em que se possa ganhar [...] seis mil contos de réis.

E como o outro se calasse:

– Ali, meu amigo, por menos não vale a pena deixar pela primeira vez de ser honesto.

Elói, o herói

P.S. – Estava no prelo esta crônica quando se espalhou na cidade a triste notícia de que o Imperador piorou de novo. Faço votos ardentes pelo restabelecimento de Sua Majestade. – Elói, o herói.

CORREIO DO POVO
"FLOCOS"

26 de novembro de 1889

Tendo aceitado o convite, com que me honraram, para escrever todos os dias alguma coisa no *Correio do Povo*, desempenharei a minha obrigação do melhor modo que me for possível.

O meu programa cifra-se nestas palavras: tratar de tudo menos de política.

Não quer isso dizer que eu venha aqui dar-me ares de Pico de la Mirandola, inventor da célebre divisa *De omni re scibili*. Não, meus caros senhores; infelizmente de nada entendo; mas uma pessoa com boa vontade e Larousse pode perfeitamente falar de muita coisa sem entender de coisa alguma.

* * *

Para prova aí está o grande concertante de sanidades e frioleiras que por aí se ouve atualmente a propósito da nova forma de governo. Indivíduos, sem uma ideia segura e nítida do que seja a república federal, discutem animadamente, com grandes gestos, com grandes frases, num tiroteio de gritos e perdigotos, como animados por uma convicção profunda e inabalável. Aproximai-vos, prestai atenção, e verificareis que não dizem coisa com coisa.

Ninguém suponha, entretanto, que os vou procurar para modelo destes "Flocos". Direi as minhas asneiras, oh! isso tão certo como três e dois são cinco, mas inocentemente, sem a pretensão de impingi-las como axiomas filosóficos.

* * *

Escrevendo numa folha que se intitula do povo, fá-lo-ei com toda a simplicidade, para que o povo me entenda.

O leitor que porventura não perceber o que eu quero dizer, generoso será se não me pedir explicações, pois se não percebeu, muito menos eu percebi.

* * *

Estou, porém, convencido de que o povo e eu havemos de nos dar perfeitamente, porque ele com certeza não deixará o que tem a fazer para vir pedir-me explicações. Ainda agora, na violenta convulsão por que passou o país, o fluminense ainda uma vez mostrou essa extraordinária virtude, que muitos tomam por indiferença, e outra coisa não é senão bom-senso. Ele, o fluminense, fica satisfeito desde que lhe deixem o direito de apreciar os fatos, e não o tirem dos seus hábitos.

Ainda ontem perguntei ao meu vizinho C., que é muito boa pessoa:

– Então, vizinho, está contente com a república?

– Quer que lhe diga uma coisa? – foi sua resposta. Há quinze dias eu me levantava às 7 horas, tomava o meu banho e o meu café, lia o *Jornal* e a *Gazeta*, almoçava, ia para a repartição às 9 ½, trabalhava até as três, dava uma volta pela Rua do Ouvidor, vinha para casa às 4 horas, mudava de roupa, jantava, saía a passeio, ia ao teatro, recolhia-me à meia-noite, lia o meu bocado, e afinal dormia, e no dia seguinte levantava-me às 7 horas, tomava o meu banho etc.

E o meu vizinho repetiu toda a cantilena, como numa *scie* de café-concerto. Depois acrescentou:

– Isto fazia eu há quinze dias. E hoje? Quer saber o que hoje faço?

– Vamos lá.

— Acordo às 7 horas, tomo o meu banho e o meu café, leio...
— Basta! Já sei! Faz exatamente a mesma coisa...
— E a mesma coisa farei amanhã e depois, e depois, seja qual for o governo; qualquer deles me serve, contanto que seja honesto e não me obrigue a transformar os meus hábitos.

* * *

É por isso que no dia 15 certo sujeito dizia a sua cara metade:
— Ó filha, não me peças que não saia de casa: tenho muito a fazer.
— Mas a revolução...
— No Rio de Janeiro as revoluções não me metem medo, o que me mete medo é o carnaval.

A.

3 de dezembro de 1889

Cai-me da testa o suor em bolas
E tenho em pastas o cabelo!
Rejubila-te, ó fábrica de gelo!
Ides ter extração, ó ventarolas!

Oh! malvado calor, que nos amolas,
Oh! pérfida estação, que nos abrasas,
Todos por ti deixam as casas,
Todos por ti vão dando as solas!...

E as franzinas e brancas fidalguinhas
Também lá vão, batendo as asas,
Como um bando travesso de andorinhas,

Para Petrópolis as belas
Fugiam todas, e fugiu com elas
A mais gentil das namoradas minhas.

* * *

Esse soneto (se é que isso é um soneto) escrevi-o há muito tempo, quando ainda tinha namoradas, e havia ali na Serra da Estrela uma cidadezinha deliciosa, que se chamava Petrópolis.

Lembra-me que fazia nessa ocasião um calor de rachar, tal qual neste momento, em que a mais branda viração não agita as folhas do meu quintal. Dir-se-iam árvores de zinco.

Tudo passou: Petrópolis e o bando travesso de que reza o soneto; só ficou a canícula.

Eu não sou como meu amigo Morél, da *Étoile du Sud*, que não se sente entusiasmado diante desta República feita do dia para a noite, e que raiou justamente à hora do despontar do sol; mas o meu entusiasmo redobraria se o governo provisório desse cabo do calor, ou o mandasse para muito longe, embora com uma ajuda de custo de cinco mil contos.

Entretanto, como não é possível agarrar nele, metê-lo a bordo de um vapor, e dizer-lhe: – Boa viagem! –, espero que o governo tratará ao menos de prevenir os seus perniciosos efeitos.

Desde que aqui apareceu a febre amarela, os governos do império fizeram todo o possível para que ela nunca mais nos abandonasse, e o conseguiram; a República deve envidar esforços no sentido oposto, e para isso não é preciso refletir muito: é fazer justamente o contrário do que até aqui se tem feito.

* * *

Em primeiro lugar passar uma revista ao pessoal da Inspetoria de Higiene, e separar o trigo do joio: há ali mais de um doutor que não é médico, apesar de ter um diploma... A Inspetoria de Higiene é uma repartição de muita responsabilidade, e deve inspirar a maior confiança à população. Com a saúde pública não se brinca.

O arrasamento dos morros de Santo Antônio e do Castelo, só por incúria não se fez ainda. É uma obra importante, que pode ser levada ao cabo sem que o Estado tenha que despender um vintém. O governo da República prestaria um grande serviço se tratasse de nos livrar imediatamente daqueles dois grandes trambolhos.

Convém fechar os ouvidos a quaisquer empenhos, e não consentir em certo perímetro da cidade, sob pretexto algum, os tais cortiços, que tanto contribuem para engrossar os obituários.

Instituam-se grandes piscinas públicas, enormes estabelecimentos termais como na antiga Roma, onde os habitantes desta agora mais que nunca heroica e leal cidade se banhem a qualquer hora a troco de alguns vinténs, ou mesmo gratuitamente. Pena tenho eu que não se possa estabelecer o banho obrigatório. Sou partidário do livre-arbítrio, mas em questões de aceio, não se me dava que interviesse a polícia.

Aterrem-se os pântanos; dê-se uma solução definitiva à questão do canal do Mangue, que pelos modos parece problema mais importante que o do istmo do Paraná; entupam-no, ou levem-no até águas vivas, como for melhor; acabe-se com os capinzais e o chão vazio: agora já não há Senado; o imposto territorial que esbarrava sempre na Rua do Areal pode ser uma realidade.

Desde que os proprietários desses terrenos desaproveitados tenham que pagar uma contribuição avultada, a cidade se entenderá; os aluguéis das casas, esse cancro que tanto azedume produz no espírito da população, fatalmente hão de baixar, ao mesmo tempo em que se evitará a aglomeração dos moradores, uma das causas mais diretas das nossas epidemias.

O governo da República tem muito que trabalhar, e acertará, repito, sempre que resolver fazer o contrário do que se tem feito até hoje.

A.

11 de dezembro de 1889

Rodolpho Bernardelli entende, e entende muito bem, que a construção de nossas casas só deve ser confiada a arquitetos e engenheiros. "Guerra ao mestre de obras!" tal é a divisa de nosso grande artista.
Eu apoiá-lo-ia sem reservas, se alguns de nossos engenheiros e arquitetos não houvessem cometido tantas monstruosidades, que aí estão para fazer arrebentar de riso o estrangeiro que nos visite.

* * *

O mestre de obras não faz obras de mestre, lá isso é verdade, mas ao menos não me consta que nenhuma de suas construções rachasse. Geme a elegância, mas folga a segurança. Se por um lado se perde, ganha-se por outro.

* * *

E o testa de ferro? Sim, o testa de ferro, essa entidade genuinamente brasileira? Da mesma forma que farmacêuticos há que alugam o seu nome a uma farmácia qualquer, para que essa possa funcionar, haverá naturalmente arquitetos que a mesmíssima coisa façam aos mestres de obras – e as nossas casas continuarão a ser o que hoje são: tristes documentos da nossa falta de gosto.

* * *

Entretanto, forçoso é reconhecer que de certo tempo a esta parte tem aparecido algumas construções decentes, e vai passando a detestável mania do *chalet*, ou *castelete*, como Castro Lopes, o espírita, quer que se diga.

Na excomungada rua do Senador Dantas edificaram, a par de diversos aleijões arquitetônicos, algumas casas bonitas, e o mesmo se nota em diversos arrabaldes. O Deodoro dessa revolução tem sido, me parece, o arquiteto Magalhães, que se sai às mil maravilhas quando não faz concessões ao mau gosto do proprietário.

Eu concordarei com a proposta Bernardelli, mas acrescentando-lhe algumas palavras. Só possam construir engenheiros e arquitetos de reconhecida competência, a juízo da Intendência Municipal, e a vista de planos e desenhos previamente aprovados.

* * *

No dia 30 de novembro último estávamos alguns amigos reunidos em volta de uma mesa, e festejávamos o aniversário natalício de Martinho Garcez, o redator-chefe do *Dia*. Um dos convivas era o conselheiro Costa Pereira, político ilustre e homem estimável, a quem me ligavam laços de respeitosa estima e profundo reconhecimento.

No meio do banquete, Alcindo Guanabara, que se achava ao meu lado, segredou-me ao ouvido:

– Quer ver o Costa Pereira levantar-se imediatamente? Dize alto que estamos treze pessoas à mesa.

– Quê? Pois é assim supersticioso? Perguntei.

– Experimenta.

– Oh, diabo! exclamei de repente; parece-me que somos treze!...

Efetivamente o conselheiro levantou-se como tocado por uma mola, e com seus olhos inteligentes, vivos e irrequietos percorreu num instante as pessoas presentes; depois sentou-se, e disse, tranquilizado:

– Não há tal; somos quatorze; nenhum de nós morre esse ano.

Dez dias depois estava enterrado.

A.

15 de dezembro de 1889

Dizem que a polícia está dando cabo de nagôas e guaiamus. Bravos ao Dr. Sampaio Ferraz! Se o simpático chefe consegue essa vitória, proponho que se lhe levante uma estátua de ouro!

Eu, como todos os fluminenses, tenho um respeito sem limites pelos capoeiras. Se me acontece divisá-los ao longe, dobro a primeira esquina que me aparece, e por aqui é o caminho...

Dizem que eles atacam de preferência os barrigudos. Ouvi mesmo contar que esses facínoras (os capoeiras, não os barrigudos) têm o horrível costume de introduzir a navalha no ventre alheio, dizendo: Guarda lá isso! – e passam adiantes, rindo e gingando, como se houvessem praticado a pilhéria mais inocente do mundo.

Ora, no tempo em que eu era magro – sim, minhas amáveis e interessantes leitoras, saibam vossas excelências que eu, se hoje sou pavoroso, já fui quase vaporoso – andava pelas ruas despreocupado e feliz, sem me lembrar de que houvesse Bijus e Mortes-Certas.

Mas depois que principiou a crescer essa irremediável pança, nasceram-me sérios receios da aproximação desses indefectíveis perturbadores da tranquilidade pública.

Confesso ingenuamente a minha poltreria: se não fosse a carga cerrada em que toda a imprensa tem, nestes últimos dias, disparado contra os capoeiras, eu não me animaria a desembarcar nesta galera. Mas já agora somos tantos, que, espero em Deus, a minha pança passará incólume no meio das hostes aguerridas. A menos que esses ventrífobos cometam a imperdoável injustiça de me elegerem cabeça... digo, barriga de turco.

* * *

Em 1887, eu escrevia o seguinte no *Diário de Notícias*:

O fato, verificado pela imprensa, de terem sido arvorados em agentes da "secreta" alguns membros proeminentes dos dois partidos litigantes, o guaiamu e o nagô, fazem-me desconfiar da integridade encefálica do sr. chefe de polícia.

Neste andar, galgando os capoeiras a escala das posições administrativas, a ponto de ganharem influência tal que possam distribuir entre si os cargos públicos, dentro de alguns anos não haverá conservadores nem liberais senão nagôs e guaiamus.

A nossa sociedade chegará nessa época à perfeição almejada por certos funcionários públicos.

Mas espero em Deus e na Virgem Santíssima que outro chefe virá de honrada fama, e consigo trará a inabalável resolução de dar cabo nos heróis da rasteira e da cabeçada, para que esta cidade apresente, afinal, aspecto de civilizada, e eu e os meus colegas possamos andar por essas ruas de cabeça... Digo: de pança erguida.

O chefe de honrada fama chegou, felizmente: é o Dr. Sampaio Ferraz. Honra lhe seja.

* * *

Por minha culpa ficam os leitores do *Correio do Povo* privados do *compte rendu* do concerto realizado ontem pelo distinto maestro brasileiro Carlos de Mesquita no Pedro... Perdão no Lírico.

Eu tinha me comprometido com a redação a assistir ao concerto e dar a notícia; mas quase na hora do espetáculo motivo de força maior me desviou do teatro e fiquei com o bilhete no bolso.

Alguns colegas que conheço que não se embaraçavam por tão pouco, e davam a notícia como se lá tivessem ido; mas eu tenho que essas coisas não se fazem, mormente quando se trata de um artista da ordem de Carlos de Mesquita.

Só um impedimento invencível faria com que eu não fosse ouvir a incomparável, a sublime *Dança macabra*, executada por uma orquestra de duzentos músicos.

A.

4 de janeiro de 1890

A gente é mesmo assim...
Faz calor: uma pessoa queixa-se de que vive num forno, gasta dois quilos de gelo por dia, traz sempre uma ventarola na mão, e bufa a todo momento como uma foca deitando a cabeça fora d'água: fu! fu!...
De repente ameaça chover: – Deus a traga!
Chove: – Ora graças a Deus vão refrescar o tempo! Bravos à chuvinha providencial!
Chove mais: – Sim, senhor, ela tem caído deveras! Mas deixem lá: a chuva é uma coisa bem maçante!
Chove ainda: – Oh, Santo Cristo, não há meio de melhorar este tempo? Que inferno!...
Continua a chover: – O diabo leve semelhante aguaceiro! Isto é muito bom, é. Mas para os agriões! Não posso sair de casa! Sebo!...
A chuva não cessa: – Um raio me parta se não prefiro antes o calor forte, senegalesco, de 40 graus à sombra!...
A gente é mesmo assim...

* * *

Ontem ouvi maldizerem a chuva os mesmos que se revoltaram contra o calor, e assisti – em janeiro! – ao singular espetáculo de uma larga exibição de sobretudos, galochas e cachenezes (com perdão de Castro Lopes, o médium) no exercício das suas beneméritas funções.

* * *

 O dia, apesar de chuvoso, foi agradabilíssimo para os oficiais de nosso exército e armada, que viram, afinal, reparada uma injustiça pelo decreto que lhes aumentou o mesquinho soldo.
 Quantos deles jantariam alegremente em família, entre os sorrisos dos filhos e das esposas!
 Esses com certeza não maldisseram a chuva, pois não há dúvida que a cadência da água a bater nas telhas e nas pedras da rua ou do quintal contribui, não sei por que, para dar uma nota mais encantadora às doces festas de família que exigem intimidade e aconchego.

* * *

 Deve chegar amanhã, de volta da Itália, onde foi aperfeiçoar a sua educação artística, Antônio Parreiras, o nosso ilustre paisagista.
 A imprensa italiana tece os melhores elogios aos seus últimos trabalhos. Ainda há dias eu contava, aqui mesmo creio, que o *Adriático*, folha veneziana, dissera, falando de Parreiras: "É um estrangeiro que honra a Itália".
 Isto é o mais que pode dizer.

A.

8 de janeiro de 1890

Faleceu em Santa Catarina um homem que merece duas linhas de todos os cronistas fluminenses: o Maneca Porto.
Conhecem-no? Qual! ninguém o conhecia fora do seu meio.
Ele o que foi? Nada, absolutamente nada: um simples ponto de teatro, o artista invisível que representa todos os papéis e não representa nenhum, o mais modesto de quantos contribuem para o bom êxito da representação, o único que não é chamado à cena.
Os jornais só se ocupam do pobre-diabo quando ele fala alto, isto é, quando vai mal, sem se lembrarem de que, se o ponto se faz ouvir pelos espectadores, não é sua culpa, mas do ator, que não sabe o papel.

* * *

Por isso o Maneca uma noite, durante a representação do *Tartufo*, no São Pedro, vendo que certo ator não sabia patavina, fechou a peça, e pôs-se a olhar para ele muito tranquilamente.
O mísero ator, atônito, sem poder proferir uma palavra, batia com o pé, murmurando entre dentes:
– Maneca! Maneca!
– Estudasse, dizia-lhe o Maneca do seu buraco; estudasse! Não aponto! O senhor não tinha o direito de ir para a cena representar uma comédia em verso sem saber o seu papel!
Imagine-se o efeito de semelhante perversidade!

* * *

Não havia outro para inventar uma *blague*. A história dos *galharufas* é dele.
Sabem o que são *galharufas*? Nem eu.
Quando aparecia na caixa do teatro um destes sujeitos que não tem o que fazer e vão bisbilhotar os ensaios, o Maneca aproximava-se dele com um ar muito sério:
– O senhor está aqui... não está fazendo nada... Presta-me um grande obséquio?
– Pois não!
– Dá um pulo até a casa de Fulano e diz-lhe que mande as *galharufas* porque o ensaio já começou?
– Que mande-as...?
– *Galharufas*.
– Pois não!
E lá ia o sujeito à casa de Judas em busca das *galharufas*.

* * *

De uma feita apresentou-se no S. Pedro um rapaz com cara de tolo, dizendo que queria ser ator.
O Maneca recebeu-o de braços abertos:
– O sr. vem numa boa ocasião: precisamos exatamente de um galã. Hoje há ensaio, vou experimentar a sua voz. É soprano ou contralto?
– Eu sou... eu sou soprano.
– É justamente do que precisamos. Na peça que estamos a ensaiar há uma cena em que se ouve ao fundo a voz do galã entoar o *Trovador*: Tra la la la la ra – sabe?
– Sim senhor: tra la la la la ra.
– Pois bem; como o castelo negro não está ainda armado no fundo, o sr. vai para um camarote. Na ocasião em que eu puser as mãos de fora da cúpula do ponto, e bater palmas, cante com toda a voz de que puder dispor: Tra la la la ra!

– Sim, senhor.
– Percebeu? Ora muito bem.

O Maneca escolheu a cena mais patética da peça para fazer com que o pobre mistificado berrasse do camarote e passasse por doido.

* * *

Destas pulhas contam-se tantas do Maneca Porto, que dariam para um volume.

E dizer que homens assim também morrem!

A.

13 de janeiro de 1890

É tão bom ficar em casa, de *robe de chambre* e pantufos, durante um domingo inteiro!
E então um domingo assim, quente, abafadiço, capaz de queimar uma salamandra!
Mas, em compensação, que formoso dia fluminense! Que transparência no céu de um azul sem nuvens! que graciosos toques de luz nos arvoredos.
Tenho diante dos olhos uma paisagem ideal, com incrustações de esmeralda e madrepérola. Nestes tempos de naturalismo *à outrance* achariam falsa a palheta que reproduzisse exatamente todo este prodígio, toda esta opulência de colorido.
Entretanto, são muito comuns na nossa bela terra estes admiráveis quadros da natureza.
E dizer que há criaturas humanas que olham para tudo isto e não se surpreendem nem se extasiam!
Há muitos anos passava-se num bonde de Botafogo, num bonde fechado, uma cena que nunca mais se me varreu da memória.
O bonde atravessava o cais da Glória, no entardecer. Os efeitos da refração do sol eram maravilhosos. O mar e as montanhas azuis da outra banda tinham alguma coisa de fantásticos. A serra dos órgãos nunca me pareceu tão bela.
Ao meu lado vinha um sujeito muito entretido a ler um artigo político da *Nação*, folha conservadora que aqui havia e se publicava todas as tardes.
O sujeito tinha ao pé de si uma linda e elegante mulher, cuja alma contemplativa lhe transparecia nos olhos lânguidos e formosos.

Ela parecia aborrecida pelo encanto daquela deliciosa tarde, daquele sol que desaparecera por trás dos montes, mas ainda mandava à terra as últimas provas da sua magnificência, numa despedida suprema.

A mulher tocou de leve na mão com que o marido segurava o jornal:

– Olha, veja como aquilo é bonito!

Ele, sem levantar os olhos, perguntou:

– Aquilo quê?

– Aquele efeito do sol... veja que beleza da tarde!

O marido continuou a ler e disse bruscamente:

– Deixa-me, não me aborreças. O que estou lendo é muito mais interessante.

O bruto não levantou a vista enquanto atravessávamos o cais.

E o espetáculo era de graça!

* * *

Ficar em casa é bom, dizia eu no princípio deste artigo. É bom, é, mas para quem não tenha obrigação de escrever todos os dias para o público, digo eu agora.

Um jornalista nas minhas condições necessita sair para a rua. Só lá poderá impressioná-lo um fato, uma circunstância qualquer. Muitas vezes um indivíduo que passa, uma frase que apanhamos no ar, um livro que vemos exposto numa vitrine, fornece-nos assunto.

A paisagem que eu aprecio da minha janela, por mais formosa que seja, não me sugere matéria para quatro ou cinco tiras de papel.

Hoje não escrevo "Flocos".

A.

23 de janeiro de 1890

Sempre que me acontecia, no tempo do Império, olhar para aqueles desgraciosos passadiços colocados sobre as ruas da Misericórdia e Sete de Setembro para serventia do Paço, eu dizia aos meus botões:
— Aqueles dois estafermos só desaparecerão dali quando formos República!
E – palavra! – só o desejo de desaliviar a vista daquelas monstruosidades arquitetônicas era mais que bastante para transformar monarquistas em republicanos.
Ali está o atestado mais eloquente do mau gosto artístico do ex-imperador, que, se não perdia ocasião de meter o imprudente bedelho em questões de arte, revelava, por essas e outras, uma falta absoluta do sentimento do belo.

* * *

Desgosta-me ver que a República fosse proclamada há já sessenta e tantos dias, e ainda os dois passadiços imperiais continuem a escandalizar o bom gosto.
Uma dúzia de operários bem dispostos em três ou quatro dias de trabalho deitará tudo aquilo abaixo, de modo que nem vestígios fiquem de tais aleijões. Assim pudéssemos nós suprimir os morros do Santo Antônio e Castelo!
O sr. ministro do interior deve sem perda de tempo libertar as ruas da Misericórdia e Sete de Setembro daquelas duas pontes... a seco, que tanto as prejudicam. Esse serviço é urgente porque redunda num desagravo artístico.

* * *

    Muita razão tinha um amigo meu, emérito fazedor de *calembours*.

    – Que te parece este passadiço? perguntei-lhe um dia, apontando para o monstrengo que liga o paço à capela imperial.

    – Qual passadiço! respondeu ele, aquilo é porcaria, e não passa disso!

A.

26 de janeiro de 1890

*E*stive ontem em casa da família do comendador Macedo.

O comendador Macedo tem uma filha encantadora, a Chiquinha, que é muito criança, mas já tem noivo. O casamento deve realizar-se em junho próximo.

Encontrei-a furiosa, a amarrotar nas mãos um número do *Diário Oficial*.

— Já leu? Disse-me ela num ímpeto, logo que entrei.

— O quê?

— Ora o que há de ser! Há hoje outra coisa que se leia nos jornais a não ser a lei do casamento civil?

— Perdão, Chiquinha, há, por exemplo, os "Flocos" do *Correio do Povo*...

— Leia! exclamou ela, atirando-me o *Diário Oficial*.

— Quê? Tudo isto? Boas! Que bem me importa a mim o casamento civil? Sou papel queimado.

— Eu não passei do parágrafo 8º do artigo 7º, respondeu ela. Leia o artigo 7º.

Eu pus-me a ler:

— "Artigo 7º: são proibidos de casar-se: parágrafo 1º: os ascendentes"...

— Não! não! interrompeu ela; passe ao parágrafo 8º.

— "Parágrafo 8º: as mulheres menores de 14 anos e os homens menores de 16."

— E então?

— Então o quê?

— Então é que não me posso casar na véspera de S. Pedro, como estava marcado!

– Por quê?

O comendador que até então não tinha dito palavra, e lia muito atentamente um artigo sobre bancos de emissão, levantou os olhos, e disse-me:

– A lei começa a vigorar em 24 de maio, e em 29 de junho, dia marcado para o casamento, a Chiquinha terá treze anos, três meses e quatorze dias. Ela nasceu em 15 de janeiro de 1877.

– Nesse caso, precipitem as coisas: façam o casamento em 23 de maio.

– Não pode ser; você bem sabe que o noivo anda a visitar hospitais na Europa, e só está de volta em princípios de junho.

– Mande-lhe um telegrama.

– Não quero distraí-lo dos seus estudos. A Chiquinha é uma criança, pode esperar mais oito ou nove meses.

– Oito ou nove séculos! soluçou a noiva.

E, enquanto o comendador encetava comigo uma discussão a propósito do Banco dos Estados Unidos do Brasil, ela tomou-me das mãos o *Diário Oficial* amarrotado, e continuou a ler o texto da lei.

O comendador, procurando os termos, sibilando os ss, fazia, num tom autoritário, um paralelo fantasioso entre o conde de Figueiredo e o conselheiro Mayrink, quando a Chiquinha erguendo-se de um salto, correu para o meu lado, gritando:

– Veja o artigo 58! Veja!...

No seu olhar transparecia o júbilo de uma vitória.

Eu tomei o *Diário Oficial* resignadamente, e li:

– "Artigo 58: também não haverá comunhão de bens: parágrafo 1º se a mulher for menor de 14 anos ou maior de 50."

– Então?... A lei admite que eu me case antes dos 14 anos.

– Não sejas tola, pequena! Bradou o comendador; só admite em caso de...

— Não diga! Interrompi, tapando a boca ao desastrado.

Mas a Chiquinha, apesar dos seus 13 anos, estalou um muxoxo, e disse:

— Isso lá é que nunca!

A.

12 de fevereiro de 1890

Aquela infeliz senhora, viúva de Julio Cesar Machado, ao ser transportada para o hospital, banhada em lágrimas, esvaída em sangue, exclamava, deixando de alguma forma adivinhar a origem da medonha desgraça de que fora vítima: – Quem escreve cartas anônimas devia ter as mãos cortadas!

Acudiu-me ontem ao espírito essa frase pungente, ao ler uma carta anônima em que um miserável me chama de "republicano de 15 de novembro"; e aproveito agora a ocasião para, de uma vez por todas, varrer a minha testada.

* * *

Nunca me envolvi em política, nunca frequentei diretórios, nunca assisti a *meetings*, nunca votei. Sempre pensei como o poeta Malherbe, que dizia: – Os passageiros não têm que meter o bedelho no comando do navio.

Nascido, entretanto, na obscuridade e na pobreza, conquistando, à custa do próprio esforço, o modesto lugar que ocupo na sociedade sem fazer sombra a ninguém – tive sempre o ideal republicano, que é, naturalmente, o ideal de todo o filho do povo. Isso mesmo disse-o muitas vezes publicamente, alto e bom som, quer redigindo a *Gazetinha* e a *Vida Moderna*, quer escrevendo a seção "De Palanque" sob o diáfano pseudônimo de *Elói, o herói*.

Sou tão republicano hoje como era em 14 de novembro, com esta diferença de que posso agora dizê-lo mais abertamente, sem me arriscar a perder um emprego obtido por concurso e que sirvo há já dezesseis anos.

* * *

O autor da carta anônima está iludido, talvez porque algumas vezes me referi a D. Pedro de Alcântara em termos lisonjeiros. Assim fiz, e não me arrependo. Respeitei sempre o imperador, não só porque era o chefe do Estado, mas também porque era um homem de bem.

Note que não o conhecia, pois só lhe falei uma vez. Foi no dia do famoso atentado do Santana. Ele assistia à uma representação da *Escola dos maridos*, de Molière, e teve a bondade de me mandar chamar para cumprimentar-me pela tradução, e pedir-me uma cópia, que lhe enviei por intermédio de um empregado do paço. Nunca o procurei, nunca lhe pedi coisa alguma, nunca recebi o menor favor nem dele, nem de nenhum outro membro da família imperial. Não fui condecorado, não pertenci ao Instituto Histórico, nem a outra qualquer associação que tivesse caráter imperial.

* * *

Convidado para escrever estes ligeiros e frívolos artiguetes, declarei desde logo aos meus leitores que me ocuparia de tudo menos de política, e tenho, cuido, cumprido religiosamente esse programa.

Pois se não vim para o *Correio do Povo* fazer política, aonde diabo quis chegar o meu infame correspondente com o seu "republicano de 15 de novembro"?

E pergunto: quando mesmo assim fosse, seria uma vergonha? Não; eu teria aderido, como tanta gente aderiu.

Mas não aderi, porque meu sonho de brasileiro foi sempre a República, porque na República entrevi desde criança a salvação e o engrandecimento da Pátria.

A.

27 de fevereiro de 1890

Ontem, lendo o *País*, senti-me assaltado de surpresa e de melancolia: os meus ilustres colegas abriram uma subscrição popular em benefício de D. Pedro de Alcântara, e iniciaram-na com cinco contos de réis arrancados à sua burra magnânima.

Mais adiante noticiaram que o cetro de D. João VI fora encontrado num canto do paço da cidade, e...

E – não sei por quê – a notícia dessa esmola ultrajante e desse *bibelot* ridículo associaram-se no meu espírito para entristecê-lo e magoá-lo.

Parece-me que ninguém tem o direito de dar esmolas senão a quem as pede. O velho imperador banido, sacrificado fatalmente à felicidade da sua Pátria, lá no seu retiro de Cannes, há de chorar amargamente diante desses contos de réis com que o ameaçam. Ele, habituado a dar esmolas, não poderia jamais recebê-las sem que o seu caráter e a sua natureza se transformassem. Se os contos de réis do *País* e dos seus leitores forem sacados para o exílio de D. Pedro de Alcântara, não encontrarão o homem limpo que está pobre, depois de ocupar durante cinquenta anos o trono de um país riquíssimo: encontrarão um mendigo vulgar, um miserável de barbas brancas.

* * *

Demais, o ex-imperador não se acha em condições tão precárias que precise de subscrições; o governo vai providenciar para que lhe seja remetido muito dinheiro por conta da liquidação dos seus bens.

É provável que D. Pedro de Alcântara distribua pelos pobres um pouco desse dinheiro, e mande até algum ao próprio *País*, quando o *País* abrir uma subscrição em favor de alguém que não troque os degraus de um trono pelos degraus de uma igreja.

A.

5 de março de 1890

O ilustrado professor e conceituadíssimo clínico Dr. Pizarro Gabizo realizou domingo passado, na escola pública de S. José, uma conferência contra a regulamentação da prostituição.

Não tive o prazer de ouvi-lo, mas todos quantos lá se acharam são unânimes em afirmar que o orador esteve na altura do momentoso assunto de que se ocupou.

O Dr. Gabizo, aparelhado com sua ciência, atacou de frente uma questão social; eu venho bater-lhe palmas, porque acho também que a regulamentação da prostituição é uma medida atentatória da dignidade humana.

Será para lastimar que tenhamos esperado pelo regime da liberdade para decretar um ato assim tão odioso e tão antiliberal.

A mulher prostituída pode regenerar-se, mas a mulher oficialmente prostituída, marcada pelo estigma indelével de uma revista sanitária, sujeita a um regulamento, arquivada no registro de uma repartição, está irremediavelmente perdida.

* * *

Não quero falar dos abusos a que se presta semelhante regulamentação, abusos que repetidas vezes se dão nas capitais onde esse ignominioso serviço há muitos anos se acha organizado.

Quando, no tempo do império, houve um chefe de polícia bastante ridículo para proibir que as mulheres da vida airada andassem de carro descoberto, uma senhora da nossa primeira sociedade passou por escandaloso vexame na praia de Botafogo. Houve um agente de polícia que tomou a nuvem por Juno, ou antes, por Vênus.

* * *

É injusto que essas pobres mulheres sejam examinadas, e não o sejam os indivíduos que as frequentam. É injusto que eles, os fortes, tenham o direito de exigir um atestado médico, e elas, as fracas, não tenham o direito de exigir coisa alguma senão a paga de alguns momentos de prazer ou de animalidade.

À moral pública, toda hipocrisia e convenção, mais conviria que todas as mulheres se confundissem exteriormente, e ninguém notasse graduações entre Lucrécias e Aspazias, Penélopes e Frineias. A vida privada é digna de todos os respeitos.

* * *

Não é de certo essa regulamentação grosseira que vai evitar ou vai cortar a propagação da sífilis. O que convém é prevenir a população contra o mal; preveni-la por meio de conselhos técnicos e moralizadores.

O que convém não é dizer-lhe onde há e onde não há sífilis; mas convencê-la de que essa moléstia terrível é o pior inimigo do homem, e não entra no nosso organismo sem prejuízo de todas as nossas faculdades morais.

O mesmo acontece com todos os vícios. A paixão do jogo é fatal; pois bem, para reprimi-la, não há nada menos prático nem mais negativo do que mandar fechar as casas de jogo; mais vale doutrinar o povo, fazendo-lhe ver as consequências a que o homem é arrastado pelo mal.

* * *

Em vez de reconhecer oficialmente a prostituição e fazer dela uma profissão como qualquer outra, clamai, senhores, clamai contra a própria prostituição, que um paradoxo banal classifica de "mal necessário".

Deixai ao próprio arbítrio dos cidadãos os cuidados de sua saúde. Cada qual – homem ou mulher – que se acautele como julgar melhor.

Tratai, isso sim, da sífilis moral, que lavra, desgraçadamente, em todas as camadas da nossa sociedade.

A.

12 de março de 1890

Acaba de chegar de Paris a segunda edição do *Mulato*, o primoroso romance em que Aluísio Azevedo vazou todo o seu talento, todo o ardor da sua juventude, toda a bondade de sua alma, toda a filosofia do seu espírito.

O *Mulato* é talvez a mais brilhante e a mais espontânea primícia literária da nossa terra. É um livro produzido com extraordinária faculdade de intuição. O autor quando o escreveu não tinha mestres. Ignorava Balzac, não conhecia Flaubert, nem essa ilustre plêiade moderna, esse valente pelotão do naturalismo, que tem por chefe o épico Zola.

Toda aquela opulência de observação e análise, todo aquele calor e exuberância de estilo, toda aquela série de tipos e caracteres, saíram-lhe de um jato, em borbotões violentos. Havia naquele talento de criança a ansiedade de uma explosão, a urgência de um escoamento.

Os outros romances de Aluísio Azevedo são mais calmos, mais uniformes, mais técnicos, mais profundos: o *Mulato* é o mais brilhante.

* * *

Aluísio escreveu-o e publicou-o aos trinta anos, no Maranhão, e a imprensa da denominada Atenas brasileira recebeu-o com um indiferentismo esmagador.

Uma única folha maranhense se ocupou desse livro notável: foi a *Civilização*, que terminava com estas palavras uma ligeira notícia:

À lavoura, meu estúpido! à lavoura! precisamos de braços e não de prosas em romances! Isto sim é o real. A agricultura felicita os indivíduos e enriquece os povos! à foice! e à enxada! *Res non verba.*

Num curioso prefácio, diz-no Aluísio que essas asnidades são do Sr. Euclides Faria, que a estas horas deve estar sinceramente arrependido de as haver escrito.

A.

14 de março de 1890

O sr. ministro do interior ainda não marcou dia para a inauguração oficial da Academia de Belas Artes; entretanto, como aos jornalistas são facultadas as visitas preliminares, estive anteontem na Academia, onde fui amavelmente recebido pelo secretário, o meu ilustre e prezado amigo Raul Pompeia.

Não venho cometer a indiscrição de dar um *compte rendu* prematuro, nem fazer a crítica das obras que vão ser expostas; venho apenas recomendar aos meus leitores que não deixem de visitar a exposição, animando com a sua presença os nossos artistas, ali dignamente representados por meritórios trabalhos.

* * *

Toda a nossa mocidade artística, animada pelo sentimento benéfico da emulação, concorreu pressurosa ao curioso certâmen.

Foi com mágoa que notei a lamentável ausência de dois pintores brasileiros dos mais distintos, Décio Villares e Aurélio de Figueiredo, arredados da Academia por prejuízos de seita, que sou, aliás, o primeiro a respeitar.

Um *salon* fluminense é incompleto sem uma daquelas mulheres vaporosas como as sabe pintar o Décio, e uma paisagem quente e vigorosa do Aurélio. Mas que se há de fazer? Onde não há rei – rei o perde.

* * *

Os dois ilustres artistas recém-chegados da Europa, Henrique Bernardelli e Antônio Parreiras, ocupam um espaço considerável na exposição.

Os *Bandeirantes*, de Bernardelli, uma enorme, ousada e soberba tela americana, premiada em Paris, é a obra mais vistosa e vai ser, indubitavelmente, o *clou* da exposição. Entretanto, não é esse o melhor quadro que ali está. O próprio Bernardelli, que expõe muita coisa boa, tem lá uma pequena tela, *Flirto*, que considero um primor acima dos meus elogios.

Bernardelli é um pintor popular por excelência. A sua palheta é inexcedível quando nos dá músicos ambulantes, boêmios, aventureiros e mendigos. Quer na pintura a óleo ou a pastel, quer na aquarela ou no desenho a bico de pena, o artista sente-se à vontade quando toma por assunto os parlás da sociedade, os oprimidos, a plebe, a canalha. A miséria é a corda mais vibrante do seu grande coração de artista. Há nos seus trabalhos um sentimento profundo dos males alheios, uma filosofia enternecedora e vaga.

A misericórdia é universal, mas o pincel de Bernardelli é italiano. Convém naturalizá-lo; não lhe faltarão assuntos nem modelos, jamais explorados, nos *bas-fonds* da nossa população heterogênea e pitoresca.

* * *

Parreiras voltou-nos um artistão da Itália. Trouxe-nos, entre outras coisas, um campo de trigo, que é um prodígio de desenho, colorido, observação e poesia. Está ali um paisagista notável, que vem naturalmente causar uma verdadeira revolução no nosso meio artístico.

* * *

Ao lado desses artistas brilham: Amoedo, que expõe trabalhos dignos de atenção; o inimitável Castagneto; Estêvão Silva, com as suas belas frutas que pareciam saltar da tela, e dão ao espectador vontade de mordê-las; Peres, França Júnior, Caron, Valle, Delpino, Pagani, cujas *gouaches* são surpreendentes, e outros muitos e muitos.

Logo que se inaugure a exposição, conversaremos, leitores.

A.

P.S.: – Nos meus últimos "Flocos", saiu que Aluísio Azevedo escrevera o *Mulato* aos trinta anos; onde se leu trinta, leia-se vinte. – A.

23 de março de 1890

Anteontem pela manhã o sr. vigário da freguesia do Espírito Santo estava a dizer missa, o que lhe acontece, cuido, regularmente todos os dias.

No momento de erguer a hóstia, o reverendo reparou que uma senhora se conservava de pé, e no mesmo instante encheu-se de indignação e de cólera.

Infelizmente sua reverendíssima não soube conter, como devia, a explosão de sentimentos tão pouco evangélicos e expectorou contra a pobre senhora uma descompostura de arrieiro.

O fato naturalmente produziu escândalo. Pudera! o sacerdote tinha nas mãos um símbolo sagrado e nos lábios uns palavrões; insultava Deus e uma mulher!

Acresce que a vítima dessa inqualificável grosseria é uma pobre enferma, que não pode ajoelhar-se, mas cuja presença ali era bastante para atestar a sua piedade e o seu respeito ao culto divino.

* * *

Se há por aí muitos padres tão irritadiços como o sr. vigário do Espírito Santo, eu estou arriscado a levar também qualquer dia uma descompostura católica.

Algumas vezes, obrigado pelas minhas relações sociais, faço o sacrifício de assistir ao da missa, mas não me ajoelho nunca. Observo o maior respeito pelo templo, conservo-me descoberto, não me recosto como muitos fazem, não gesticulo, não converso, não escarro, não cuspo, mas não me ajoelho, porque entendo que Deus, bom como é, naturalmente me dispensa de guardar uma posição excessivamente incômoda.

A genuflexão não se fez para os devotos gordos. O meu abdômen, ao que já devo tantas facécias dos meus mais pilherudos colegas, qualquer dia me expõe à ira de algum padre.

* * *

É verdade que suas reverendíssimas sabem com quem bolem; duvido que se ontem, na matriz do Espírito Santo, em vez de uma senhora estivesse um homem de pé, o sr. vigário não se atreveria a interromper o seu latim para empregar linguagem mais moderna e menos divina.

* * *

Para terminar, um soneto de Álvares de Azevedo Sobrinho, o jovem herdeiro de um grande nome:

NA ÁFRICA
(*a Ananias de Albuquerque*)

A noite, novamente, reaparece,
E sopra, pela costa, o rijo vento.
O sol abrasador no ocaso desce...
Soluça o verde mar, como um lamento.

Validê tem o olhar no firmamento,
Enquanto Alá recebe a sua prece...
E, nos seus olhos úmidos, parece,
Paira a saudade como um pensamento...

Caminha a caravana, no deserto.
Sobre os negros cavalos estafados,
Sem oásis avistar, distante ou perto;

E a moça, recordando o amor que sente,
O ardente pranto dos apaixonados,
Triste, derrama sobre a areia ardente...

Álvares de Azevedo Sobrinho.

Tenho certeza de que esses quatorze versos não desagradarão ao leitor, e, principalmente, à leitora.

A.

O ÁLBUM
"CRÔNICA FLUMINENSE"

N. 7, fevereiro de 1893

Ontem ficou muito espantada a minha colcha de inverno quando à meia-noite fui arrancá-la ao fundo de uma gaveta:
– Que é isto? perguntou ela; já estamos em junho?
– Não; estamos apenas em 8 de fevereiro, mas faz tanto frio, que não tenho remédio senão recorrer aos teus bons serviços.
Estremunhada ainda por um despertar tão brusco e inesperado, a colcha perguntou-me a que eu atribuía semelhante fenômeno meteorológico.
É natural que sentisse grande necessidade de ciências naturais uma pobre colcha que saía assim das trevas de uma gaveta; mas eu é que a tão adiantada hora da noite não estava para conversas, e respondi-lhe que atribuía o fenômeno ao Carnaval. Respondi-lhe isso como poderia ter respondido outra coisa qualquer.
– Ao Carnaval? repetiu a colcha; que diabo quer dizer Carnaval?
– Tens razão de não saber; estás sempre guardada na época do Carnaval, e o estiveste mesmo em junho, no ano passado, porque fazia um calor carnagalesco.
– Que palavra é essa?
– Uma mistura de senegalesco e carnavalesco. – O Carnaval, minha filha, é uma festa semibárbara, em que muitos se divertem, outros fingem que se divertem, e outros, esses em maioria absoluta, se enfastiam.
– Tu em que categoria estás? Dos que se divertem?

– Não; dos que se enfastiam.
– Por quê?
– Não sei; o prazer e o aborrecimento não são convencionais.
– Mas há de haver uma causa...?
– Tens razão: há, talvez, uma causa para o meu fastio. Uma noite, há um bom par de anos, fui ao baile de máscaras no S. Pedro. Dançava-se muito, mas sem... como direi?... sem *entrain*. Eu debalde procurava um máscara que me dissesse alguma coisa de espírito, e, desesperançado, já me dispunha a sair, quando vi, sentado numa cadeira, um sujeito vestido de casaca preta com botões de papel dourado, as mãos metidas num par de luvas de algodão, e sujo, sujíssimo como por via de regra são todos os máscaras. O vestuário era estúpido, mas a carranca, não sei se de papelão ou cera, era uma obra-prima da escultura pândega. Representava um velhote risonho. A boca, os olhos, as ventas – tudo ria, com um riso comunicativo e bonacheirão. A máscara lembrava a figura principal daqueles incomparáveis *Borrachos*, de Velázquez.
– Adiante!
– Eu sou um homem triste, como sabes, mas simpatizo muito com a alegria dos outros. Seduzido por aquela fisionomia eminentemente cômica, aproximei-me do máscara, e pedi-lhe que me dissesse uma pilhéria. Oh! desgraça! Daquela cara alegre saíram estas palavras num tom soturno e côncavo: "Vá seguindo o seu caminho, e não bula com quem está sossegado no seu canto"!
– Ora esta!
– Esse máscara, minha adorada colcha, esse máscara indispôs-me de uma vez por todas com o Carnaval. Não imaginas o efeito que produziu no meu espírito, e ainda persiste, o mau humor daquele pobre-diabo de luvas de algodão! Tu perguntas-me o que é o Carnaval; é isso: uma cara alegre encobrindo uma alma triste como uma rola aflita!

— Mas por que dizias que o Carnaval é a causa do fenômeno que me obriga a sair da doce tranquilidade daquele gavetão?

— O ano passado a Intendência transferiu o Carnaval para junho, porque em fevereiro faz muito calor. A Natureza, para mostrar à Intendência que é sempre um erro inverter a ordem das coisas há muito tempo estabelecidas, deu-nos o ano passado calor em junho e dá-nos este ano frio em fevereiro.

— Fia-te nessa generosidade. Amanhã ou depois fará um calor de rachar!

— Não duvido, mas basta de dar à língua! Quero dormir. Aquece-me bem.

— Homem, não durmas ainda! Conta-me as novidades. Tu sabes que sou uma colcha alegre; dize-me... tem havido muitas coisas engraçadas?

— Há muito tempo não tínhamos quem nos fizesse rir. A vida fluminense arrastava-se monótona, com a lentidão e a melancolia do boi... Nem um fato cômico, nem uma chalaça inédita, nem uma invenção do Dr. Castro Lopes!

— Deveras?

— Já estávamos todos resignados a morrer de aborrecimento, como tu no fundo da tua gaveta, quando apareceu o Dr. Abel Parente com a sua famosa descoberta para impedir que as mulheres concebam...

— Eu é que não concebo como a justiça consente...

— Já lá vamos: o Dr. Viveiros de Castro, promotor público, acusa o homem, mas o Dr. Francisco de Castro, chefe da repartição sanitária, defende-o; entre os dous Castros, o Dr. Parente pôde castrar à vontade!

— Que mais novidades temos?

— Muitas; um encontro de trens na Estrada de Ferro...

— Outro?

— Outro; a exposição do nosso paisagista Parreiras...

— Outra?

— Outra; as manobras da esquadra na Copacabana... Mas... são horas de dormir. Quero despertar cedinho para escrever a crônica do *Álbum*.
— Pois dorme. Boa noite!
— Boa noite! Aquece-me bem!

A.

N. 8, fevereiro de 1893

Deixem-me juntar a minha débil e não autorizada voz ao coro de elogios com que foi recebido o ato do Sr. Chefe de Polícia, fazendo cessar o escândalo do Jardim Jogológico:
Não esmoreça Sua Exa. e faça guerra de morte a todos esses terríveis agentes de corrupção social, clubes de roleta, *book-makers*, belódromos e cosmoramas. Embirro com a profissão de moralista e não me apraz arvorar-me em tutor senão da minha própria pessoa, mas o jogo tem assumido nesta capital proporções tão assustadoras e tão vergonhosas, que é crime dispor de um periódico, embora obscuro, e não combater com toda a energia esse vício deprimente e funesto.

Houve tempo em que me parecia que o jogo devia ser tolerado pela Polícia, contanto que o carregassem de pesados tributos, e nesse sentido muitas vezes escrevi; à vista, porém, do desenvolvimento que nestes últimos tempos tem tido semelhante vício, à vista do ímpeto com que diariamente penetra em todas as classes, não poupando inocentes crianças analfabetas, penso que já não é caso de reprimi-lo, mas de suprimi-lo.

* * *

Bem sei que a supressão ao jogo é um trabalho de Hércules, mas sei também que a Polícia, com o numerosíssimo pessoal de que atualmente dispõe, conseguirá muita coisa, se quiser. O grande caso é deixar-se de mal entendidas considerações, e não distinguir, num salão dourado ou numa espelunca infecta, o homem de posição e o pobre-diabo. Somos todos iguais perante a lei.

Conquanto nesta malfadada terra o jogo pouco a pouco se tenha tornado uma profissão confessável, não há aí sujeitinho, por mais cínico, por mais despejado, por mais corrompido pelo vício, que não se envergonhe de ver o seu nome publicado pela Polícia, numa lista de maus cidadãos, rebeldes aos bons costumes e à lei. Deixe-se a Polícia de trapos quentes: surpreenda no ofício a todos esses figurões que passam a vida a jogar, multe-os e publique-lhes os nomes todas as vezes que lhes deitar os gadanhos; exerça contra eles uma verdadeira perseguição, perseguição justíssima do bem contra o mal, e diabos me levem se o jogo não for suprimido!

* * *

Infelizmente o povo brasileiro é refratário à verdade.

Para prova aí tem os senhores a Companhia Frigorífica, benemérita empresa que nos presta tantos e tão reais serviços.

O fluminense come com muito apetite o pato, a perdiz, o salmão etc., que vêm da Nova Zelândia conservados em gelo; desde, porém, que lhe dão carne fresca, trazida do Rio da Prata pelo mesmíssimo processo, ele revolta-se, grita, protesta, fazendo uma oposição tremenda a meia dúzia de homens bem-intencionados, que desejam arrancá-lo à ganância dos especuladores!

Por que então não se revolta o fluminense contra a carne-seca, da mesma procedência, e que é também conservada em sal? A que vem essa infeliz pilhéria de chamar "Maria de Macedo" à carne da Frigorífica? É isso apenas falta de piedade e respeito contra uma mártir digna de toda a compaixão humana, e injustiça contra uma empresa que só deveria ser hostilizada pelos aventureiros da fome.

* * *

O Carnaval...
Parce sepultis.

A.

N. 9, fevereiro de 1893

A menos que eu transgrida a primeira cláusula do programa do *Álbum*, que é não meter o bedelho na política, não me é possível dar hoje crônica.

Durante a semana inteira só se falou de política. O Rio Grande do Sul ocupou todas as atenções e todos os espíritos, e a opinião pública esperou ansiosa, e em vão, o desfecho da luta entre castilhistas e federalistas.

Entretanto, eu prefiro escrever uma crônica pouco interessante, e mesmo não escrever nenhuma, a violar a cláusula mais benemérita e mais salutar do programa do *Álbum*. Que os rio-grandenses se assassinem todos uns aos outros, e não fique nem um para remédio: o cronista fará de conta que de nada sabe, lamentando apenas que os brasileiros não reservemos as explosões dos nossos ódios e das nossas valentias para quando tivermos de ajustar contas com estranhos. Não há nada mais estúpido que uma guerra civil.

Se o Sr. Castilhos fosse verdadeiramente amigo do seu país; há muito tempo ter-se-ia retirado do Rio Grande do Sul, sacrificando à tranquilidade pública os seus caprichos e ambições. O Sr. Castilhos é o causador de tudo. Quando esse cidadão é governador, há barulho; quando deixa de ser, há barulho, quando volta a ser, há barulho. O melhor que ele podia fazer em benefício geral era deixar de ser, com a declaração formal e categórica de que não queria tornar a ser.

* * *

    Notem os leitores que essa pequena observação nada tem de política; eu não sei bem o que desejam os castilhistas nem os federalistas; se me perguntassem qual dos dois partidos tem razão, ver-me-ia bastante embaraçado para responder. Não sacrifico ao Rio Grande do Sul a minha deliciosa indiferença pela política.
    Trata-se de uma questão de simples bom-senso. Se eu reconhecesse que a minha presença numa casa era motivo de perturbação e discórdia, imediatamente agarrava o chapéu e punha-me no andar da rua, muito satisfeito por haver com esse ato promovido a tranquilidade alheia.
    Grande virtude num homem é saber retirar-se a tempo.
    Se o Sr. Castilhos dissesse aos rio-grandenses: "Se é para o bem de todos... vou-me embora", e saísse do Rio Grande, seria caso para carregá-lo em charola e oferecer-lhe o retrato a óleo.
    Acresce que na gloriosa terra de Bento Gonçalves o Sr. Castilhos arrisca-se a que de um momento para outro o mandem para o outro mundo, como a tantos tem lá sucedido. E – ora adeus! – a vida é uma bela coisa para quem é moço e tem talento como o governador do Rio Grande do Sul.

* * *

    Não me faltam motivos para aborrecer a existência, mas pudesse eu viver tanto como aquela Maria dos Gatos, que morreu há dias em Ouro Preto, com 136 primaveras!
    Diz um telegrama, publicado pelo *País*, que essa interessante macróbia conheceu Tiradentes, e teve até a honra de ser operada pelo boticão do famoso dentista republicano. Quero crer que com Maria dos Gatos desaparecesse a última freguesa de Tiradentes.

Essa velhinha faz-me lembrar outra, também mineira, que encontrei há uns oito anos, no Asilo da Conceição, à Rua do General Câmara, quando um dia me levaram a visitar esse piedoso estabelecimento de que ninguém fala. Ela disse-me que se lembrava perfeitamente de ter visto a cabeça de Tiradentes num pau, exposta ao povo para escarmento dos que sonhassem com a Liberdade.

A.

N. 10, março de 1893

O incêndio no Liceu de Artes e Ofícios ocupou a semana inteira. A consternação foi geral. Desta vez o povo compreendeu perfeitamente que o grande prejudicado foi ele.

O sinistro clarão, que iluminou a cidade na noite de 26 de fevereiro, parecia a apoteose de Bethencourt da Silva.

No dia seguinte ao do incêndio, esse homem extraordinário, sem casa, sem roupa, profundamente magoado pela perda irreparável de seus belos móveis antigos, quadros, objetos de arte, livros queridos e preciosos papéis – esse homem extraordinário, esse grande brasileiro, em vez de tratar de si e dos seus, igualmente despojados de tudo, dirigia-se ao povo, pedindo a reconstrução do Liceu de Artes e Ofícios!

O direito de viver no Rio de Janeiro custa hoje esforços e sacrifícios terríveis, mas o povo acudirá ao doloroso apelo do grande amigo do povo, e o Liceu de Artes e Ofícios ressurgirá daquelas cinzas mais belo e mais altivo que nunca!

* * *

O incêndio, que todos amargamente deploram, deu lugar a um fato extraordinário e notável: o comandante do Corpo de Bombeiros foi censurado por parte da nossa imprensa! Isso não acontecia desde os tempos do truculento e retumbante Carvalho, que, coitado! lutou sempre com a má vontade dos jornalistas e a falta de bom material e pessoal adestrado.

Acusam o comandante do Corpo de Bombeiros de ter deixado o fogo propagar-se até a biblioteca do Liceu, precioso e inestimável depósito de quatro mil volumes, impressos e manuscritos.

Não vi de perto o incêndio, não acompanhei o serviço da extinção do fogo, não estive lá; assisti, porém, do morro de Santa Tereza ao espetáculo horrivelmente belo daquelas chamas que ameaçavam devorar toda a cidade, e convenci-me de que um quarteirão inteiro desapareceria.

Quando no dia seguinte verifiquei, surpreso, que todo o quarteirão estava como antes, e uma boa parte do próprio Liceu havia sido salva, não obstante a falta d'água, tive ímpetos de ir abraçar o comandante do Corpo de Bombeiros! Imaginem, pois, com que desgosto o vi acusado em letra redonda!

* * *

O sobrado da Guarda velha (assim se chamou durante muito tempo o edifício há dias incendiado) tem a sua história, e vem a pelo, cuido, contá-la aos meus leitores.

Quando el-rei nosso senhor D. João VI veio para o Rio de Janeiro, trouxe consigo, já se sabe, numerosa e brilhante comitiva da qual fazia parte José Rufino de Sousa Lobato, guarda-joias da casa real.

No paço não havia lugar para a residência desse funcionário e acomodação das joias e alfaias entregues à sua guarda; por isso, ele foi autorizado a construir o sobrado da Guarda Velha por conta do erário régio.

A construção teve começo em 1815 e ficou pronta no ano seguinte.

Quatro anos depois, achando José Rufino a casa ainda pequena, principiou a edificar outra, contígua, sob o mesmo plano, fazendo esquina com o beco do Cairú; mas essa construção parou com a retirada da família real para Lisboa, em 26 de abril de 1821.

No prédio principal, que naturalmente ficou pertencendo à Nação, estabeleceu-se o Quartel General, e o outro, concluído a trouxe-mouxe, foi utilizado para quartel de cavalaria, e depois habitado por famílias de militares e empregados públicos, que não pagavam aluguel... Ah! Se fosse hoje!...

Um incêndio devorou o madeiramento do ex-quartel; só ficaram as paredes, que o ministro Angelo Muniz da Silva Ferraz mandou pôr abaixo, construindo então o famoso edifício em que funcionou por muito tempo a Tipografia Nacional, edifício escuro e úmido, cujas paredes – lembram-se? – tinham óculos em vez de janelas! Pobre gente que trabalhava ali dentro!

Entretanto, no "sobrado da Guarda Velha" acomodara-se a Secretaria do Império, e por último o Liceu de Artes e Ofícios.

A.

N. 24, junho de 1893

Cá estou de volta, meus senhores, e antes de mais nada agradecendo, como me cumpre, a Marcos Valente o haver-me substituído nestas colunas durante a minha estada na Bahia e sobre as ondas do mar.

Como venho de viagem, mais natural seria que desta vez a crônica fluminense fosse escrita não por mim, e eu me limitasse a publicar as minhas impressões de viagem...

Mas não é justo que os leitores do *Álbum* fiquem sem crônica porque o cronista foi passear, nem minha viagem foi tão longa ou tão interessante que desse para grandes narrativas.

Entretanto, eu poderia resumir as minhas impressões em muito poucas linhas. Era a quarta vez que pisava terras de S. Salvador; a última fora em 1883; mas só lá tinha estado de passagem, apressadamente, com um paquete no porto à minha espera. Não é bom fiar-se a gente nas impressões fugitivas dessas rápidas visitas, dessas escapadelas de bordo. Eu fazia uma ideia injusta daquela belíssima cidade, dos seus magníficos arrabaldes, de seu extraordinário movimento comercial e industrial, da sua população numerosa, característica, pitoresca, e, sobretudo, nacional, porque a Bahia é inquestionavelmente a terra mais brasileira do Brasil.

A cidade tem ainda o seu perfume colonial; encontram-se ainda ali curiosos vestígios dos tempos de Francisco Pereira Coutinho, primeiro donatário da Bahia de Todos os Santos, ou do governador Thomé de Sousa. Entretanto, a cidade estende-se, fazem-se todos os dias novas construções. Em havendo na população um pouco mais de sentimento estético, um pouco menos de predileção pela cor amarela que se nota na maioria das casas, o aspecto geral da cidade melhorará bastante.

Já não é tão suja a Bahia como há dez anos. A municipalidade não é má. O intendente geral, um homem popularíssimo, o Sr. Conselheiro Almeida Couto, monta a cavalo todas as manhãs, e vai pessoalmente, por todas as praças, ruas, ladeiras, becos e vielas, desempenhar funções de simples fiscal.

Muita sociabilidade. Não estive com um baiano que não fosse um cavalheiro. Nota-se em toda a gente um desejo simpático de obsequiar e servir. Trago as melhores recordações de alguns colegas de imprensa; estou muitíssimo grato a Eduardo De-Vecchi, a amabilidade que se fez homem, e a Lellis Piedade, Bisarria, Aloísio de Carvalho, Requião, Neiva, Egas Muniz e outros.

* * *

Mas aonde me leva esta digressão de viajante?

Ainda bem que a semana fluminense foi quase exclusivamente política; e portanto escapa à crônica do *Álbum*.

Fora da política tivemos coisas tristes, ainda mais tristes que ela: a dolorosa notícia do falecimento de Amaral Valente, o nosso ministro na Áustria-Hungria, um diplomata conceituado e honesto, e um bárbaro assassinato, que veio revelar aos povos desta capital a existência de uma *Maison Moderne da Cidade Nova*.

A.

N. 35, agosto de 1893

Correu há dias com muita insistência que certo empregado do Correio, abrindo uma mala de São Paulo, sentiu logo os sintomas do *cholera-morbus*, e foi, com a presteza possível, remetido para o hospital da Jurujuba.

A notícia espalhou-se com uma rapidez incrível; os fluminenses, que são muito impressionáveis, deixaram-se apoderar de verdadeiro pânico, e todos se puseram de pé atrás com as epístolas de S. Paulo (sem *calembour*).

Felizmente não foi *cholera-morbus* o que teve o empregado do Correio, nem consta que até agora esteja provada a existência dessa terrível moléstia no Rio de Janeiro.

Em todo caso, se o flagelo aparecer por aí, o que Deus não permita, não percamos a cabeça, não nos desorientemos! Lembremo-nos todos de que, na maior parte dos casos, o cólera não passa de um *ca...ço*, palavra que é sinônima de medo e que eu não posso escrever aqui com todas as letras.

* * *

Agora, aí vai um pequeníssimo conto árabe, que eu recomendo à meditação dos meus leitores:

> Um dia a Peste vinha da Índia, e encontrou no caminho um pobre dervixe que lhe perguntou:
> – Aonde vais?
> – Ao Ocidente.
> – Que vais lá fazer?
> – Matar.

– Matar por quê?... que mal te fez essa gente?...
– Nenhum; eu mato porque o meu destino é matar.
– De quantas pessoas pretendes dar cabo durante esta viagem?
– De um milhão.
– Pois bem, eu suplico-te que te contentes com a metade, e já terás cumprido a tua missão.
– Dervixe, pedes com tão bom modo, que eu prometo fazer-te a vontade.

E a Peste veio para o Ocidente.

Na volta, o dervixe foi ao seu encontro, e disse-lhe cheio de desgosto:

– Ora muito obrigado! Prometeste matar quinhentas mil pessoas, e eu soube que mataste um milhão e duzentas mil!

– Enganas-te; eu só matei as que prometi matar. As outras morreram... de medo.

* * *

Enquanto não aparece o *cholera* – e não aparecerá, Deus me ouça e o Diabo seja surdo –, deliciemo-nos com as *Crônicas livres* cuja publicação Olavo Bilac encetou na *Gazeta de Notícias*.

O ilustre poeta trocou a *Cidade do Rio* pela vizinha da esquerda, e eu não tive pena porque – francamente – a política e ele não foram feitos um para o outro. Prefiro-o ali, porque ali o acho mais à vontade, mais alegre, mais espontâneo, embora escrevendo terríveis e engraçados paradoxos como aquele de que são tão respeitáveis os nossos vícios como as nossas virtudes.

Enfim, como La Rochefoucauld já disse que as nossas virtudes muitas vezes são vícios disfarçados...

* * *

Entre as nossas virtudes – quando aqui digo *nossas*, falo como povo – devia estar um pouco mais de consideração e respeito pela liberdade... dos outros.

O Júri esteve um ror de dias em sessões preparatórias, sem conseguir reunir-se.

É verdade que o local não convida, e é um verdadeiro sacrífício exercer ali as funções de juiz de fato – mas os cidadãos sorteados deveriam colocar o seu dever acima do seu conforto, e lembrar-se dos infelizes que se acham privados da liberdade, à espera de julgamento.

Essa questão do Júri é uma questão muito grave, para a qual os poderes públicos não olham com a devida atenção.

* * *

E a Paz?
Dão-me notícias dela?
Homem, o melhor é deixá-la... em paz.

A.

N. 36, setembro de 1893

Permitam os leitores do *Álbum* que eu deixe de parte o Rio Grande do Sul, o Senado, o Wandenkolk, o Rui Barbosa, mesmo o assassino da rua Santo Antônio, para dizer-lhes que assisti, terça-feira passada, ao jantar do Centro Artístico – o jantar de *agosto*, do qual se encarregou o Assis Pacheco.

Sim, porque o Centro Artístico, associação nascida no Instituto de Música e na Escola de Belas-Artes, dá um jantar todos os meses, e de cada *menu* se encarrega um dos sócios, previamente designado para esse fim.

Parece-me que esses ágapes têm caráter reservado, mas... – que querem? – fui honrado com um convite especial, e não se convida impunemente um escrevinhador de crônicas para um banquete de artistas...

A festa, presidida por Leopoldo Miguez, correu alegremente, num tiroteio de ditos espirituosos e sonoras gargalhadas. Não se falou em política, nem se disse mal dos ausentes. Em compensação, conversamos bastante sobre coisas de arte, e assim se passaram quatro horas agradabilíssimas.

Estavam presentes: Assis Pacheco, o encarregado do *menu*, que distribuiu à mesa alguns exemplares, magnificamente impressos pelo editor Bevilacqua, da sua romanza *Decembre*, poesia do erudito professor Parlagreco, também presente; Frederico do Nascimento, o grande poeta do violoncelo, questionando sempre, e muito contrariado porque o seu vizinho de mesa, Medeiros e Albuquerque, era de sua opinião; Rodolpho Amoedo; Rodrigues Barbosa; Modesto Brocos, muito satisfeito com o retrato de Annibal Falcão, que ele acaba de pintar; Raul Pompeia, que propôs calorosamente aos seus consócios, e foi aceita, uma grande manifestação do Centro à estátua de José Bonifácio no dia 7 de Setembro; Rodrigues Cortes; Fertin de Vasconcellos, diretor e proprietário da *Gazeta Musical*; o *maestro* Porto-Alegre, o arquiteto Buccarelli; e... mas pelo amor de Deus! É impossível citá-los todos!

Faço votos para que o Centro Artístico, adiantando-se além do terreno, aliás muito civilizador, da culinária e da gastronomia, se torne um verdadeiro centro... de operações pela Arte.

* * *

Audaces fortuna jurat, eis aí a divisa que deviam adotar os Srs. Magalhães & C., proprietários da Livraria Moderna, Assembleia, 23. A uns homens assim não me importa fazer escandalosos reclames.

Esses editores literários – literários por excelência – são de uma intrepidez até hoje desconhecida em terras de Santa Cruz.

Esta semana atiraram ao mercado nada menos de três obras de certo valor: *Celeste*, romance de Delia – *Blocos*, contos e fantasias de Isaías de Oliveira – e *Broquéis*, versos de Cruz e Sousa!

Tem a sair do prelo a *Normalista*, de Adolpho Caminha, e no prelo a *Sogra*, de Aluísio Azevedo, as *Estrofes*, de Fontoura Xavier, e as *Rimas de outrora*, de Afonso Celso!

Além dessas obras, todas brasileiras, irão sucessivamente publicando outras muitas, para o que tem contrato firmado com os respectivos autores!

Enforca-te, B. L. Garnier!

* * *

A propósito:
Está publicado em livro o romance de costumes fluminenses, a *Capital Federal*, de Anselmo Ribas, que, todos o sabem, é um dos pseudônimos do nosso Coelho Neto.
Os *Demônios* e a *Mortalha de Alzira*, de Aluísio Azevedo, não tardam também por aí.

* * *

Ainda outra novidade literária:
Apareceu em livro o romance *Encarnação*, de José de Alencar, publicado há muitos anos em folhetins pelo *Diário Popular*, e não pela *Folha Nova*, como disseram ontem os meus colegas da *Gazeta de Notícias*.
A edição foi feita pelo poeta Mário de Alencar, filho do grande escritor brasileiro.

* * *

Sob o risco de escrever hoje uma coisa mais parecida com um anúncio que com uma crônica, direi que um dos acontecimentos da semana foi a inauguração da *Casa Colombo*, que ontem se realizou. Trata-se de mais um grande estabelecimento de artigos destinados ao belo sexo masculino, no mesmo gênero do *Preço Fixo* e da *Torre Eiffel*. A loja é uma das mais bonitas da rua do Ouvidor, e é, incontestavelmente, a de feitio mais moderno.

* * *

E sou obrigado a fazer de uma lágrima o ponto-final deste artigo!

Acaba de falecer, em pleno vigor da idade e do talento, o ilustre cearence barão de Sobral, José Julio de Albuquerque Barros, jurisconsulto eminente.

José Julio prestou revelantíssimos serviços à Pátria, batendo-se, como jornalista, por todas as ideias liberais – administrando sabiamente as províncias do Ceará e do Rio Grande do Sul, aquela durante o terrível período da seca – dirigindo, com inexcedível zelo e critério, as secretarias da Agricultura e da Justiça – e, finalmente, ocupando com brilhantismo o cargo de Procurador-Geral da República.

É mais um grande brasileiro que desaparece no túmulo!

* * *

Tem a semana ainda outro cadáver, um cadáver anônimo arrojado à praia de Copacabana, e que se supõe ser de algum colérico do *Carlo R.*, o navio Ahasverus – mas basta de coisas tristes!

A.

N. 37, setembro de 1893

Os leitores conhecem naturalmente a história daquele sujeito a quem estava prometida, havia muito tempo, uma sova de pau, e dia e noite andava escondido e atormentado pela ideia de que de um momento para outro lhe chegariam a roupa ao pelo.

O pobre-diabo, para recuperar a liberdade, encheu-se de ânimo, foi ao encontro do indivíduo que o ameaçara, ofereceu humildemente o lombo à prometida sova, e voltou para casa derreado mas satisfeito, dizendo aos seus botões: – ao menos tiro daí o sentido.

* * *

O nosso pobre país está numa situação um pouco parecida com a desse... filósofo: prometeram uma tunda mestra, e ele vive sob a pressão constante dessa ameaça.

Melhor seria, para tirar daí o sentido, que de uma vez por todas o derreassem, em vez de aniquilá-lo aos bocadinhos com revoltadas, deposições, pronunciamentos e outras patacoadas políticas.

Bombardeiam as nossas cidades, esfacelem-nos, matem-nos, e de um montão de ruínas e cadáveres sairá talvez a salvação do Brasil!

* * *

No meio destas apoquentações, chega-nos do Rio da Prata a notícia do falecimento de Maurício Dangremont, violinista muito distinto, neto desta capital.

O Brasil nada perdeu, porque Dangremont – Deus lhe perdoe! – não se considerava brasileiro, mas não será isso razão para que eu não diga um sentido adeus ao artista que desaparece, e foi – quando criança – um ídolo dos fluminenses.

* * *

Devíamos ter hoje, 7 de setembro, duas exposições, uma de belas-artes, organizada por Aurélio de Figueiredo no intuito de fundar uma galeria livre de pintura e escultura, e outra de trabalhos jurídicos, organizada pelo Instituto da Ordem dos Advogados Brasileiros para comemorar o 50º aniversário de sua fundação. Infelizmente a revolta não deixou que essas bonitas festas se realizassem.

* * *

Foi também desanunciada a récita de gala do Teatro Lírico. O Sr. Floriano escapou de ouvir os *Huguenotes*. Isto não o contrariou absolutamente, não porque na ópera de Meyerbeer apareçam conspiradores políticos, mas porque o maior dos sacrifícios que pode ser imposto ao nosso vice-presidente é ir ao espetáculo. Agradam-lhe mais as corridas: sua exa. assistiu a duas vitórias seguidas do *Aventureiro*.

Quando me lembro que o Sr. Floriano não foi a um único espetáculo de Sarah Bernhardt!... E podendo ir de graça!...

Depois de uma ausência de muitas horas, reapareceu hoje o Sol, em atenção, creio, ao 71º aniversário da nossa independência política, e iluminou suavemente a estátua de José Bonifácio de Andrada e Silva, aos pés da qual o Centro Artístico depôs uma coroa digna do "grande precursor e primeiro guia do Patriotismo Brasileiro".

Mas o Sol apareceu tão enfiado e tímido, que, pelos modos, lhe metiam medo os canhões do *Aquidabã*, realmente mais terríveis que os do *Abacaxi*.

Tivesse eu relações com o rei dos astros, e pedia-lhe com muito empenho que se recolhesse de novo, para não alumiar as nossas desgraças.

* * *

Terminemos registrando nesta coluna o falecimento de Joaquim de Siqueira, bom amigo, excelente colega, cavalheiro distinto, muito distinto.

A.

N. 38, setembro de 1893

.... Essa linha de pontos aí fica suprimindo as considerações que ao cronista provocariam necessariamente os dolorosos sucessos que há dias enlutam nossa querida Pátria, e nos quais o povo representa o irrisório papel de Simão Quarenta, quando no 2º ato da *Mascote* o pobre príncipe apanha, por tabela, uns tantos murros que não eram seus.

Outro dia, assistindo de Santa Tereza ao bombardeio do Arsenal de Guerra, ouvi a um homem do povo esta frase que me pareceu tópica: – Quando o Mar briga com a Terra, quem sofre são os mariscos. – Os mariscos somos nós, que não temos a honra de vestir uma farda ou de cingir uma espada...

* * *

Ao som desses tiros absurdos, disparados por brasileiros contra brasileiros, soltou o último suspiro o bravo Portocarrero, o herói do Forte de Coimbra, que se orgulhava de haver recebido de Moltke uma carta comparando aquele feito d'armas ao das Thermopylas.

O ilustre octogenário morreu, levando consigo a inefável satisfação de não ter sido jamais obrigado, por circunstâncias tristíssimas, a desembainhar o seu ferro glorioso contra os filhos de sua Pátria.

* * *

    Registre-se também nesta crônica lutuosa o falecimento do capitão-tenente Malveiro da Motta, oficial estimadíssimo na sua classe, e o fato, profundamente doloroso, de se haver suicidado um brasileiro distinto, o deputado e senador do Império Manoel José Soares.
    O suicida era agora presidente de um banco, mas o ato de desespero que o matou nenhuma relação tem com a sua situação comercial. Rico, respeitado, aparentemente feliz, o mísero não resistiu à dor de ter perdido um filho. Deus lhe perdoe.

* * *

    Terminando, faço votos para que acabe a guerra civil que nos desgraça, guerra maldita, cuja primeira vítima quis a fatalidade que fosse uma pobre mãe, baleada em presença dos filhinhos.

A.

N. 41, outubro de 1893

Hoje, sábado, 7 de outubro, estamos na mesma com relação à revolta.

Cruzam-se em todos os sentidos os mais inquietadores boatos... Dizem que se preparam grandes surpresas... que mais nos reservará essa nefanda aventura do Sr. Custódio de Mello?

* * *

Uma grande novidade é a presença do Sr. Rui Barbosa a bordo do *Aquidabã*.

Se isso é verdade, palpita-nos que algum dia perguntaremos como Geronte: *Que diable allait-il faire dans cette galère?*

Esperemos os acontecimentos...

* * *

Morreu B. L. Garnier, o velho editor do Instituto Histórico, o famoso livreiro da rua do Ouvidor, um judeu trabalhador e honrado, que tinha todos os defeitos e todas as virtudes de sua raça, e era uma das fisionomias mais curiosas e mais características do nosso meio.

Estabelecera-se nesta cidade há uns cinquenta anos. Era milionário, dizem, e não consta que jamais desse uma esmola. O seu nome nunca figurou numa obra de filantropia. Mas é de justiça dizer que não gastava consigo o dinheiro que negava aos pobres: não gozou. Os seus herdeiros talvez tenham outra opinião sobre a utilidade dos contos de réis...

Editava tudo, a torto e a direito, e nesse ecletismo está talvez o segredo de sua fortuna. Júlio Verne, mais que nenhum outro escritor, contribuiu para enriquecê-lo... sem o saber.

Diz a imprensa que ele prestou relevantes serviços à nossa literatura. Efetivamente, o Imperador condecorou-o por esse motivo e nos catálogos da sua livraria figuravam alguns dos primeiros nomes das nossas letras. Mas a verdade é que ele só acolhia de braços abertos os escritores que lhe entravam em casa com reputação feita, e ainda a estes pagava sabe Deus como. Não tirou nenhum nome da sombra, não estendeu a mão a nenhum talento desconhecido. Quando algum moço obscuro o procurava, ouvia: "Cresça e apareça". Se o pobre-diabo realmente crescesse e aparecesse, poderia contar com o editor.

* * *

Trabalhador e honrado foi também o pobre Laurent de Wilde, pintor belga, que era há muitos anos estabelecido com loja para pintura e desenho à rua Sete de Setembro, na mesma casa que hoje conserva numa das portas o vestígio da célebre granada que há dias matou o Dr. Lomelino Drumond e uma senhora.

De Wilde era um grande amigo de alguns dos nossos pintores, a quem facilitava os meios de aquisição dos apetrechos necessários ao exercício de sua arte. Em sua casa, numa sala convenientemente preparada para esse fim, muitos artistas expuseram os seus trabalhos... e os venderam.

Como pintor, deixa De Wilde, que eu saiba, a decoração do teto do teatro de S. Pedro, trabalho feito de colaboração com Thomaz Driendl, pintor de muito mérito, que infelizmente abandonou a sua arte para se fazer empreiteiro das obras da Catedral. Não creio que esse teto leve nenhum dos artistas à posteridade.

A.

N. 42, outubro de 1893

Eu já disse nestas colunas (e não me desdigo) que Rui Barbosa é "um ornamento insigne das letras brasileiras, um fator preponderante da nossa civilização intelectual".

Mas, meu Deus! Como um homem de tanto talento escreveu e assinou aquele manifesto de Buenos Aires, em que qualquer criança encontrará contradições e anomalias?

O grande caso é que li e reli esse documento, e não sei se Rui Barbosa está ou não está do lado dos revoltosos. A posição do ilustre brasileiro não se acha bem definida. O instante é tão melindroso, que nós, os seus compatriotas, temos o direito de pedir-lhe que faça como a fortaleza de Villegaignon: declare-se. As brumas do estilo em que está escrito o manifesto não nos deixam ver se ali há bandeira branca.

No momento que atravessamos todos os brasileiros têm a obrigação irrefragável de se pronunciar pelo governo constituído ou pela revolta. Não se admitem neutralidades. O *Álbum* é um jornalzinho de literatura amena e tem no seu programa uma cláusula que lhe interdiz a política. Mas aqui não se trata precisamente de política; trata-se de salvar o decoro da pátria e a dignidade da lei fundamental da República.

* * *

Quanto à revolta, nada sei, nem quero fazer eco de boatos e ditérios. As coisas continuam na mesma; nada tenho que acrescentar à minha última crônica. Esta é escrita em sexta-feira, 13 de outubro.

* * *

Foi dado ontem à sepultura o cadáver de D. Henriqueta Amaral, virtuosa matrona, viúva daquele simpático e alegre general Antonio José do Amaral, que morreu há um ano, e será sempre lembrado com saudade e respeito por quantos o conheciam.

Essa senhora foi, pode-se dizer, um interessante fenômeno fisiológico: esteve tísica durante trinta e tantos anos; sofria com intervalos terríveis crises a que parecia sucumbir; mas aos poucos readquiria a vitalidade, e dizia com um sorriso de ressuscitada: – Ainda não foi desta vez. – Continuava a viver.

Enterrou assim muitos parentes, e afinal o esposo. Este, que tinha espírito, um dia disse-lhe: – Minha mulher, tu com certeza não és imortal, mas és imorrível.

* * *

As palavras que na minha última crônica escrevi com relação ao falecimento do Garnier valeram-me uma carta anônima, redigida, aliás, em termos inofensivos, o que é muito raro em carta anônimas.

O autor dessa epístola não me quer mal pelas referências que fiz à proverbial avareza do famoso editor; é de opinião que nós, os cronistas, temos o direito de dizer o que sabemos e o que sentimos relativamente aos indivíduos que morrem depois de haver exercido uma influência direta sobre o organismo social. O que ele não me perdoa é ter dito que o Garnier pagava mal aos autores cujas obras editava.

Fere o meu correspondente um ponto tão incontroverso e notório, que não me dou ao trabalho de uma contestação; limito-me a contar-lhe um caso:

Quando Luís Murat e eu publicávamos a *Vida Moderna*, o Sr. Henrique Lombaerts, que era o nosso editor, sugeriu-me a ideia de fazer um livro dos meus contos, aproveitando, por economia, a composição tipográfica daquele periódico e a da *Estação*.

Aceitei o alvitre e, feito o livro, que intitulei *Contos possíveis*, o mesmo Sr. Lombaerts aconselhou-me que procurasse passar a edição ao Garnier, cuja casa tinha a especialidade das obras desse gênero. A mim não me convinha, efetivamente, vender os volumes por minha conta, um a um, pondo-os nas livrarias à consignação. ("À consignação" é como se diz), e sujeitando-os assim à sorte das obras editadas pelos próprios autores e abandonadas não só à indiferença ou à má vontade dos livreiros, como à voracidade das traças.

— Bem lembrado; vou ter com o Garnier; mas quanto lhe hei de pedir?

— Não sei, veja lá, respondeu-me o Sr. Lombaerts; os mil exemplares custam-lhe quatrocentos mil-réis, inclusive capa e brochura.

O Sr. Lombaerts dava-me a fazenda pelo custo; os *Contos possíveis* têm duzentas páginas, e são nitidamente impressos, com tipo miúdo, em muito bom papel.

Eu não conhecia o Garnier. Machado de Assis, meu mestre e amigo, obsequiou-me com um bilhete de apresentação.

Encontrei o livreiro no seu escritório, ao fundo da loja, de pé, encostado a uma carteira, manuseando um grande livro de escrituração mercantil e fumando um péssimo charuto.

Conquanto estivéssemos no verão, o velhote vestia um pesado sobretudo, tinha o pescoço envolvido num lenço de seda e a cabeça metida num boné. Através dos óculos faiscavam-lhes uns olhos vivos e penetrantes.

Ele recebeu-me, devo confessá-lo, com uma cortesia verdadeiramente francesa. Durante a nossa entrevista sempre me tratou por *monsieur le docteur*.

Eu disse-lhe o motivo que me levava à sua presença:

— Imprimi por minha conta, aproveitando (acrescentei com toda a lealdade) a composição tipográfica da *Vida Moderna*, mil exemplares deste volume de contos... Queira examiná-lo: tem duzentas páginas e está perfeitamente manufaturado; só lhe faltam o frontispício e a capa. Venho propor-lhe ficar com a edição: dou-lhe os mil exemplares prontos, brochados, e com o seu nome.

O Garnier abriu e reabriu o exemplar *avant la lettre*, gemeu, abanou a cabeça, mordeu o charuto, expectorou longas e dolorosas considerações sobre o indiferentismo do público brasileiro no tocante à literatura do seu país, queixou-se amargamente dos prejuízos que lhe causaram quase todas as suas edições de escritores nacionais, fez-me ver que o conto era o gênero literário que menos se vendia (*Ah! Si c'était un roman!* repetiu duas ou três vezes), e afinal me perguntou quanto eu queria pelos mil exemplares.

– Faça preço, respondi. Não desejo ganhar mundos e fundos com meu livro. Contento-me com salvar a despesa, e ficar com alguma coisa para cigarros.

– Quanto lhe custou isso?

– Um preço de amigo: quatrocentos mil-réis.

O Garnier tornou a folhear o volume, tornou a gemer, tornou a abanar a cabeça, mordeu com mais força o charuto, e finalmente disse, entregando-me o livro:

– *Monsieur le docteur*, não posso dar pelos mil exemplares mais de... quatrocentos mil-réis.

– Que diabo! pensei. Adivinhasse eu, e aí estava um caso em que a mentira teria desculpa. Se eu dissesse a este homem que a despesa tinha sido de quinhentos mil-réis, ganharia o que o meu generoso amigo Lombaerts não quis ganhar...

Como eu estava morto por me ver livre daquela maçada, e tinha certo desvanecimento, confesso, em ser editado pelo editor de tantos escritores ilustres, fechei o negócio pelos quatrocentos mil-réis.

Poucos dias depois, mandei levar-lhe toda a edição. O milheiro não estava completo: faltavam, não sei como, vinte e tantos exemplares. O milionário descontou-os no pagamento, à razão de quatrocentos réis cada um...

Um mês depois de realizado o negócio, disse-me o simpático Sr. Valadão (naquele tempo empregado da livraria Garnier) que já o editor dos *Contos possíveis* tirara o custo da edição. Eu bem o presumia, pois para isso bastava que ele vendesse duzentos exemplares; mas ainda assim soltei um suspiro de alívio: não fosse eu causar a ruína daquele velho protetor das letras pátrias!

A.

N. 51, setembro de 1894

Isto não é precisamente uma crônica: são três apertos de mão.
Vão ver:

* * *

O Belmiro de Almeida, um dos nossos mais apreciados pintores, expôs, durante alguns dias, numa sala da Escola Nacional de Belas-Artes, vinte e sete quadros e estudos, seus últimos trabalhos, feitos ainda na Itália, em 1892 e 1893.
A exposição foi extraordinariamente visitada, e ao nosso artista não faltaram congratulações e aplausos.
Entre as telas expostas algumas denotam singular talento, e nenhuma deixa de interessar, quer pelo assunto, sempre bem observado, quer pela execução. O Belmiro, que está senhor da técnica de sua arte, com esta exposição ficou definitivamente consagrado no nosso pequenino meio artístico.
Eu, que o acompanho desde os seus primeiros ensaios na pintura, e fui um dos primeiros que o saudaram depois daquela brilhante revelação dos *Arrufos*, aperto-lhe a mão que ainda nos dará, sem dúvida, muitos primores.

* * *

Esse é o primeiro aperto de mão.
O segundo é para o venerando e ilustre padre Corrêa de Almeida, prestimoso colaborador do *Álbum*, pela

publicação, feita há dias, de seu décimo terceiro livro de versos.

Decrepitude metromaníaca intitulou-o a excessiva modéstia do poeta. O padre Corrêa é um septuagenário; entretanto, a musa brincalhona e faceta dos primeiros anos ainda não o abandonou. Sente-se apenas um pouco de rabugice nos seus versos quando lhe inspira a política. Durante a revolta a sua musa, que, apesar de travessa, tem o mau gosto de ser sebastianista, só uma coisa enxergou digna de louvor: o silêncio do *Jornal do Comércio*.

Os versos deste volume, como os dos outros doze do mesmo autor, primam, além de tudo, não só pela excelente metrificação como pela vernaculidade. Vê-se que o velho poeta mineiro já lia Horácio quando começou a escrever em língua portuguesa.

* * *

O terceiro aperto de mão é para Manoel da Rocha – o Rochinha –, que acaba de dar-nos uma agradável *Notícia* – folha vespertina, interessante, moderna, simpática, leve, bem-feita, com um feitio especial, uma fisionomia sua, o que é extraordinário nesta terra onde tudo se imita, inclusive o *Eu era assim* do farmacêutico Prado.

* * *

E já agora a própria *Notícia* me fornecerá o *mot de la fin*: A cena passa-se num bondinho do Carceler.

Sentado no banco da frente vai um sujeito lendo o primeiro número da folha do Rochinha. Leva entre as pernas um menino.

Este, que não está um segundo quieto, faz um gesto com o braço e rasga a folha.

– Oh! meu filhinho! que fizeste! Rasgaste um jornal interessante que papai estava lendo com tanto prazer!

Acode um passageiro do banco imediato:

– Que boa *Notícia* para o pai da criança!

A.

A NOTÍCIA
"O TEATRO"

6 de fevereiro de 1896

O meu distinto colega Luiz de Castro, que na *Gazeta de Notícias* muitas vezes se ocupa (não lhe doam as mãos) de assuntos teatrais, disse-me há dias, na rua do Ouvidor, que ia abrir, entre os nossos homens de letras e artistas, um inquérito literário a propósito do teatro brasileiro.

Para isso formularia duas perguntas: 1º – quais são as causas da decadência do nosso teatro? 2º – qual é o remédio a dar-lhe?

Como eu não poderia restringir a minha resposta a meia dúzia de linhas, e o meu colega não deseja, creio, publicar um longo artigo de cada homem de letras ou de cada artista a quem se vai dirigir, permita que, por antecipação, eu lhe responda neste folhetim, que necessariamente será uma nova edição de coisas que estou farto de escrever e atirar aos ventos da publicidade.

Em primeiro lugar farei ver que não é muito justa essa expressão – a decadência do nosso teatro – porque teatro nosso, propriamente dito, nunca o tivemos.

A arte dramática no Brasil tem tido, é verdade, lampejos fortuitos, graças a umas tantas circunstâncias de momento, mas nunca chegou ao apogeu a que poderia chegar.

O nosso primeiro artista – João Caetano dos Santos – não deixou discípulos que ombreassem com ele mesmo quando se punham na ponta dos pés, e os trabalhos do nosso primeiro comediógrafo – Martins Pena – tiveram no seu tempo tão pouca repercussão, que muitos deles ainda se conservam inéditos e alguns foram, infelizmente, perdidos; por isso, o autor do *Noviço* morreu sem deixar sucessores, tendo apenas – trinta anos depois de morto – um continuador que não dispunha do mesmo fôlego: refiro-me ao nosso pobre França Júnior.

A época do Ginásio foi, inquestionavelmente, a melhor que atravessou o nosso teatro, devendo este ao empresário Joaquim Heliodoro o que não deve a João Caetano. É sabido que o grande artista fluminense tinha ojeriza a peças nacionais, e não estimava nem compreendia o autor de *Diletante* e dos *Irmãos das almas*.

Entretanto, percorram as coleções dos jornais do tempo, e verão o número de representações, relativamente insignificantes, que obtinham as peças brasileiras consideradas grandes sucessos.

O *Crédito*, a bela comédia de José de Alencar, que está sendo publicada pela *Revista Brasileira*, que o autor, se fosse vivo, poderia modernizar com extraordinária vantagem, teve apenas 3 representações em 1857; e, como esse, muitos outros trabalhos nacionais sobraram no oceano da indiferença pública.

Admitindo, todavia, que haja decadência daquilo que verdadeiramente nunca existiu, as causas dessa decadência são tão complexas que esmiuçá-las nos levaria muito longe.

O teatro no Rio de Janeiro começou a ser aniquilado pelo Alcazar. Eu quando aqui cheguei em 1873 já o encontrei completamente estragado. Os empresários e artistas, amedrontados pela concorrência que lhe faziam os franceses da Rua da Valla, já então haviam sentido a necessidade absoluta de nacionalizar a opereta, e, nacionalizada a opereta, ela absorveu e confundiu todos os gêneros e todas as aptidões do palco.

Procurem, portanto, as causas fundamentais da decadência do teatro – no Alcazar, que desviou completamente para a opereta e a bambochata a atenção que o público prestava ao teatro dramático; na imprensa, que aplaudiu sempre tudo quanto se representava, como ainda hoje aplaude tudo quanto se representa, não tendo nunca para o teatro dramático mais do que pálidos simulacros de crítica; nos bons atores, hoje mortos ou envelhecidos, que, podendo reagir contra o abastardamento da sua arte, nunca o fizeram, submetendo-se a todos os gêneros; nos autores e tradutores – e nesse número me incluo – que aceitavam e aviavam toda e qualquer encomenda dos empresários, sem preocupação com a arte; no público, pela sua admirável paciência, pela sua extraordinária boa-fé, pela sua espantosa ingenuidade, pelas incríveis aberrações do seu gosto, aberrações que o levam a apreciar o que é péssimo, ou, pelo menos mau, e a deprimir o que é bom ou, pelo menos, sofrível; na facilidade com que se arvoram em atores indivíduos iletrados que tentaram todas as outras profissões sem acertar em nenhuma; na falta de contratos que defendam os artistas contra os empresários e os empresários contra os artistas; na ausência de legislação teatral; nos intitulados jardins e botequins adjacentes, que fizeram dos teatros um ponto de reunião de gamenhos e prostitutas; no sistema de construção adotado para os nossos pseudoteatros, como se fosse possível um espetáculo sério em semelhantes barracas, abertas de todos os lados, com a representação interrompida pela vozeria, pelo estalar das rolhas e pelos conflitos provocados por ébrios e desordeiros; na sociedade, que abandonou o teatro e lá não aparece nem mesmo reclamada por uma peça nova, de autor nacional; no desenvolvimento espantoso que no Rio de Janeiro tem tido o jogo sob todas as formas e aspectos possíveis, etc.

    Mas os grandes culpados de toda esta miséria têm sido os poderes públicos, que há tantos anos assistem de braços cruzados ao esfacelamento da arte, sem procurar dar-lhe remédio.

    Que remédio? pergunta meu colega Luiz de Castro. É fácil indicá-lo. Funde-se um Conservatório Dramático do mesmo modo por que se fundou um Instituto de Música e uma Escola de Belas-Artes. Façam-se atores e atrizes, construa-se um teatro, e estabeleçam-se prêmios para que os escritores se deixem tentar pela literatura dramática. Não há nada mais simples.

Isto mesmo eu e muitos outros já o temos dito um milhão de vezes, e até agora nenhuma objeção irrespondível se apresentou a essas verdades singelas e corriqueiras.

Bem sei que entre as classes que se dizem dirigentes e que não dirigem nada, ou, o que vem a dar na mesma, dirigem tudo mal, há muita gente que não toma a sério o teatro, essa gente, acredito, é sincera: apenas tem uma falsa noção do assunto, e supõe que o estado, fazendo um teatro, se torna empresário assim como o Heller ou o Souza Bastos. Haja vista aquele intendente municipal – médico distinto, homem de mérito, dizem-se – que deu os pêsames ao seu colega Julio do Carmo por se ocupar de teatro em vez de se ocupar de coisas mais úteis, como, por exemplo, a derruba das árvores da rua Haddock Lobo ou o estreitamento dos passeios como sistema engenhoso de alargamento das ruas.

Presumo que todos os governos desta terra se acovardassem diante da opinião tacanha desses que tão injustos se mostram para com uma arte que de perto entende com a civilização do povo, e receio que ainda muitos governos recuem diante do preconceito e da ignorância, até que um dia algum reconheça a necessidade absoluta e indeclinável de fazer o que não fizeram os outros.

Na minha paixão pelo teatro, eu alimentei a doce esperança de que o governo provisório fizesse alguma coisa por ele, e sabia que a proteção ao desgraçado estava nos planos do primeiro ministro do interior e dos bons conselheiros que o cercavam.

Mas o governo provisório foi-se e o teatro continuou a ser a bruzundanga que antes era. E fez-se tanta coisa difícil, e fez-se tanta coisa que nunca se faria sem a revolução de 15 de novembro!

Quem com três penadas separou a igreja do estado, com duas decretaria um teatro, e ninguém protestaria, creiam, porque naquela ocasião todos os atos do governo provisório eram recebidos pelo povo como dádivas de liberdade e de glória.

A.

9 de abril de 1896

    Realizou-se finalmente no último sábado a primeira representação do *Rio nu*, comédia-revista fantástica, de grande espetáculo, com 1 prólogo, 3 atos e 16 quadros, escrita por Moreira Sampaio, o autor aplaudido de outras peças do mesmo gênero e de algumas comédias de costumes como os *Botocudos, Fazenda & Companhia* etc.

    O prólogo passa-se em casa do diabo, na sala de audiências do próprio Satanás, representado com muita discrição pelo ator Henrique Machado. O cenário de Coliva é deslumbrante; pode-se dizer que a revista começa por uma espécie de apoteose.

    Contrariado por saber que, apesar da jogatina desenfreada, o Rio de Janeiro tem ainda com que se vestir, resolve Satanás mandar-lhe um emissário incumbido de pô-lo nu. Daí o título da peça.

    Mas a quem há de ser cometida tão importante missão? O diabo só confia em seus filhos e estes estão todos ocupados. Entretanto, ele não se embaraça por tão pouco: chama Sulfurina, sua mulher e ali mesmo à vista de toda a gente arranja o pimpolho que lhe falta. Para isso, basta-lhe colocar um dedo na testa da sua cara metade que sente logo as dores do parto e corre, trôpega e gemebunda, para os bastidores, onde nasce Lusbelino, já moço e ricamente trajado. É o caso de dizer: – Como o diabo as arma!...

    Lusbelino é a Pepa, cuja entrada em cena deu lugar a uma verdadeira ovação. A graciosa atriz fica realmente muito interessante no seu papel de filho de Satanás; assenta-lhe bem o fantasioso costume imaginado por Julião Machado, a quem cabe uma parte do sucesso da revista, não só por esse como pelos demais figurinos que desenhou, entre os quais sobressaem o da Jogatina quadro XIII, primoroso de fantasia e bom gosto.

Lusbelino vem, e faz o possível para por o *Rio nu*, conforme a recomendação paterna; entretanto, não consegue nada e, receoso de voltar para o inferno como o general Martinez Campos voltou para a Espanha, e incorrer na cólera do pai, resolve ficar nessa cidade, onde não lhe faltará, certamente, com que ocupar as suas aptidões demoníacas.

Entre a chegada de Lusbelino ao Rio de Janeiro e a sua resolução de se naturalizar cidadão da rua do Ouvidor, o público assiste a uma série de quadros onde a magnificência da encenação corre parelha com a graça e a habilidade do autor.

O *Rio nu* não é precisamente uma revista de acontecimentos, mas uma revista de costumes, ou antes, uma comédia alegórica, sem época determinada. Entre os personagens simbólicos, tais como a Imigração, a Febre Amarela, a Higiene e muitíssimos outros, movem-se alguns tipos reais, copiados *d'aprés nature*, e são esses, a meu ver, os que mais agradam, e os que estão contornados com mais arte.

Moreira Sampaio tem a mão assentada no gênero revista e sabe como se faz rir a nossa plateia; mas o seu forte são as cenas de costumes. No *Rio nu* pouco me interessam os amores do Rio com a Imigração ou a luta da Febre Amarela com a Higiene; divertem-me, porém, as ligeiras cenas em que figuram fisionomias populares, como aquele caixeiro de frege-moscas, aquele carroceiro e aquele velho apaixonado pelo jogo dos bichos, três papelinhos em que o ator Pinto me pareceu extraordinário. O mesmo elogio, diga-se de passagem, merece o ator Lopes, em quem reconheço, desde que o vi no *Brasileiro Pancrácio*, um singular talento de observação.

Tivéssemos nós um teatro, e que belas comédias de costumes nossos escreveria Moreira Sampaio, em vez de empregar suas faculdades de dramaturgo exclusivamente no arranjo de pretextos, mais ou menos extravagantes, para cenários e cantorias! Infelizmente ele tem que se submeter às circunstâncias e ninguém lhe quererá mal por escrever uma peça que durante muito tempo, espero, proporcionará os meios de subsistência a centenas de indivíduos, divertindo a população inteira.

Costa Júnior é um compositor experimentado, e se alguma coisa lhe falta (eu nada entendo de música), não é certamente a inspiração; todavia, não me pareceu que fosse desta vez absolutamente feliz. No *Rio nu* há alguns números de música bem agradáveis, mas esses fazem parte dos compilados, não dos originais, que pouco efeito produziram nos meus ouvidos. Note-se que não me regulo absolutamente pela opinião do público: falo por mim, relato as minhas próprias impressões. O público aplaudiu e aplaudiu muito.

A Pepa tem uma dúzia de papéis na peça, que tantas são as transformações de Lusbelino, e em todos eles se mostrou encantadora. Brandão interpretou discretamente um personagem que não está nas suas cordas, nem aproveita a sua exuberância e os seus recursos. Sente-se que Moreira Sampaio não escreveu para o turbulento artista esse papel de namorado elegante. O Brandão do *Abacaxi* e do *Tribofe* precisa de mais excentricidade, de mais extravagância, de mais movimento. No *Rio nu* achei-o um tanto pelado, se bem que ele desse muita vida a todas as cenas.

Além dos artistas que já citei, tomaram parte na apresentação da revista, entre outros, os atores Zeferino, Barbosa, Afonso e França e as atrizes Manarezzi, Mazza, Isabel Porto, Adelaide Lacerda, Vallet e Maria Lima. Não posso fazer deste folhetim uma lista de nomes. Uns mais, outros menos, contribuíram para o bom êxito da representação.

Os cenários são magníficos. Já falei da sala de audiências de Satanás, pintada pelo Coliva. Citarei ainda deste aplaudido cenógrafo a surpreendente apoteose das cores, com que termina o 2º ato, e um riquíssimo salão de baile, onde, apesar do luxo estupendo com que a peça está montada, tive o desgosto de ver duas coristas com vestidos de chita, ou coisa que o valha!

Ainda desta vez Carrancini mostrou a sua prodigiosa e inesgotável fantasia. O salão dos anúncios e a apoteose final – a gruta dos prazeres – são trabalhos notáveis de um cenógrafo poeta.

Os vestuários, à parte os das tais coristas supramencionadas, são todos de uma riqueza e bom gosto inexcedíveis. Os talentos de Julião Machado vão ser de agora em diante solicitados por quantos empresários fluminenses tenham que pôr em cena peças de grande aparato.

A orquestra, dirigida pelo maestro Luís Moreira, portou-se muito bem, e os coros não se portaram mal. O mesmo direi das bailarinas, pois que há bailes no *Rio nu*.

A peça foi marcada pelo Brandão, que não podia ter melhor estreia de encenador. O diabo do homem inventou até coisas novas no movimento durante o tro-lo-ló. Apenas não concordei com esses movimentos no quadro VII, em que os figurantes, colocados na praça em frente à estrada de ferro, entram na estação, saem, tornam a entrar, tornam a sair, lentamente, bamboleando-se, remexendo os quadris, e tudo isso em alguns segundos. Mas o defeito é desculpável, porque naturalmente as evoluções foram ensaiadas sem o cenário.

Em resumo: legítimo sucesso. A empresa Fernandes Pinto & C. não se arrependerá de ter despendido 40 contos de réis com o *Rio nu*. Parabéns a Moreira Sampaio.

* * *

Nenhuma novidade nos demais teatros: no Variedades continuam as reprises: aos *Estranguladores de Paris* sucedeu a *Filha do mar*; no Lucinda anuncia-se para breve a *Rosa de diamantes*, e no Apolo reapareceu hoje o *Pum!* em benefício do ator Augusto Mesquita.

A.

21 de maio de 1896

Depois de repetir a *Africana*, a companhia Sansone cantou, no teatro Apolo, duas vezes a *Aída*, uma vez os *Palhaços*, precedidos por um fragmento da *Lúcia*, e ontem, finalmente, o *Baile de máscaras*.
Todos esses espetáculos foram relativamente magníficos. Muitos diletantes estão satisfeitos por ouvir uma companhia de ópera completa sem pôr alguma coisa no prego, nem bulir com o que lá está sossegadinho na Caixa Econômica.
Não há dúvida que o empresário Sansone e os seus artistas estão prestando um relevante serviço. Se nós tivéssemos todos os anos, durante dois ou três meses, um teatro de ópera popular, em pouco tempo o maxixe desapareceria dos nossos palcos, e a música brasileira, ainda que posta ao serviço de um gênero inferior, tornar-se-ia mais característica e mais nobre.
Oxalá pudéssemos contar anualmente com um empresário lírico de boa vontade, que nos trouxesse, não uma coleção de notabilidades (estas acabariam por levá-lo ao suicídio), mas um grupo de bons artistas como os da companhia Sansone, que está na conta desde que tenha – e pode tê-los sem grande acréscimo de despesa – melhores coros, melhor orquestra e um pequeno corpo de baile.
"Sem grande acréscimo de despesa", disse eu, e deveria talvez dizer sem nenhum acréscimo, pois convém notar que a companhia Sansone é hoje apenas o destroço de uma companhia. Para mantê-la como está, o empresário teve naturalmente que se submeter a umas tantas exigências com que não lutará desde que organize na Itália um novo elenco.

Uma companhia assim é que nos convém. Nós somos pobres, não nos metamos em funduras. No Rio de Janeiro, em matéria de ópera, como em todos os apetites de arte, quem quer não pode e quem pode não quer. Não nos acontece aqui o mesmo que no Rio da Prata, onde a sociedade dos dinheirosos é a mesma dos intelectuais e elegantes. Aqui as pessoas mais ricas são justamente as que menos aparecem, e um teatro lírico de primeira ordem é impossível desde que se não possa contar com elas. Quem não tem cão, caça com gato. Nós não temos os cães do Ferrari: cacemos com os gatos do Sansone.

* * *

Nos outros teatros nenhuma novidade, a não ser a dissolução da companhia que funcionava no Lucinda e da qual eram empresários o ator Leonardo e a atriz cantora (mais cantora que atriz) Maria Alonzo.

O ator Bragança – um dos dissolvidos – voltou para a companhia Dias Braga, que anuncia para qualquer noite dessas a 1ª representação do drama *Jack, o estripador*.

O *Rio nu* continua a levar enchentes consecutivas ao Recreio Dramático. Estando a peça tão encarreirada, é pena realmente que o teatro fique fechado uma vez por semana para descanso da atriz Pepa.

Que diabo! se a Pepa tem todos os dias para descansar, por que não trabalha todas as noites? Não vê que o fechamento da porta quatro ou cinco vezes por mês representa um prejuízo considerável?

Admira como os empresários do Recreio não se lembraram ainda de arranjar uma *doublure* para a Pepa, isto é, uma atriz que a substitua nessas noites em que ela precisa absolutamente descansar. Bem sei que a Pepa no gênero dezoito papéis é insubstituível, mas, à falta de outra Pepa, não faltaria uma Pepita. Um teatro que tem em cena uma peça de sucesso deve dar espetáculos todas as noites; o contrário é um absurdo sem explicação nem desculpa.

Já falei do *Rio nu*, consintam que eu estranho a sem-cerimônia com que alguns artistas vão apepinando a peça (*apepinar* é um termo de gíria), introduzindo ditos, suprimindo cenas, deixando de cantar números de música etc. E creiam que com estas palavras sou apenas um eco – indiscreto talvez – das queixas do próprio autor da revista.

* * *

As pessoas que se interessam por assuntos de teatro têm sem dúvida acompanhado o movimento de simpatia de que anda cercada a *Caixa Beneficente Teatral*, associação que conta um pouco mais de um mês de existência, e que alguns dias depois de fundada inaugurava dignamente a sua missão de caridade fazendo o enterro do malogrado ator Bernardo Lisboa.

A ideia de criação desta caixa partiu do ator Vicente Rodrigues, a quem chamam nos teatros o *Vicente Maluco*, talvez porque muita gente considere maluquice ter bom coração e viver menos para si que para os outros.

Foi um corista, o Dias, o primeiro a quem Vicente comunicou a sua ideia, à qual se associaram, antes de mais ninguém, os atores Cruz Gomes e Francisco de Mesquita. Este último tem sido de uma atividade e de um entusiasmo comunicativos.

À assembleia dos sócios fundadores concorreram mais de sessenta pessoas, que elegeram a seguinte diretoria provisória: Dias Braga, presidente; Moreira Sampaio, vice-presidente; Francisco de Mesquita, 1º secretário; Nazaré, 2º secretário; José Sebastião da Silveira (o Juca do Recreio), tesoureiro; Vicente Rodrigues, procurador – um procurador que não se parece nada com o de Bocage.

Até o fim do corrente mês será convocada uma assembleia geral dos sócios para aprovação dos estatutos e eleição da diretoria definitiva.

A associação tem por fim fundar uma enfermaria para doentes e um asilo para inválidos. Criará uma biblioteca especial e um arquivo de peças de teatro impressas e manuscritas. Estabelecerá também uma agência de empregos e mais tarde – quem sabe? – uma escola.

Ainda não tem casa; funciona provisoriamente no Lucinda, em local graciosamente cedido pelo proprietário desse teatro.

Tem já um capital realizado de 5:000$, sem contar o produto da grande matinê dada em seu benefício no último domingo, em S. Paulo, pelos artistas da companhia Ismênia dos Santos.

No próximo domingo haverá outra, no Recreio Dramático, também em seu benefício, e para 24 de agosto, aniversário da morte de João Caetano, prepara-se com o mesmo fim um grande festival, que se realizará no teatro Lírico.

Bem se vê, por essas informações, que a Caixa Beneficente Teatral é uma associação de grande futuro.

Não se me dava de vê-la fundida com a Sociedade Protetora dos Artistas Dramáticos. Como esta dispõe de um capital relativamente avultado e tem poucos sócios (não chegam a vinte), essa fusão será difícil; mas – vamos lá! – para que serve a inteligência humana senão para afrontar dificuldades? Aí fica a ideia. É estudá-la.

* * *

Um dos meus últimos folhetins foi inteiramente consagrado ao *Gran Galeoto*, de José Echegaray, e os leitores estarão talvez lembrados do entusiasmo com que me referi a esse drama.

Pois bem, o *Gran Galeoto* acaba de ser traduzido em francês por J. Lemaire e J. Schurman, e representado em

Paris, no teatro dos Poetas. Toda a crítica, principiando por mestre Sarcey, fez-lhe carga de alto a baixo!

Eu já esperava por isso. O *Gran Galeoto* é escrito em versos espanhóis; traduzido em versos portugueses, e bem-feitos, como o sabem fazer Valentim Magalhães e Filinto de Almeida, conservou pelo menos metade; traduzido em prosa francesa, perdeu tudo.

Um dos críticos, e dos mais competentes e sinceros, Catulle Mendès, depois de dizer que Echegaray não tem toda a habilidade de Sardou, o que é verdade, e se inspirou em Scribe, o que é um erro (compare-se a peça espanhola com a *Columnia*, de Scribe), acrescenta o seguinte:

> *Pourtant, suis-je bien sûr de se que je dis là? Deux ou trois scènes m'ont paru témoigner d'une passion sincère, d'une simple et belle audace. Qui sait si le 'métier' de M. Echegaray, si ingenu d'ailleurs, n'est pas le fait des adapteurs qui ont voulu accommoder la pièce à se qu'on croit être le goût parisien? D'ailleurs, en la prose française, correct et médiocre, de deux écrivains prudents, ne pouvait être translatée sa prodigalité d'images, la torrentielle emphase du lyrisme espagnol! Vous trouverez donc ici, après un court récit, une opinion insuffisamment renseignée et qui a grand peur de se tromper...*

Efetivamente, Catulle Mendès não se enganou quando teve receio de se enganar; e, como ele, foram iludidos todos os críticos parisienses que apreciaram o *Gran Galeoto* através da prosa "correta e medíocre de dois adaptadores prudentes".

O autor das *Mais inimigas* e da *Mulher de Tabarin* acrescenta ainda no final do seu artigo:

> *Mais je parlerais peut-être tout différemment si je connaissais l'oeuvre vraie, l'oeuvre telle qu'il*

l'écrivît, de M. José Echegaray! Je ne veux pas qu'on m'attribue l'imbécile outre cuidance d'un semblant même de mésestime pour un poète qui, dans sa patrie, occupe un heut rang dans l'admiration du public et dans l'estime des lettres.

E dizer que em Paris, na capital do mundo, ao mesmo tempo que Echegaray caía, no teatro dos Poetas, abraçado ao seu poema, em outro palco triunfava a *Gran via*, de Chueca e Valverde!

A.

17 de dezembro de 1896

Não há nada que predisponha tão bem o espírito como um bom jantar. Falo por mim, bem entendido, porque receio que não seja precisamente essa a opinião dos dispépticos.

Ora, anteontem o meu jantar foi delicioso, não tanto pelos comes e bebes, aliás excelentes, como pelos ilustres companheiros que tive à mesa. As cabeceiras eram ocupadas por Escragnolle Taunay e José Veríssimo; de um lado, Machado de Assis ficava entre Joaquim Nabuco e Paulo Tavares – do outro, Lúcio de Mendonça entre Rodrigo Otávio e eu. Éramos oito.

Realizou-se o jantar no hotel dos Estrangeiros, num salão confortável, arranjado sem luxo, mas com decência – e, como já era um pouco tarde, do nosso terceiro prato em diante foram desaparecendo algumas pessoas que jantavam nas outras mesas; ficamos sós e inteiramente à vontade.

Imagine o leitor se duas horas de conversação com tais interlocutores devia ou não produzir no meu espírito uma espécie de beatitude artística.

Acabado o jantar, fomos até o Largo do Machado, onde cinco dos meus companheiros tomaram direções diversas. Escragnolle Taunay, Paulo Tavares e eu viemos para a cidade, trazidos num bonde elétrico. Durante a viagem o ativo e simpático gerente da *Revista Brasileira* deu-me a bela notícia de que o número de ontem distribuído traria por extenso a delicada comédia de Machado de Assis *Não consultes médico*, recentemente interpretada por distintos amadores do salão do Cassino Fluminense.

Pesaroso de deixar tão agradável companhia, que logo tratei de substituir por um magnífico charuto, saltei do bonde no Largo da Lapa, tomei o bondinho que desce a rua do Lavradio, e alguns minutos depois estava no Recreio Dramático, onde me reclamavam duas primeiras representações: *Zaragueta*, comédia espanhola em 2 atos, de Miguel Ramos Carrion e Vital Aza (os mesmos autores de *El rey que rabió*), adaptada à cena portuguesa por Leopoldo de Carvalho, e os *Africanistas*, zarzuela em 1 ato e 3 quadros, música dos maestros Caballero e Hermoso, tradução livre de Vicente Reis. Os anúncios não faziam menção do nome do autor, que não perdeu nada com isso.

Quando entrei no teatro, estava a terminar a representação da comédia. Havia concorrência, o espetáculo parecia animado e os espectadores davam boas gargalhadas uníssonas e vibrantes.

Não consegui ouvir quase nada; percebi apenas que Zaragueta era o nome de um usurário. Entretanto, alguns espectadores me informaram que a comédia é engraçada e bem-feita, e não tinha sido mal representada.

Ouvi os *Africanistas* desde a primeira até a última cena. Diziam os anúncios – e eu creio – que essa zarzuela "é hoje a peça mais popular nos teatros de Buenos Aires, Portugal e Espanha, onde conta mais de mil representações, sendo considerada pela crítica como superior à *Gran via* e outras do mesmo gênero".

Em mim os *Africanistas* produziram um efeito terrível: deram cabo do bom humor com que saí do hotel dos Estrangeiros. Oh, meu Deus! Por que aquele inolvidável jantar não foi antes uma ceia?

A partitureta de Caballero e Hermoso é muito aceitável, conquanto não valha nem por sombras a da *Gran via*, que é uma beleza excepcional nesse gênero; mas o libreto é detestável, ou por outra, ficou detestável graças à tradução.

Vicente Reis que tenha santa paciência, mas eu não posso, mesmo nas noites em que não tenha jantado com sete homens de espírito, admitir que no palco se pronunciem frases e palavras que nenhum homem de bem se atreveria a dizer em presença de outro homem digno de respeito, e muito menos de uma senhora...

Neste andar, dentro em pouco tempo ouviremos em cena aquelas duas sílabas que imortalizaram certo general francês em Waterloo. Anteontem, no Recreio Dramático, pouco faltou para isso!

O tradutor dos *Africanistas*, um moço hábil e operoso, ofende profundamente o nosso público procurando atraí-lo por semelhante meio. Naquela tradução há grosserias indignas da sua habilidade, e é injustiça imaginar que o público as aplauda.

É conveniente que nenhum de nós, que sonhamos com melhor sorte para o nosso pobre teatro, se deixe levar por uns tantos espectadores estúpidos ou inconscientes que, quando se riem ao ouvir certas frases rebarbativas, me fazem o efeito do indivíduo que apanha uma bofetada com o sorriso nos lábios.

Admira haver atores inteligentes, estimados, aplaudidos, que se prestem a repetir passivamente, sem o menor protesto, sem a mais ligeira reclamação, tudo quanto encontram nos seus papéis. Nunca pensei ouvir no teatro a palavra *borrada*, que aliás não se figura portuguesa. Ouvi-a anteontem no Recreio Dramático, e no entanto essa o que é, em comparação de outras, que também ouvi?

Quando saí do Recreio, ia eu dizendo aos meus botões que bem procediam os sete homens de espírito, meus companheiros de jantar, abstendo-se de frequentar os nossos teatros. Um deles, Machado de Assis, o mestre, ainda no último domingo fez uma declaração categórica a esse respeito. Pudesse eu também ficar em casa, e não ser obrigado a dizer coisas desagradáveis a um camarada como Vicente Reis!

* * *

Nos outros teatros nada de novo.

No Apolo, a *Cigarra e a formiga* "vai fazendo a sua obrigação", como se diz em gíria de bastidores, e no Variedades voltou à cena a *Grande avenida*, imitação da *Gran via*, de que acima falei.

No Santana as frutuosas representações do *Amapá* foram interrompidas por uma noite, devido a um grande escândalo que chegou a determinar a dissolução da companhia. Felizmente tudo se harmonizou em poucas horas, e os artistas, de novo agremiados, continuam a levar a revista a caminho do centenário.

No S. Pedro, a associação dos *tiros* deu aos *Dois proscritos* um descanso bem merecido. "Os Madairos mal'a Isulina" atiram-se depois de amanhã à *Dona Inês de Castro*.

Fala-se numa nova companhia dramática para o Lucinda; não digo nada, porque, fiado em comunicações fidedignas, estou farto de fatos que se não realizam.

* * *

Registre-se nestas colunas o falecimento de Alexandre Salvini, filho do célebre trágico italiano que duas vezes nos visitou.

O falecido artista, que nunca veio ao Rio de Janeiro, era também apreciado, principalmente nos Estados Unidos, onde representou algumas peças de Shakespeare.

A.

4 de março de 1897

Como por motivos imperiosos não me foi possível dar o meu último folhetim de quinta-feira passada...
Antes de ir mais longe: parece-me que vale a pena dizer aos leitores da *Notícia* quais foram aqueles motivos, mesmo porque não quero que me tomem por algum vadio. Aí vai a coisa em poucas palavras:
Tenho por hábito escrever os meus folhetins quartas-feiras à noite ou às quintas de manhã. Aconteceu que na quarta-feira passada fui à recepção do palácio do Catete, festa a que não podia faltar, em primeiro lugar porque fui honrado com um convite, e confesso que não estou muito habituado a tais disposições, e em segundo lugar tinha grande curiosidade em ver e admirar o palácio, que é realmente digno de admiração.
Depois das onze horas da noite eu disse aos botões da minha casaca:
– Bom! São horas! Vou para casa! À meia-noite lá estarei, se Deus quiser... Ponho-me à fresca, abro a janela do meu gabinete, acendo um charuto, disponho doze tiras de papel sobre a mesa, sento-me, molho a pena, e toca a escrever! Duas ou três horas depois – conforme a disposição de espírito – fica pronto o folhetim, e eu entrego-me aos braços de Morfeu com a consciência de um Tito que não perdeu sua madrugada.
Saí, pois, do palácio, e, como tenho o bom gosto de morar em Santa Teresa, que é a Tijuca dos pobres, fui ter à estação do largo da Carioca. Mas, oh, decepção! O tráfego dos carros elétricos estava interrompido desde as onze e vinte; tinha havido um transtorno qualquer na casa da máquina.
Quis retroceder e subir a montanha *pedibus calcantibus*, mas um obsequioso empregado da Companhia Ferro-

-Carril Carioca fez o favor de informar-me que a eletricidade não tardaria a funcionar; era uma questão de minutos.

À vista dessa declaração animadora, tomei lugar no carro cuja viagem se interrompera logo depois do ponto de partida, e no qual se achavam muitas damas e cavalheiros que resignadamente esperavam que o veículo se pusesse em movimento.

Uma hora depois, vendo que não saíamos dali nem à mão de Deus Padre, quis de novo subir a pé, mas outro informante, ainda mais obsequioso que o primeiro, me demoveu de tão heroico propósito ainda com estas palavras: – É questão de minutos.

Para encurtar razões: eram 3 horas da madrugada quando subimos. Digam-me agora se podia escrever alguma coisa um pobre-diabo chegando à casa àquela hora, depois de tais peripécias, mal-humorado e lastimoso!

Deitei-me e adormeci, no firme propósito de acordar dali à duas horas e trabalhar; mas como estava fatigado, dormi cinco horas a fio e, quando tornei a abrir os olhos, já não havia tempo de escrever e mandar o folhetim.

A moralidade do caso é a seguinte, que eu recomendo, em forma de conselho aos escritores que, como eu, tenham obrigação de dar umas tantas linhas de prosa pela manhã: – Escreve o teu artigo de véspera.

* * *

Como por motivos imperiosos, dizia eu ao começar, não me foi possível dar o meu folhetim de quinta-feira passada, chego tarde para dizer alguma coisa sobre o *Lambe-feras*, o *vaudeville* do Apolo.

Chego tarde, porque a peça vai ser já depois de amanhã substituída pelo *Galo de ouro*, opereta de Audran, que há dez anos foi representada no Lucinda e agradou bastante.

La plantation Thomassin é uma comédia frívola, mas original, espirituosa e cheia de fantasia, deliciosamente interpretada por Matos e Peixoto, principalmente por este último, tão à vontade no seu inverossímil papel de marido mentiroso. Infelizmente a interpretação de outros personagens deixa alguma coisa que desejar, e a plateia, razão tem ela, não me parece disposta a aceitar a Sra. Ismênia Mateos senão como cantora. Realmente, confiar um papel de comédia a essa língua de trapos é estragar completamente a comédia.

Moreira Sampaio não foi feliz na escolha do título que deu à sua tradução; *Lambe-feras*, não sei porque, tem alguma coisa de rebarbativo que me não agrada; nem todos os espectadores conhecem a acepção em que o verbo *lamber* é ali empregado. Muitos dias antes de ser representada a peça, eu pedi a Moreira Sampaio que lhe mudasse o título; ele não me fez a vontade e eu não insisti, porque em teatro nem sempre pensar bem é acertar. Vejo agora que tinha razão: nem *Lambe-feras* é título para cartaz, nem está perfeitamente justificado, em primeiro lugar porque o personagem que lambe feras não é o primeiro da peça, e em segundo lugar porque a sua virtude de lambê-las nada tem que ver com a ação da comédia. Moreira Sampaio sabe, melhor do que eu, quanto vale um bom título.

Apesar do título e apesar da Sra. Mateos, que é ininteligível, não havia motivo para que o *Lambe-feras* não desse um bom número de representações. A comédia mantém o público em hilaridade durante três atos, as situações mais engraçadas sucedem-se num tiroteio continuado, o Assis Pacheco escreveu para a comédia alguns números de música interessantes, entre os quais uma barcarola que tem sido muito gabada.

Faço votos para que a excelente companhia do Apolo encontre no *Galo de ouro* a desforra do *Lambe-feras*, e caminhe desassombradamente até pôr em cena a grande mágica *O bico do papagaio*, em que estão fundidas as suas esperanças de prosperidade e fortuna.

* * *

O Sr. vice-presidente da República dignou-se assistir, no Recreio Dramático, à récita do autor da *Capital Federal*, e a sua respeitável presença deu àquele teatro um aspecto estranho e desusado.

Quando agradeci ao Sr. Dr. Manoel Vitorino, em meu nome e no dos artistas, a honra que lhe aprouve conceder-nos, fiz ver a S. Ex. que da pessoa do chefe de Estado dependia em grande parte a moralização dos nossos espetáculos. Se o primeiro magistrado da República aparecesse de vez em quando num camarote, nem haveria os excessos que lastimam quantos se interessam pelo progresso da arte, nem a melhor sociedade fluminense estaria tão divorciada do teatro.

* * *

Nos outros teatros nada de novo: no Recreio prosseguem as representações da *Capital Federal* e no Lucinda está iminente a primeira do *Filhote*, revista de 1896.

A companhia Dias Braga, de torna-viagem de Juiz de Fora e com o pé no estribo para o Norte, anuncia para hoje, no Variedades, uma representação da *Graça de Deus*, cuja história é assim contada por Henri Rochefort, no seu recente livro *Les aventures de ma vie*:

> Dennery, cujas memórias seriam, sem dúvida, mais interessantes que as minhas, e que está, como ninguém, ao corrente do movimento teatral da sua época, ainda ultimamente me explicava a enorme parte que se deve atribuir à boa ou má sorte no sucesso de uma peça ou no destino de um autor.
>
> Um dia, pouco depois de se haver lançado na carreira literária, Dennery passeava no *boulevard* por um destes caminhos betuminosos que esvaziam os

teatros, quando chegou a ele o diretor da *Gaîté* e à queima roupa lhe propôs o seguinte:

— Tenho em ensaio uma grande peça de espetáculo, que não pode subir à cena antes de mês e meio e estou atualmente com o teatro às moscas: não vai lá ninguém. Peço-lhe um favor que mais tarde tratarei de recompensar: arranje-me em oito dias um dramalhão qualquer, a primeira coisa que lhe vier à cabeça. Entrará imediatamente em ensaios, mas desde já o previno que não poderá ter mais de vinte e tantas representações.

Dennery, que não queria outra coisa senão trabalhar, desde logo se pôs a imaginar uma trama qualquer, quando subitamente ouviu um realejo moer a *Graça de Deus*, muito em voga naquele momento. Esta canção, música de Luiza Puget e letra de Gustavo Lemoine, lhe apareceu de repente como feita para ser recortada em tantos atos quantas coplas tinha. Ele foi ter com Lemoine, e oito dias depois a *Graça de Deus* era lida aos artistas.

O drama teve quinhentas representações consecutivas. De sorte que a "grande peça de espetáculo", para a qual o diretor tinha mandado pintar deslumbrantes cenários, ficou dois anos à espera, e caiu, aliás, redondamente.

A *Graça de Deus* foi o ponto de partida da grande situação dramática de Dennery, que, se não fosse o embaraço em que se debatia o diretor da Gaîté, e se não tivesse encontrado providencialmente um tocador de realejo, talvez ainda levasse muito tempo a procurar uma brecha.

Fatos dessa ordem são muito comuns nos teatros, onde tem toda a aplicação o velho ditado: "De onde não se espera, daí é que vem."

* * *

A *Notícia* deu ontem aos seus leitores uma ideia aproximada do que seja o *Espiritismo*, a nova peça de Sardou, representada por Sarah Bernhardt e os seus dignos companheiros da Renaissance.

Parece que desta vez o ilustre dramaturgo, em que pese à sua extraordinária habilidade, não esteve na altura do seu renome. A famosa cena final em que um marido, que se supõe viúvo, tem um longo diálogo com a sua esposa, muito convencido de que está conversando não com ela, mas com o espírito dela, é de uma extravagância tal, que só um Sardou e uma Sarah poderiam livrá-la de uma pateada iminente. Em todo o caso, como a peça é do autor de *Nos intimes* e de *Les vieux garçons*, é de presumir que se salve pelo espírito, embora não se salve pelo espiritismo.

A. A.

17 de fevereiro de 1898

CARTA A COELHO NETO
Vou consagrar-te o meu folhetim inteiro, porque presumo que ele será pequeno para comportar tudo quanto desejara dizer-te, e não poderei ocupar-me de outro assunto que não seja o artigo que a meu respeito e a respeito do *Jagunço* publicaste na *Gazeta de Notícias* a 10 do corrente. Esse artigo encerra tão elevados conceitos sobre a minha pobre individualidade literária, que não posso nem devo atribuí-los senão à nossa boa e velha camaradagem e à natural benevolência do teu espírito – o que não quer absolutamente dizer que me não desvanecessem as tuas palavras: não fosses tu Coelho Neto!

Dois dos nossos mais distintos colegas de imprensa, Antônio Sales, no *O País*, e Urbano Duarte, no *Jornal do Comércio*, me precederam nesta resposta. "A nossa cidade é bastante civilizada, escreveu o primeiro, para que não conte na sua população uma certa quantidade de pessoas que possam frequentar um teatro onde se representem peças de valor literário; por outro lado ela é bastante populosa para que não possua, e em grande maioria, um público refratário às obras de arte e que pelas condições intelectuais e morais não pode gostar de outras coisas que não sejam revistas, mágicas e coisas semelhantes." Urbano Duarte, com a sua lógica de ferro e o seu imperturbável bom-senso, observa que, "não recebendo um real de subvenção dos cofres públicos, os empresários tornam-se escravos do gosto das plateias, sob pena de fecharem as portas". E acrescenta: "Os pobres diretores teatrais encontram-se em frente do seguinte dilema:

ou exibirem excelentes dramas e comédias perante cadeiras vazias, somente inspirados no nobre intuito de regenerar a arte dramática; ou atraírem os espectadores pela isca do maxixe, pelo cevo da pimenta, pelo chamariz das cenografias e demais condimentos. Preferem a segunda alternativa; fazem muito bem, e eu faria o mesmo. Aquilo é antes de tudo uma indústria, sujeita a mil ônus e despesas. Impossível lhes seria adotar outra orientação que não a seguinte: peças que fazem dinheiro, peças que não fazem dinheiro." Eu não diria melhor. Feitas essas transcrições, em que se encontra parte da minha defesa, permite, meu caro Coelho Neto, que eu responda ao teu artigo ponto por ponto.

Começas por esta forma: "Foi à cena o *Jagunço*, revista dos acontecimentos do ano de 1897, original de Artur Azevedo. É, como todas as revistas, um pretexto para chirinola e cenografias". Não é tal – e tu, que assim falas de um trabalho que não conheces, não terias, talvez, a mesma opinião, se assistisse a uma representação do *Jagunço*. A par de cenas de revista, encontram-se ali cenas também de comédias, um pouco de observação e sátira dos costumes, alguma preocupação literária e, em todo caso, um esforço louvável para que os espectadores não saiam do teatro arrependidos de lá ter ido. És injusto quando comparas o *Jagunço* a *todas* as revistas, e com um simples adjetivo me coloca na mesma fila que o bacharel Vicente Reis e outros inconscientes. Lembras-te que uma vez assistimos juntos, no Politeama, à representação de uma coisa que se intitulava o *Holofote*. Com franqueza: não te dói comparar-me ao fazedor daquela borracheira?

Continuas tu: "Lamento sinceramente que o ilustre comediógrafo, que devia estar à frente dos que fazem a campanha de reabilitação do teatro, insistindo num gênero de trabalho que não tem absolutamente mérito literário, concorra para abastardar ainda mais o gosto do público". À frente dessa campanha tenho eu estado desde que empunho uma pena – e digo-te mais: não creio que ninguém neste país se batesse com mais denodo e sinceridade que eu pela causa do teatro nacional. Se me convencesses de que as minhas revistas concorrem para abastardar o gosto do público, eu não as escreveria; escrevo-as, porque não me parece que por aí vá o gato aos filhos. A revista nasceu em França, e ainda hoje esse gênero é muito apreciado em Paris; onde não concorre absolutamente para corromper o gosto de ninguém. O grande poeta Banville, o eminente cronista Albert Wolf, o famoso humorista Albert Millaud, os melhores comediógrafos, Labiche, Barrière, Lambert Thiboust e tantos outros, escreveram revistas e nunca ninguém se lembrou de lhes lançar em rosto semelhante acusação.

Continuemos: "Não há conveniências, dizes tu, que obriguem um homem de letras a desviar-se da sua pauta, e Artur Azevedo declarou que, apesar do protesto feito depois da representação de *Fantasia*, não pôde negar-se aos insistentes pedidos de um empresário que reclamava a cumplicidade do seu talento para mais um atentado contra o gosto do público; cedeu, e aí está a *revista* incitando a concorrência de outros escritores". Em primeiro lugar saberás que o desgosto que se apoderou de mim depois do desastre da *Fantasia* foi devido, não à convicção, em que porventura eu me achasse, de que esse gênero de peças fosse tão condenável como se te afigura, mas ao fato de ter sido vítima de uma cabala odiosa. Não é agora ocasião de discutir esse ponto, que me tomaria muito espaço. Não houve para a circunstância uma razão literária que me desviasse da minha pauta de *homem de letras*, e, cedendo a um empresário, não cedi, acredita, ao interesse, mas à amizade, ou mais ainda, à gratidão, porque eu sou grato a quem me proporciona meios de subsistência. E ainda neste caso especial tratava-se de fazer ganhar ganhando. – Quanto a dizeres que incito a concorrência de outros escritores, respondo que seria de grande satisfação para mim se o meu exemplo os exercitasse num gênero que, como já te disse, não me parece pernicioso desde que seja tratado com certa preocupação, relativa, de arte.

Fica assim respondido o período que se segue no teu artigo, e que eu transcrevo: "Se voltar a mania, que felizmente vai arrefecendo, a quem, senão a Artur Azevedo, se deve imputar a culpa?". A mania não vai tal arrefecendo: já este ano tivemos outra revista, mas aconteceu-te o mesmo que ao público: não deste por ela. "Entretanto, continuas tu, aí estão numa flagrante incoerência os seus escritos sobre teatro, nos quais, com acendrado zelo, tanto verbera os que contribuem para a sua decadência." Vê bem que essas palavras repelem àquelas em que dizes que eu *"devia* estar à frente dos que fazem campanha da reabilitação do teatro."

Prossegue: "Bem sei que não se faz uma reforma artística de um momento para outro. *Il est prudent de compter avec la force d'inertie du public; on ne le met pas en appetit en lui donnant du premier coup une indigestion.* Os que escrevem para o grande público são obrigados a conceder, mas conceder não quer dizer: desistir". Alegra-me ver que tu reconheces que eu sou *obrigado a conceder*, pois a outro resultado não pretendo chegar; entristece-me, todavia, que me julgues um desistente. Eu desisti? Quando? Como? Por quê? Se houvesse desistido, não poria na defesa do teatro isso a que tu chamas "acendrado zelo"; se houvesse desistido, não reclamaria com tanta insistência o encantado Teatro Municipal!

Dizes mais: "A ópera-cômica, por exemplo, é um gênero agradável, no qual o artista pode trabalhar sem menosprezo da sua pena; a música dá relevo gracioso às cenas sem transformá-las em espinoteadas chulas. Ainda hoje eu ouviria com prazer o *Barba Azul*, os *Sinos de Corneville*, a *Mascote*, os *Noivos*, a *Donzela Teodora* ou a *Princesa dos cajueiros*; a qualquer delas, porém, prefiro essa gema da nossa literatura dramática *Uma véspera de reis*, do autor do *Jagunço*".

Confundes a opereta com a ópera-cômica, meu bom Coelho Neto, e não tens razão para dizer que a música dê um relevo gracioso à opereta e não o dê à revista. Por ventura o cancã é mais nobre que o maxixe? Não; apenas o maxixe espera ainda pelo seu Offenbach. O libreto do *Barba Azul* é, no seu gênero, uma obra-prima, como todos ou quase todos os libretos de Meilhac e Halévy; mas o libreto dos *Sinos*, de Charles Clairville, é, literariamente falando, inferior a qualquer das inúmeras revistas de ano escritas por esse comediógrafo célebre. Por que o *Jagunço* é uma concessão e a *Princesa dos cajueiros* não é? Não me parece que o *Amor tem fogo* tenha mais elevação que os *couplets* da *Inana*.

Agora um período que vou transcrever vexado por causa da sua exageração complacente: "Pesa-me ver esse escritor num caminho errado, porque o considero o primeiro dos nossos comediógrafos, e eu, que hoje o acuso, já com fogoso entusiasmo o aplaudi quando chamaram à cena na noite memorável da *primeira* da *Escola dos maridos*". Meu amigo, se seu tivesse a glória de ser considerado por todos o primeiro dos nossos comediógrafos, a que deveria essa reputação? À *Escola dos maridos*? Não, porque a *Escola dos maridos*, depois de me fazer suar o topete para pô-la em cena a contragosto de um empresário, deu apenas *onze* representações. À *Joia*? Não, porque a *Joia*, que só foi representada porque desisti dos direitos de autor em benefício da atriz encarregada do primeiro papel, teve apenas algumas vazantes. Ao *Barão de Pituassu*, prosseguimento da *Véspera de reis*? Não, porque o *Barão de Pituassu* caiu lastimosamente. Aos *Noivos*, que tu citas? Não, porque os *Noivos* não tiveram grande carreira. À *Donzela Teodora*, que igualmente citas? Não, porque a *Donzela Teodora* foi um triunfo, não para mim, para Abdon Milanez. À própria *Véspera de Reis*? Não, porque na *Véspera de Reis* o autor era completamente ofuscado pelo trabalho colossal de Xisto Bahia. À *Almanjarra*, que considero a minha comédia menos ruim? Não, porque a *Almanjarra*, representada quatorze anos depois de escrita, passou completamente despercebida. À *Casa de Orates*, que escrevi de colaboração com meu ilustre irmão Aluísio? Não, porque a *Casa de Orates* desapareceu do cartaz no fim de poucas récitas. A minha reputação, se a tenho, meu caro Coelho Neto, devo-a exclusivamente ao que tu chamas a chirinola. Todas as vezes que tento fazer bom teatro, é uma desilusão para mim e um sacrifício para o empresário... Por isso é que reclamo o Teatro Municipal!

O que aí fica dito responde perfeitamente ao período que se segue no teu artigo: "Artur, que tem, como nenhum outro, a *vis cômica* e que sabe observar a vida com a finura meticulosa de um Plauto, bem poderia dar-nos, de quando em quando, uma comédia não só para que o seu espírito, ferindo o ridículo, aproveitasse a sociedade como também para que os seus versos, de uma tão correntia espontaneidade, não perecessem no charivari das cenas alvoroçadas e descompostas das revistas".

E continuas:

"Sendo ele o favorito dos empresários e do público, seria, caso tentasse, o reformador do teatro, porque não há empresa que rejeite um original patrocinado pelo seu nome; mas Artur não quer e vai, de concessão em concessão, esquecido de que é o representante aclamado de um gênero literário no qual estreou tão auspiciosamente com a *Joia*, contribuindo para do desmantelo do teatro."

Sim, não há empresa que me rejeite um original... desde que esse original "faça dinheiro", na frase do nosso Urbano Duarte. Sou eu o primeiro a não querer abusar da influência que tu me atribuis, impingindo ao empresário uma peça que me valerá muitos elogios da imprensa, mas não trará nenhuma vantagem à indústria do pobre-diabo. Não sacrifico o interesse alheio às minhas veleidades de escritor dramático.

"Se de outro fosse o *Jagunço*, prossegues tu, não viria fazer tais considerações, mas trata-se de um crítico que não cessa de clamar contra o abandono em que os poderes públicos deixam o teatro; e como quer o mestre que os novos façam obra digna se ele os anima com as banalidades que apenas dão para carteira, e como quer que os poderes prestem auxílio ao teatro se ele não existe?" Justamente por não existir, é que devem cuidar de fazê-lo. Não se trata de auxiliar, mas de criar, de inventar, contando apenas em diminuta proporção com os poucos elementos que ainda nos restam. Isto mesmo estou eu farto de o dizer.

Agora este período que, francamente, não parece teu: "Mais justo seria o governo se levasse a sua proteção à companhia que trabalha no Variedades, ressuscitando dramas, ou a uma outra que funciona do Santana, porque essas, pelo menos mostram boa vontade reagindo contra o gênero mofino das revistas e quejandas peças cenográficas". A companhia do Variedades acaba de pôr em cena os *Filhos do inferno*, uma das coisas mais inconcebíveis que tenho visto em teatro, e antes disso pretendeu, é verdade, ressuscitar... um dramalhão francês; a do Santana, depois de exibir um melodrama cataléptico de Bouchardy, a cujas peças prefiro – palavra de honra! – a revista de ano e a opereta, pôs em cena outro melodrama, *Paulo e Virgínia*, que é um ignóbil atentado cometido contra a novela imortal de Bernardin de Saint-Pierre. E tirante o ator Soares de Medeiros, que sabe onde tem o nariz, vai ver como se representa o drama naquele teatro! Nada, meu amigo, não troco as minhas revistas por esses monstros da dramaturgia, nem os intérpretes do meu *Jagunço* por artistas que nem ao menos decoram os papéis, e ferem os ouvidos dos espectadores com silabadas inverossímeis. Isso, sim, isso é que é abastardar o gosto do público!

Terminas assim o teu artigo: "Queira Artur Azevedo pôr a serviço da Arte a sua pena e o seu prestígio e o teatro em pouco será uma realidade entre nós, mas, se continuar com as concessões... *Un bon mouvement*, meu caro Artur! e mais coerência...". Também eu peço-te *un bon mouvement*: faça-te empresário. Faça-te empresário, e eu serei coerente, escrevendo comédias literárias para o teu teatro. Mas vê lá: se ficares a pão e laranja, não te queixes de mim, mas de ti... Não te metesses a redentor!

A. A.

8 de junho de 1899

Eu estava no sul de Minas, a 800 quilômetros da rua do Espírito Santo, quando Luís de Castro me dirigiu, pela *Gazeta de Notícias*, uma carta a propósito do meu penúltimo folhetim. É por esse motivo que só tardiamente correspondo à gentileza do meu bom colega, sentindo não dispor nesta folha de bastante espaço para uma larga conversa.

Admirando Sarcey, como todo jornalista inteligente deve admirá-lo, Luís de Castro lastima que o grande crítico do *Temps* não acompanhasse a evolução do teatro contemporâneo. Ora, desde que Octave Mirbeau descobriu um Shakespeare na Bélgica, e outros literatos franceses se empenharam em descobri-los em vários países da Europa, e o teatro francês foi inundado por essa aluvião de Shakespeares, é moda em França deprimir todos os bons autores nacionais, a começar pelo divino Molière. Dumas e Augier perderam, em certas rodas, a alta cotação que haviam até então conservado, e dos outros então não falemos: são tratados aos pontapés.

Sarcey, o crítico nacional por excelência, inquietou-se, mais do que devia, com essa reviravolta, que poderia, na sua opinião, ganhar (não ganhou até hoje) o espírito público, e constituiu-se então o esforçado paladino da tradição dramática de França, o defensor vigilante do *repertoire*.

É muito natural que, lutando sozinho, pode-se dizer, contra uma legião ardente e vigorosa, o velho crítico por vezes medisse mal os golpes da sua catapulta, e ferisse a torto e a direito. Mas ninguém pode negar que cumprisse nobremente o seu dever.

Para apreciar Ibsen e os demais dramaturgos da escola chamada simbolista, nós brasileiros estamos colocados num ponto de vista muito diverso. O nosso teatro conta apenas fugitivos e insignificantes ensaios; não temos, infelizmente, que guardar nem respeitar tradições; a lista dos nossos dramaturgos é tão insignificante que parece uma lista em branco; não receamos que Ibsen venha destruir glórias que não possuímos; as suas peças não nos poderão fazer senão bem, porque é do estudo comparativo de todas as escolas que um dia há de sair o teatro brasileiro.

Portanto, qualquer discussão que sobre o assunto resultasse entre Luís de Castro e eu seria uma polêmica inútil; nem ao menos teria o mérito de divertir os leitores.

* * *

No tocante a teatro, confesso-me saturado das ideias de Sarcey, e julgo que o público, o verdadeiro público, se compraz com a convenção e a *ficelle*.

Luís de Castro descreve, e com muito acerto, a *ficelle* como "meio de que se serve o autor para armar o efeito" e admira-se de que eu encontrasse *ficelles* no teatro de Shakespeare... Que é o lenço de Desdêmona, e o narcótico de Julieta, e a representação organizada por Hamlet no palácio do pai, senão *ficelle*? Porventura Shakespeare, à parte o seu profundo conhecimento do coração humano, à parte o seu gênio assombroso, seria um grande dramaturgo se não soubesse armar ao efeito?

Ponha Luís de Castro a mão na consciência, e diga se a cena da tarantela na *Casa de boneca* é ou não é *ficelle*. Que intenção foi a de Ibsen ao escrevê-la senão armar ao efeito? E conseguiu-o, o que quer dizer que o próprio Shakespeare tê-la-ia escrito.

Eu disse no meu folhetim que a *Casa de boneca* era um misto de Augier, Dumas e Meilhac e Halévy, e Luís de Castro observa que Ibsen não conhece nenhuma peça daqueles autores; pelo contrário, acrescenta o meu colega, foram os franceses que se inspiraram nas obras do dramaturgo norueguês.

O não conhecer Ibsen os autores franceses contemporâneos é um incidente de biografia que eu ignorava e me espanta – nem sei que dados positivos tenha o colega para afirmá-lo. Eu, aliás, não disse que Ibsen copiasse este ou aquele autor: seria um despautério; mas quem pode ler os dois primeiros atos da *Casa de boneca* sem se lembrar de *Froufrou*, dos *Leoas pobres* e de tantas outras peças francesas? Isto não quer dizer que Ibsen não seja um dramaturgo original; quer dizer que o teatro está subordinado a um certo número de situações, e não há revolucionário capaz de fugir delas, a menos que pretenda fazer peças para serem lidas e não representadas.

Luís de Castro enche a boca com estas palavras: "o teatro de Ibsen faz pensar"; mas é preciso não confundir "fazer pensar" com "dar que pensar". Necessariamente qualquer pessoa, depois de assistir à representação de um drama sem desenlace, vai para casa pensando... Quando saí da representação da *Casa de boneca*, conversavam dois espectadores – marido e mulher – no mesmo bonde que me conduzia aos penates. O marido estava sério e taciturno. – Em que pensas tu? perguntou-lhe a mulher. – Penso na pobre Nora, que saiu de casa àquela hora, e no idiota do marido que a deixou sair. – Ora! Não penses nisso! Aquilo passa! Amanhã ela sente saudades dos filhos, que não tiveram culpa de nada, e volta para casa.

Esses dois espectadores *pensavam* e, no entanto, não tinham compreendido nada. Não os discrimino por isso, porque uma peça de teatro deve ser, principalmente, clara, e a *Casa de boneca* o não é.

Luís de Castro escreveu, no dia da primeira representação, que "para apresentar a obra de Ibsen é preciso *compreender* (o grifo é dele) a singular complexidade do caráter norueguês", e, antes, escrevera que "na própria Noruega Ibsen não foi a princípio compreendido".

Que diabo! É então necessário um tirocínio, um aprendizado para conhecer a ideia do dramaturgo? Para compreender Ésquilo, Sófocles, Eurípides e Aristófanes não preciso estudar o caráter grego; para saber o que pensaram Shakespeare ou Molière não tenho necessidade de conhecer o caráter inglês ou francês; entretanto, lendo ou ouvindo uma peça de Ibsen, fico *in albis*, porque não conheço o caráter norueguês! Nada! Por aí não me deixo levar, tenham a santa paciência; o homem é o mesmo, as paixões são as mesmas em todas as latitudes.

Não é, como pensam muitos, o final da peça mais viável de Ibsen que a torna obscura (aquele *viável* é um qualificativo empregado por Lucinda Simões). O final é belíssimo, de uma grande originalidade e de uma grande elevação moral. O que me repugna é que ele não esteja convenientemente preparado.

Diz uma lenda que o padre Antônio Vieira era sujeito obtuso, e um dia, estando a ouvir missa, sentiu um estalo na cabeça, e daí por diante foi o grande orador sagrado, o primoroso escritor que todos conhecemos. Aquela Nora dos dois primeiros atos, frívola, tola, inconsciente, glutona, ignorante, mentirosa, dissimulada, sem nenhum senso moral, a ponto de falsificar uma assinatura para receber dinheiro e estar muito convencida de que praticou uma ação louvável – aquela Nora, dizia eu, sem um estalo idêntico ao do padre Antônio Vieira, não poderia tornar-se no terceiro ato tão vidente, tão afilada, tão judiciosa, tão compenetrada da sua ridícula e mesquinha situação doméstica, tão convencida do egoísmo do seu esposo, tão revoltada contra a educação que lhe deram.

O drama tem cenas admiráveis, a linguagem é sóbria, consistente e por vezes tão brilhante que atenua a excessiva extensão de alguns diálogos; mas – francamente – que diria o público do autor brasileiro que fizesse entrar um estranho, fora de horas, em casa de uma família só para pedir um charuto e participar, em estilo sibilino, que vai morrer? Pobre autor brasileiro que tal fizesse!

* * *

Entretanto, não imaginam os meus leitores, não imagina Luís de Castro como estou satisfeito com a representação da *Casa de boneca*! Temos público, temos público, temos público! O teatro Santana enche-se todas as noites! É um sucesso de curiosidade, bem sei, mas é um sucesso, e não é uma mágica, nem uma revista de ano que está em cena – é uma peça literária, e o público discute-a, quer ouvi-la, quer julgar por si! Bravo! Aí tem, senhores, a justificação da minha campanha em favor do teatro-teatro! O capcioso argumento da falta de público desaparece diante da eloquência do fato.

* * *

Não quero deixar de dizer alguma coisa a respeito do desempenho dos papéis da *Casa de boneca*, mesmo porque desejo, quanto em mim caiba, evitar que a uma artista de tão notáveis aptidões como Lucília desvairem exagerados louvores. O papel de Nora é complexo, é esmagador; Lucília não fez, nem podia fazer, uma criação definitiva. O seu trabalho tem falhas que só a idade e a experiência corrigirão. O elogio incondicional poderá convencê-la de que é uma atriz completa e não precisa mais estudar. Os gestos, principalmente, não me satisfazem; às vezes tem até alguma coisa de simiescos.

Esta opinião pode ser desassombradamente externada, tratando-se, como se trata, de uma artista que conta mais com o futuro que com o passado, e a quem admiro desde que a vi representar a *Mancha que limpa*, de Echegaray, de um modo digno dos aplausos da plateia mais exigente do mundo.

Que dizer de Lucinda Simões no papel de Mme. Linde?

Querem mais comedimento, mais naturalidade, mais talento, mais arte? Que prazer me causou rever essa deliciosa artista num papel tão ajustado ao seu mérito! Quando ela entrou em cena, desprendeu-se do personagem um perfume de simpatia que envolveu toda a sala.

Cristiano de Souza representou discretamente o marido de Nora, um dos papéis mais ingratos que conheço, e do qual nenhum partido pôde tirar o artista.

Belard, que fez incontestáveis progressos, é muito aceitável no Dr. Rank, o homem do charuto.

Um simpático ator, que os fluminenses não conheciam e pesa mais 40 quilos que eu (façam ideia!) revelou-se magnífico *diseur* no papel de Krogstad, um vencido da vida que não se compadece absolutamente com a corpulência do artista.

Da encenação nada diria, se não fosse aquela maldita cadeira austríaca, de balanço, junto ao fogão... Uma cadeira de palhinha na Noruega, em pleno inverno, é disparate, em que pese a singular complexidade do caráter norueguês.

* * *

O artista morre para o mundo no dia em que morre para a arte. O falecimento de Manoela Lucci não me comoveu tanto como o silêncio com que a notícia foi recebida pela imprensa do Rio de Janeiro... Entretanto, aqui mesmo, no teatro S. Januário e muito mais tarde no Provisório e no S. Pedro de Alcântara, Manoela teve noites e noites de triunfo e glória... As plateias do Norte adoravam-na...

Não tenho hoje mais espaço; no meu próximo folhetim trarei à sua memória o tributo da minha pena.

A. A.

22 de janeiro de 1903

Deu-se ultimamente em Pelotas um fato que este folhetim deve comentar.

Achando-se naquela cidade a companhia dramática de que são diretores o maestro Assis Pacheco e o ator Peixoto, parece que o ponto, em conversa, fora do teatro, teve a leviandade de dizer que a plateia pelotense não se recomendava pelo bom gosto, isto é, não aplaudia senão *maxixes*.

Um grupo de espectadores indignados foi para o teatro, e num dos intervalos chamou à cena o ponto para manifestar-lhe, de corpo presente, o seu desagrado. O homem não compareceu, mas, como insistissem, a autoridade policial mandou intimá-lo a aparecer no palco, para sujeitar-se à reprovação pública.

E assim foi. O ponto saiu dos bastidores de braço dado à atriz Balbina Maia e rodeado por todos os artistas da companhia, que o não abandonaram, como bons camaradas, em tão desagradável emergência. O grupo satisfez os seus desejos: pateou-o.

Ora, eu, desde que me entendo, ouço dizer que os empresários de teatro e os artistas dramáticos têm obrigação de aparecer em cena todas as vezes que o público reclama a presença deles para pateá-lo, e esta monstruosidade passou em julgado; mas em nenhuma lei do Brasil encontrei ainda disposição alguma que facilite no espectador o direito de insultar e imponha ao artista dever de ser insultado.

Entretanto, querem agora estender esse dever até o ponto, que não é empresário nem artista, e pela natureza das suas atribuições e da sua responsabilidade escapa, naturalmente, à apreciação da plateia. Amanhã o contrarregra, o maquinista, o carpinteiro ou o cabeleireiro serão também chamados à cena para pagarem, com uma pateada, particularidades com que a arte não tem nada, absolutamente nada que ver.

A autoridade pelotense abusou das suas prerrogativas, ordenando que a vítima se apresentasse no tablado para ser sacrificada. Não há lei, nem mesmo virtual, que autorize semelhante ato de prepotência.

Eu, por mim, declaro que, se fosse, não ponto, mas ator ou empresário, não haveria autoridade no meu país, desde a do subdelegado de polícia até a do chefe do Estado, que me coagisse a aparecer em cena para ser pateado, mormente se a pateada não fosse o castigo justo (embora desleal e covarde) de faltas que eu houvesse cometido no exercício da minha profissão. Poderiam trazer-me à cena, mas arrastado e protestando contra esse despotismo, absurdo num país republicano.

A pateada é um ato indigno do animal pensante, e está condenado pelo próprio nome que lhe impuseram. *Pateada* vem de pata; portanto, só os animais que as têm pateiam. O espectador inteligente dispõe de outros meios, mais nobres e mais delicados, para manifestar a sua reprovação.

Não me sofre o ânimo ver um artista sozinho, no palco, sem defesa, sem proteção, apanhando uma pateada, recebendo uma manifestação feita com os pés! Revolto-me todas as vezes que vejo muita gente armada contra um só. É ignóbil.

O ponto da companhia Peixoto estava no seu direito recusando-se a aparecer em cena: pela nossa Constituição ninguém pode ser obrigado a qualquer coisa senão em virtude de lei, e não há lei que obrigue o cidadão a ser pateado.

Mesmo quando a pateada fosse legalmente autorizada, essa autorização estaria derrogada pela Constituição. Esta declarou que no Brasil são todos iguais perante a lei e, portanto, os artistas de teatro não podem ser os únicos expostos a ser insultados pelo público. Sim, porque os outros artistas, façam o que fizerem, não são pateados. Esse meio de reprovação, estupidamente tolerado pela polícia brasileira, só se inventou para o teatro, quer dizer, é o fruto de um preconceito que já não existe em nenhum país civilizado.

Sinto que o fato se desse no mais liberal, no mais republicano, num dos mais simpáticos Estados da federação brasileira.

E o bonito é que um jornal de Pelotas comentou o caso com as seguintes palavras:

> Se, de fato, o Sr. Nunes (o Sr. Nunes é o ponto) desconsiderou o nosso público com tão injustas referências, a manifestação de desagrado foi merecida e não temos dúvida em aqui lavrar também a nossa reprovação; se tal desconsideração não se deu, resigne-se, que a sua profissão submete-o a esses desgostos.

Não, meu caro colega, não há felizmente, na nossa terra, profissão alguma que submeta o cidadão brasileiro ao desgosto de ser publicamente insultado. Mas, se há profissão que esteja, mais que outra qualquer, a coberto de tais desgostos, é a do ponto de teatro, o trabalhador modesto, obscuro, invisível, que é entre os homens o mesmo que o caracol entre os bichos.

Que diria o colega se amanhã nós, jornalistas, fôssemos submetidos à mesma ignomínia? Se nos obrigassem a trepar num palanque para receber uma pateada?...

Olhe que para isso não nos faltariam crimes, a julgar por aquele de que foi acusado o Sr. Bruno. Sim, nós podemos dizer, quantas vezes quisermos, que o público não tem gosto, não aprecia senão os *maxixes*, etc... Ninguém nos pede contas, ninguém nos vai às mãos e, o que mais é, ninguém se ofende com isso. Mas, um pobre ponto de teatro, diz a mesma coisa, não a milhares de leitores num artigo, mas a uma roda de conhecidos, em conversa, e é, por mando da autoridade policial, trazido ao palco para desagravar, à custa da sua vergonha, os melindres de um grupo de espectadores ofendidos!

Vamos lá! Se houvesse na legislação brasileira três ou quatro linhas que autorizassem tão iníquo procedimento, seria melhor que nos mudássemos todos para a Zunlândia.

* * *

Por ocasião de se realizar em Lisboa, a 29 do mês passado, a récita dos autores da *Capital Federal*, Souza Bastos escreveu no *Século*, excelente diário que se publica naquela cidade, um artigo muito lisonjeiro para a minha obscura individualidade.

A esse artigo, em que transparece, principalmente, a velha amizade e a boa camaradagem que sempre uniram dois oficiais do mesmo ofício, nenhuma referência eu faria agora, se não fora o desejo, ou antes, a necessidade imperiosa de retificá-lo no pequeno trecho que em seguida transcrevo:

> O velho ator Amado há anos que vive no Rio de Janeiro, quase sob a proteção exclusiva de Artur Azevedo. Foi também ele protetor decidido do falecido ator Portugal, e, depois da morte deste, o amparo da pobre família, chegando a adotar um dos filhos.

Souza Bastos foi mal informado. O velho Amado, de quem sou amigo, nada mais que amigo, nunca me pediu nem eu nunca lhe dei coisa alguma. Apenas, em certa ocasião, servi de simples intermediário entre ele e alguém que desejava obsequiá-lo, guardando o incógnito. Em outra ocasião pedi a um amigo que o recomendasse a um dos diretores da Companhia S. Cristóvão, para arranjar-lhe modesto emprego; mas a recomendação de nada valeu.

Também não é exato que eu adotasse um dos filhos do ator Portugal. Apenas, por ocasião do falecimento do pai, recolhi todos quatro em minha casa, e diligenciei depois para que fossem convenientemente asilados, o que alcancei, graças aos bons desejos dos ilustres prefeitos Drs. Cesario Alvim e Xavier da Silveira. Dois estão no Instituto Profissional e os outros dois na Casa de São José. São todos tutelados da Caixa Beneficente Teatral. O produto, relativamente avultado, da subscrição que em favor deles abri nas colunas de *O País*, está depositado na Caixa Econômica, e os órfãos só poderão tocar-lhe depois da sua maioridade legal.

Já vê, pois, o meu querido Souza Bastos que nada, absolutamente nada me deve o ator Amado, e, se até certo ponto protegi os filhos do saudoso Portugal, não adotei nenhum.

* * *

Eu poderia retribuir as amabilidades de Souza Bastos, mandando-lhe parabéns pela reprise do seu *Tim Tim por Tim Tim*. A velha e sempre aplaudida revista acaba de dar ao Lucinda três enchentes que nesta época podem ser consideradas três milagres.

É verdade que a sempre graciosa Pepa reaparecia nos seus dezoito papéis, e ao seu lado a Cinira, que decididamente resolveu, e ainda bem, ficar no Rio de Janeiro.

O Leonardo acumula as funções de primeiro cômico e diretor da companhia; como diretor não sei avaliá-lo; como ator é o que se sabe: quando está em cena o autor tranquiliza-se, o empresário fecha os olhos e o público não faz outra coisa senão rir.

* * *

E nada mais. No S. José têm continuado as representações da interessante comédia *Coração de pai*.

A. A.

31 de outubro de 1903

O Sr. intendente Alberto de Assunção propôs o adiamento da discussão do magnífico projeto apresentado pelos seus colegas Ernesto Garcez e Bethencourt Filho para utilização do Teatro Municipal, e o Conselho votou esse adiamento.

Por quê? Das duas uma, ou o projeto presta ou não presta. Em ambos os casos não há motivo para que o não discutam já. Se não presta, o melhor é repeli-lo quanto antes, mas não sufocá-lo assim, pois que o pobrezinho é digno de um pouco de atenção e de simpatia.

O adiamento da discussão significa que o assunto não é considerado urgente. Isso não admira porque nesta boa terra nunca houve poder organizado que considerasse urgente qualquer assunto de arte.

O teatro brasileiro é a eterna vítima dos que esperam, e ele que espere, coitado. Votaram-se leis municipais, arrancando a miséria dos empresários e dos artistas os recursos necessários para dar-lhe vida e o desgraçado continua a agonizar, sem mover a piedade e a consciência dos homens, a quem incumbe a exata aplicação daquelas leis.

Quando se projetou a construção do suntuoso monumento da Avenida, escrevi muitas vezes que essa loucura era o aniquilamento da ideia de levantar a arte dramática, e que o nosso teatro, tímido, incipiente, malvisto pela ignorância elegante, naturalmente se vexaria de entrar naquele palácio.

Entretanto, o projeto Garcez-Bethencourt, a despeito de quanto possam contra ele escrever os que não defendem o nosso teatro só porque não é *chic* defendê-lo e é facílimo atacá-lo, e de mais efeito, parecia conciliar tudo, preparando-o para afrontar as maravilhas de uma habitação dourada.

Mas vem o Conselho, e diz piamente ao projeto que espere, e o pobre-diabo fica para aí, tal qual o suplicante infeliz, que recebe o clássico despacho: "Aguarde oportunidade". Naturalmente o Conselho também pensa que aquilo é bom demais para nós; um palácio assim só deve servir para estrangeiros.

Conheço bem o país onde vivo e os homens com quem convivo para ter qualquer ilusão sobre o "Espere" dos nossos edis; há muitos outros projetos, e mais urgentes, como seja o da regulamentação do serviço doméstico, que esperam e esperarão por muitos anos. Sei que o pobrezinho vai dormir uma boa soneca.

Entretanto, não desanimo, e toda essa maldade, que outro nome não tem, me dá novo alento e novas forças para a luta. Apenas lamento, como o Jacob do poeta, que para tão longa campanha seja tão curta a vida... E que o teatro há de impor-se um dia como uma necessidade pública, uma aspiração nacional!

* * *

Um dos amigos anônimos que constantemente me comunicam as suas ideias a respeito do Teatro Municipal escreve-me dizendo que o meio de contentar a todos, o que não fez o moleiro de La Fontaine, nem ninguém faz, é ficar a União com o monumento do largo da Mãe do Bispo, e construir a Municipalidade, com parte do dinheiro que receber, um teatrinho modesto para a comédia brasileira.

Na realidade, a República não tem um teatro seu, onde hospede as grandes companhias líricas e dramáticas, os grandes vultos da arte universal, e onde realize as suas galas, onde obsequie os hóspedes ilustres, os representantes das outras nações etc. e não seria coisa do outro mundo se o governo comprasse o Teatro Municipal, que, vamos e venhamos, teria nas suas mãos alguma utilidade mais que o Palácio Monroe. Mas estou daqui a ver a cara que faria o governo se lhe falassem nisso, embora a Municipalidade cedesse o edifício, e tola seria ela se o não fizesse, pela metade do que lhe custou...

Essa transação contentaria todo mundo, mas... não sonhemos. Nesta questão do teatro, basta de sonhos! Não sonhemos e façamos como o projeto Garcez-Bethencourt: esperemos.

* * *

Assisti, nestas últimas noites, a um único espetáculo, no Recreio, pela companhia Dias Braga, o qual constou da engraçada comédia de Grenet-Dancourt, *Les gaités du veuvage*, traduzida por Lúcio Pires (leia-se Álvaro Peres), com o título *Os maridos da viúva*, e do entreato *Entre a missa e o almoço*, que teve a fortuna de ser bem recebido, não pelo público, que estava nos cinematógrafos, mas por uma imprensa condescendente e amiga.

Em ambas as peças fez sua estreia no Rio de Janeiro a jovem atriz Júlia dos Santos, que é uma artista esperançosa a quem falta apenas certa disciplina. Vê-se que ela tem vivido até agora sobre si mesma, como se costuma dizer. A sua voz é um pouco estridente, um pouco de teatro de província, mas presta-se à modulação, e seu gesto é vivo e gracioso, e a sua figura simpática e primaveril.

As duas peças foram bem representadas por Lucília Peres, Helena Cavalier, Luiza de Oliveira, Estefânia, Antônio Ramos, Alfredo Silva, Marzulo, Bragança etc. Valeria a pena destacar alguma coisa do trabalho desses artistas, mas infelizmente falta-me espaço.

* * *

    O meu amável colega da *Gazeta*, a quem sou muito grato pelas lisonjeiras referências com que me honrou, falando de Lucília Peres, no meu despretensioso entreato, limitou-se a dizer que ela apareceu de vestido azul.
    Permita o colega que eu defenda a minha gentil intérprete. O papelinho de Isaltina, insignificante para ela, não poderia ser representado com mais graça nem mais observação da verdade. O trabalho de Lucília foi mais notável que o seu vestido azul, que era, aliás, um bonito vestido.

* * *

    Os espetáculos da companhia lírica do Carlos Gomes, a que não tenho podido assistir, diz toda a gente que satisfazem a todos os paladares do nosso diletantismo; por isso não lhe faltam aplausos do público, apesar dos cinematógrafos.

* * *

    É hoje, irrevogavelmente, a inauguração dos trabalhos da empresa Pascoal & Portulez, no Lucinda, que, segundo me dizem, passou por uma transformação completa, e está o mais catita dos teatros.
    Os leitores já estão fartos de saber que a peça de estreia é o *vaudeville* de Ordonneau e Grenet-Dancourt *Paris quand même*, traduzido com o título *Paris na ponta* por Henrique Marialva (leia-se Henrique Marinho) e posto em música por Assis Pacheco.
    O desempenho da peça está confiado a excelentes artistas: Cinira Polônio, Peixoto, Nazaré, Esther etc., e a orquestra será dirigida pelo maestro Pascoal Pereira, que tão boas provas já nos deu de si.

Acrescentando que *Paris na ponta* foi posto em cena por Ernesto Portulez, tenho dito o possível para acender no leitor o desejo de assistir a um espetáculo que promete.

* * *

Realiza-se hoje, às 4 horas, no Palace-Théâtre, o terceiro concerto, regido por Francisco Braga do *Four o'clock concert*. O programa é de primeira ordem.

Dizem-me que a concorrência a essas festas não tem sido a que era lícito esperar numa sociedade como a nossa, que passa por fervente adoradora da música; entretanto, é bom persistir: no Rio de Janeiro, as empresas dessa ordem lutam muito em começo, mas quando pegam, pegam. Em geral os artistas desanimam antes desse resultado; por isso poucas têm subsistido. Como lá disse mais acima, trata-se de arte, e, portanto, é preciso esperar.

* * *

Tive ontem o prazer de apertar a mão ao ilustre poeta pernambucano Dr. Carlos Porto Carrero, que se acha a passeio nesta capital.

O Dr. Porto Carrero é o brilhante e aplaudidíssimo tradutor de *Cirano de Bergerac* e dos *Romanescos*, de Edmond Rostand.

Cumprimento-o com todo o entusiasmo.

A. A.

9 de setembro de 1908

A companhia dramática da Exposição continuou a curiosa série dos seus espetáculos brasileiros, dando segunda-feira passada as *Asas de um anjo*, de José de Alencar, e sexta-feira *Sonata ao luar*, de Goulart de Andrade, e a *Herança*, de Júlia Lopes de Almeida.

A peça de Alencar não atraiu a concorrência que se esperava, mas foi ouvida com respeito, e durante o quarto ato e o epílogo comoveu profundamente o auditório: os últimos aplausos foram orvalhados de lágrimas.

Será sempre injusta a crítica desse drama desde que ela não se coloque no verdadeiro ponto de vista, e destaque as *Asas de um anjo* da obra formidável do grande escritor cearense, obra que só pode ser apreciada como Clemenceau entende que se deve apreciar a revolução francesa: *en bloc*.

Realmente, os vinte anos de incessante labor literário de José de Alencar tal variedade apresentam de concepção e de expressão, o talento do autor de *Iracema* e do *Garatuja* brilhou com tantas e tão distintas modalidades, tantas fisionomias tomou, foi tão inquieto e voltívolo, que, para julgá-lo, não se deve desagregar nenhum fragmento daquele bloco.

Sob o ponto de vista, um pouco estreito e convencional, confesso, do teatro, as *Asas de um anjo* podem ser, mesmo hoje, francamente elogiadas pelas suas incontestáveis qualidades cênicas, pelos seus efeitos patéticos engenhosamente preparados, e, se Alencar pecou por falta de unidade, de observação e de lógica, noutras obras resgatou brilhantemente o seu pecado, tão brilhantemente que foi considerado o primeiro dos nossos escritores e teve as honras de uma estátua. Não foi, certamente, com as *Asas de um anjo* que ele subiu tão alto, mas se elas não acrescentam nada à sua glória, nem por isso deslustram a sua fama.

O meu distintíssimo colega encarregado da crítica dramática desta folha cedeu a um bororó a tarefa de julgar aquele drama, e escreveu uma crônica cintilante de espírito e ironia; mas se nós pudéssemos ler o que daqui a cinquenta anos dissessem os bororós de certas obras tão elogiadas hoje, teríamos bem dolorosas surpresas... Não nos esqueçamos de que as *Asas de um anjo* têm cinquenta anos.

– A exposição retrospectiva do nosso teatro teria merecimento quando mesmo fosse o de mostrar a superioridade literária da nossa época, realmente, comparando o que hoje se faz com o que se fazia há cinquenta anos, não há de que nos envergonhar.

Aí temos a *Herança*, de Júlia Lopes de Almeida, um primor que encerra – já eu o disse noutra parte – a figura mais dolorosa e mais humana do teatro brasileiro. Esse pequeno drama causou à plateia um sentimento misto de admiração e surpresa, e o entusiasmo do público explodiu forte e sincero. A insigne prosadora, em reconhecimento a esses aplausos, que não foram de convenção, deve consagrar um pouco do seu talento à obra de regeneração do teatro, dramatizando os nossos costumes, o nosso caráter, a nossa vida.

Goulart de Andrade é outro de quem a cena brasileira espera grandes serviços. A *Sonata ao luar* é a revelação flagrante de um poeta e de um dramaturgo, que terão no palco a sua consagração definitiva quando for posto em cena o drama dos *Inconfidentes*.

Lucília Peres tem conquistado em cada espetáculo um novo florão para a sua coroa, como se dizia no tempo em que os bororós não embirravam com os lugares-comuns. Se eu tivesse espaço nestas colunas, defendê-las-ia longamente contra a crítica feita pelo *Jornal do Comércio* ao seu trabalho na *Herança*. O crítico, um dos nossos jornalistas mais autorizados, compreendeu perfeitamente o papel de Elisa, mas acusou a artista de lhe não haver dado precisamente a interpretação que ela lhe deu. Pois que outra coisa fez Lucília senão ser taciturna, humilde, resignada, passiva, até encher-se o pote e transbordar, provocando aquela revolta final? O crítico censurou-a por não ter declamado com mais força vocal a cena da revolta. Eu defendo-a. Elisa tem um pulmão perdido e o outro afetado, e uma tuberculosa não deve, não pode gritar. Tenho em muita conta a opinião do meu ilustre confrade, mas nesse ponto divergimos. Ele disse que o papel não deveria ser distribuído a Lucília. Haverá, não nego, por esse mundo fora, atrizes que possam dar ao papel de Elisa uma interpretação mais brilhante, mais forte, mais completa, mais definitiva; nenhuma dessas atrizes, porém, se exprime em língua portuguesa... Esta é a verdade.

Também o meu velho amigo Nazaré deve ser defendido contra o *Jornal do Comércio*, que preferia um Dr. Seabra mais velho e mais pausado no falar. Na peça está indicada a idade desse médico: Nazaré reproduziu um homem de quarenta anos.

– Eu quisera dispor de tanto espaço que pudesse analisar o trabalho e o esforço de todos os artistas da companhia dramática nacional, um por um, do primeiro ao último. Não me sendo possível fazê-lo, contento-me de lhe citar os nomes. Figuraram nas *Asas de um anjo*, na *Herança*, na *Sonata ao luar* e nos *Irmãos das almas*, as peças da semana, os seguintes artistas: Lucília Peres, Gabriela Montani, Luiza de Oliveira, Estefânia Louro, Julieta Pinto, Natalina Serra, Ferreira de Souza, Antônio Ramos, Alfredo Silva, Antônio Serra, Marzulo, Cândido Nazaré, João de Deus, Figueiredo, Tavares e Faria.

Não quero esquecer Álvaro Peres, o encenador, que tem sido infatigável, e por isso mesmo deve estar bem satisfeito.

O espetáculo de anteontem foi de gala, para comemorar o 86º aniversário da nossa independência política;

repetiram-se as peças a *Herança* e *Sonata ao luar*, e subiu à cena, pela primeira vez, uma espirituosa comédia de Coelho Neto, o vitorioso autor de *Quebranto*. Intitula-se *Nuvem* esse novo trabalho do festejado escritor, e o seu desempenho foi confiado a Lucília Peres, Luiza de Oliveira, Estefânia Louro, Ferreira de Souza e Antônio Ramos.

O presidente da República não pode honrar o espetáculo com a sua presença; mais uma vez S. Ex. se teria convencido de que o advento do teatro brasileiro depende agora, principalmente, da boa vontade dos poderes públicos. Oxalá quisesse o venerando chefe do Estado ligar o nome ilustre de Afonso Pena a essa obra de reparação e de patriotismo.

Na próxima sexta-feira constará o espetáculo da 1ª representação da peça em 3 atos *Vida e morte*, escrita pelo mais obscuro dos dramaturgos brasileiros.

* * *

De volta da sua excursão ao Norte, a companhia lírica de que são empresários Rotoli e Biloro, encontrou no Apolo o mesmo sucesso da primeira temporada. Já deu a *Tosca*, a *Aida*, o *Trovador* e anuncia a *Gioconda* para hoje.

Todos os artistas são nossos conhecidos. Derevers, Faville, Borelli, Sangiorgi, Agostini, Arrighetti, Benedetti, Puliti etc. – exceção feita da prima-dona Orbellini, que conquistou a plateia e satisfez aos mais exigentes cantando a *Tosca*.

O regente da orquestra continua a ser o maestro Fratini, que tão boas recordações deixou entre os nossos diletantes.

O público tem concorrido a todos os espetáculos, não se fartando de aplaudir.

* * *

A companhia Taveira, que deu anteontem o seu último adeus no Recreio, pôs em cena os *Dragões de Vilars*, de

Maillart, com Palmira Bastos no papel de Rosa Friquette e Almeida Cruz no de Bellamy. Infelizmente não pude assistir a esse espetáculo, que coincidiu com as primeiras representações da *Herança* e da *Sonata ao luar*.

* * *

A companhia dramática Vergani continua a trabalhar no Palace-Théâtre a preços reduzidos e com geral agrado, pois não lhe tem faltado público. Das peças representadas durante a semana duas eram novas para o Rio de Janeiro: *Le numero 18*, de Henri Kéroul e Albert Barre, e *Je ne sais quoi*, de Pierre Wolf e Francis de Croiset. São duas boas comédias, e foram bem representadas ambas; mas... que diabo! as peças parisienses do gênero chamado livre perdem, não sei por que, traduzidas em italiano, todas as suas qualidades atenuantes, e filiam-se ao gênero libérrimo. É um gênero que cansa.

* * *

Completarei a história do movimento teatral da semana dizendo que as focas do Franck Brown continuam a atrair muita gente ao S. Pedro, e que ali teremos qualquer noite dessas a grande pantomima o *S. Pedro debaixo d'água*; que não assisti ainda a nenhum espetáculo da companhia de zarzuela que se estreou no teatro da Exposição e hoje trabalha no Carlos Gomes; que também não assisti, por não ter sido convidado, à representação das comédias os *Cínicos* e a *Sombra do diabo*, do fecundo Fonseca Moreira, exibidas ontem no Lucinda num espetáculo em homenagem aos oficiais do cruzador *D. Amélia*.

* * *

No dia 15 do mês passado deixou de existir o brilhante escritor francês Emmanuel Aréne, que era, há muitos anos, o crítico dramático do *Figaro*, de Paris.

Ultimamente Aréne tinha experimentado, com extraordinário êxito, as sensações da ribalta: escreveu, com Alfred Capus, *L'adversaire*, que tivemos o prazer de ver representado por Marthe Brantés e De Féraudy; com Francis de Croiset *Paris-New York*, que lhe valeu um duelo, e com Robert de Flers e de Caillavet *Le roi*, que foi o maior sucesso da última estação teatral parisiense. Deixou também um *librette* da ópera cômica *Leone*, que seria representado em outubro próximo.

Aréne tinha sido deputado e era senador pela Córsega, onde nasceu em 1856.

A. A.

O PAÍS

10 de fevereiro de 1902

Cronista que, em domingo gordo, tem diante de si uma rama de tiras de papel, desafiando-o com sua implacável brancura, não pode lançar mão de outro assunto que não seja o carnaval.

Não vão agora supor que venho dar largas à velha antipatia que outrora manifestei contra esses folguedos, antipatia que já me valeu figurar em efígie, há quinze anos, num dos intitulados "carros de ideias", representado por um boneco descomunal, que vomitava cobras e lagartos.

* * *

Reconciliei-me com o carnaval fluminense desde que, graças à crise financeira (há males que vêm para o bem), ele deixou de ser a apoteose da prostituição.

Apesar de não me ter em conta de nenhum santinho, nunca pude olhar com bons olhos para a exibição escandalosa de meretrizes, sugestivamente vestidas ou, antes, despidas, levadas em triunfo por essas ruas, aplaudidas e aclamadas pela população inteira.

Calar-me-ia, se a festa fosse porventura a glorificação do Espírito ou da Beleza; mas nem uma nem outra virtude possuíam, por via de regra, as desgraçadas que figuravam nos célebres carros alegóricos. A condição da escolha era a fama de que elas gozavam na "roda cortesã", para empregar aqui a expressão com que o defunto conselheiro Castilho traduziu: *demi-monde.*

Admirava-me de que os clubes carnavalescos, onde, aliás, havia cavalheiros inteligentes e da mais fina educação e cultura, se prestassem a fazer, e a sua custa, o anúncio dessas mulheres.

Lembra-me ter visto num dos tais carros uma hetaira a que chamavam a Peruana (havia uma sílaba de mais), distribuindo um soneto impresso em avulso.

Nesses versos, escritos por um conhecido poeta, a Peruana dirigia-se inconscientemente às moças fluminenses, dizendo-lhes na linguagem dos deuses o que vou aqui repetir em prosa chilra: – Imitem-me! Não sejam tolas! Vejam como vou radiante! Isto é que é vida! Ser honesta é um sacrifício! – E os avulsos em que vinha esse conselho infame eram disputados e lidos por todas as senhoras que viam passar o préstito! Não houve pai nem irmão que protestasse, porque durante o carnaval permitem-se todas as loucuras... e todos os desaforos.

Hoje esse divertimento é mais sensaborão, é verdade, mas é também mais honesto. As michelas de alto bordo já se não exibem publicamente nas alegorias dos clubes; se as festejam, se as aclamam, fazem-no de portas adentro: a crítica não tem o direito de meter lá o bedelho.

* * *

Queira Deus que assim seja por muitos anos e bons.

Sim, porque não creio que o carnaval desapareça, sendo, como é, um resultado da imperfeição da nossa natureza. Por isso mesmo a sua origem perde-se na noite dos tempos: os eruditos debalde têm queimado as pestanas para dar com ela; a própria etimologia da palavra *carnaval* é incerta; chegaram a inventar (não foi o nosso Castro Lopes) que esse vocábulo vinha de duas palavras latinas: *caro, vale*, carne, adeus! Já é ter imaginação!

Descansem: o carnaval é eterno, como tudo quanto é frívolo, insignificante ou inútil. Condenaram-no em vão Tertuliano, S. Cipriano, S. Clemente de Alexandria, S. João

Crisóstomo e o papa Inocêncio II. Os próprios concílios não puderam dar cabo dele: guerreavam uma das necessidades da natureza humana.

* * *

Sabe o leitor de maior maluquice que um baile de máscaras? Pois bem, uma vez que, contra o meu costume, deitei neste artigo um pouco de erudição (para que servem os dicionários?), saiba, se ainda o não sabia, que os bailes de máscaras foram inventados pelo rei Carlos VI, de França, que era maluco. Por sinal que numa dessas festas, tendo sua majestade aparecido disfarçado em urso, escapou de ser queimado vivo, por se ter incendiado o seu felpudo e incômodo vestuário.

Não há espetáculo que me entristeça tanto como os tais bailes mascarados. Nunca me hei de esquecer de que, tendo ido, por simples curiosidade, a um dos da Ópera, em Paris, não pude lá ficar meia hora: apertou-se meu coração de tal forma, que, se me demorasse naquele ambiente, punha-me a chorar.

É verdade que essa impressão podia ser, em parte, atribuída a uma valsa de Olivier Métra, uma valsa lânguida, melancólica, tristíssima, que se intitulava *A vaga*, executada por uma excelente orquestra, que o próprio autor dirigia de olhos fechados, cofiando sonolentamente o bigode com a mão esquerda, e com a direita agitando uma batuta indecisa.

Mas não! Não foi a valsa, porque os mais saltitantes maxixes dos bailes do S. Pedro me fazem o mesmo efeito – e isso não me admira, porque há livros que se escreveram para fazer rir, e a mim me comovem extraordinariamente. Algumas páginas do *D. Quixote* me arrancaram lágrimas; *George Dandin* nunca me fez sorrir.

Assim como encontro muitas vezes uma nota cômica nas coisas mais dramáticas, acho também um motivo de sensibilidade nas coisas mais alegres. É por isso que o carnaval e, sobretudo, os bailes carnavalescos, não me divertem.

* * *

Uma noite – há quantos anos isto foi! – entrei no S. Pedro para ver um baile. Depois de percorrer o teatro inteiro sem topar um conhecido, sem ouvir uma boa pilhéria, sem descobrir um máscara espirituoso, senti-me invadir pela tristeza, e atravessava o salão para ganhar a porta da rua, quando vi sentado num banco, encostado às frisas, um mascarado cuja máscara era simplesmente uma obra-prima, modelada, sem dúvida, por um bom artista.

Aquele pedaço de cera representava uma cara de velho, iluminada por um sorriso malicioso, que lhe enrugava toda a face, apertando-lhe os olhos. Um sorriso que lembrava o da figura principal dos *Borrachos*, do divino Velázquez.

Atraído instintivamente por toda aquela fisionomia simpática, insinuante, comunicativa, aproximei-me do mascarado e fiquei algum tempo de pé, diante dele, contemplando-o como se contemplasse um quadro ou uma estátua.

Ele continuou a olhar-me com aqueles olhos pequeninos e aquele sorriso bom, mas sem fazer um gesto, sem menear a cabeça, sem mudar a posição do corpo...

Interpelei-o: – Então, meu velho, dar-se-á caso que você, com essa cara tão pândega, seja mudo? Diga alguma coisa! Vamos...

E o velhote imperturbável, silencioso, imóvel!

Passou uma ideia sinistra pelo meu espírito: teria morrido de uma síncope cardíaca ou de uma apoplexia fulminante o folião taciturno que se escondia naquela máscara tão risonha, tão viva, tão sadia?

Tornei a falar-lhe: o mesmo silêncio, a mesma imobilidade!

Resolvi então tocar-lhe num braço, o homem mexeu-se. Respirei.

E insisti:

– Então? É mudo? Não responde?...

Ouvi então sair, daquela máscara que sorria e fazia sorrir, uma voz lenta e soturna que dizia:

– Vá seguindo o seu caminho e não bula com quem está sossegado.

Fiz-lhe a vontade: fui seguindo o meu caminho, mas não imaginam como levava a alma oprimida.

Aquele foi o meu último baile de máscaras.

* * *

Entretanto, nessa mesma noite, assisti a uma cena que me pôs de bom humor:

Eu estava à porta da charutaria do Machado, no Largo da Carioca. Passava da meia-noite, havia chovido, o largo estava quase deserto, já me cheirava tudo a quarta-feira de cinzas.

De repente, vejo aproximar-se, vindo dos lados da Guarda Velha, um preto vestido de calção e meia, casaca de grandes abas com enormes botões de papel dourado, exagerada luneta, pendente de pescoço, cajado na mão, e atirada para as costas uma cabeçorra descomunal.

Ao mesmo tempo surgiu da Rua da Assembleia e pôs-se a dançar na esquina um grupo ou, como hoje se diz, um *cordão* de sujos e maltrapilhos.

O preto vinha fatigadíssimo, bebido, arrastando penosamente as pernas bambas, lutando para levantar as pálpebras pesadas; mas, ao passar junto a mim, viu o grupo, parou, e monologou muito aborrecido:

– Que maçada!

Em seguida, puxou a monstruosa caraça para a frente, desempenou-se, e começou a dançar o miudinho, ora curvando a cabeça, ora empertigando-se, sempre com a luneta nos olhos, até aproximar-se do grupo, que começou a bater palmas em torno dele.

Depois de alguns minutos, o preto saiu da roda, atirou de novo a cabeçorra para as costas, e desceu a rua Gonçalves Dias com o mesmo andar desalentado e frouxo. O pobre-diabo cumprira seu dever: dançara. *Noblesse oblige*.

* * *

O que há de mais interessante nesses foliões é a sinceridade, a convicção com que se portam. Para eles, o carnaval é a mais séria das instituições.

O ano passado, em quarta-feira de cinzas, o rapaz que veio pela manhã trazer-me a carne do açougue trazia também tais olheiras, que logo lhe disse:

– Já sei que você pintou a manta pelo carnaval.
– Sim, senhor, fantasie-me e dei muita sorte!
– Bravo!
– O senhor não viu um burro de casaca de aniagem e cartola branca, que andou por toda esta Santa Tereza bulindo com os moradores?
– Vi, pois não!
– Era eu! Não houve quem me conhecesse! Nem o patrão!

* * *

Vem a pelo uma recordação do meu passado; permitam que eu a ponha aqui:

A coisa passou-se no Maranhão. Tinha eu 14 anos e era caixeiro de um negociante muito honrado, mas tão bruto (Deus lhe fale n'alma!), que me indispôs para sempre com a vida comercial.

O guarda-livros da casa era um bom rapaz, o Mariano Pompílio Alves, que hoje é deputado estadual, e, segundo me consta, figura de certa proeminência na política local.

Como nos déssemos bem um com o outro, ele propôs, numa terça-feira de carnaval, que nós nos disfarçássemos para "intrigar" certa família de nosso conhecimento.
Dito e feito. Arranjamos umas roupas ridículas e andrajosas, colocamos barbas e narizes postiços, pintamos as caras, e tão desfigurados ficamos, que nós mesmos não nos conhecíamos.
O resultado foi magnífico: intrigamos a valer a tal família, e deixamo-la sem que o pai, nem a mãe, nem as filhas descobrissem quem nós éramos.
Animado por este sucesso, o meu companheiro propôs que fossemos "intrigar" também o patrão e sua família.
– O patrão? Você está doido? Se ele descobrir quem somos, é capaz de perder as estribeiras!
– Que descobrir, que nada! Não lhe passará pela cabeça que nós nos atrevêssemos a tanto! E nós nos divertiremos a valer!
– Home, isso é perigoso... O patrão não é para graças!
– Não tenha medo! vamos! coragem! Disfarcemos bem a voz e não haverá novidade. Fomos. O patrão, que estava à janela com a família, veio abrir-nos a porta logo que nos viu entrar, e recebeu-nos de cara amarrada, o que naturalmente nos desconsertou.
Estávamos ambos de pé, no meio da sala, entre senhoras, sem saber o que fazer, quando o negociante, apontando para duas cadeiras, nos disse muito secamente:
– Sente-se, seu Mariano; sente-se, seu Artur, e digam o que desejam.
Olhamos um para o outro, apatetados ambos, e, como se obedecêssemos ao mesmo impulso, entramos pelo corredor e descemos rapidamente as escadas.
Felizmente o patrão não perdeu as estribeiras; mas dali em diante, por dá cá aquela palha, aludia sempre ao meu pobre nariz postiço.

Artur Azevedo

O PAÍS
"PALESTRA"

27 de janeiro de 1902

No dia 26 de fevereiro próximo, celebrar-se-á o centenário de Victor Hugo em todo o mundo civilizado, menos aqui, na capital da República dos Estados Unidos do Brasil, que nestas ocasiões, brilha invariavelmente pelo esquecimento ou pela indiferença.

Não apareceu ainda, que me constasse, nenhum projeto do mais vago sarau literário ou festival artístico. As próprias associações francesas, se alguma coisa intentam fazer, ainda não se manifestaram. Que é da Sociedade Beneficente de Socorros Mútuos Homenagem à Memória do Poeta Victor Hugo? Teria deixado de existir essa famosa associação, fundada logo depois da morte do glorioso velho?

O caso é que não se fala absolutamente do centenário e faltam apenas trinta e um dias...

A Pauliceia, que se ufana, e faz muito bem, do título de capital artística do Brasil, com que Sarah Bernhardt a engrossou, há muitos dias está se preparando para a solenidade: já houve ali uma reunião de literatos e jornalistas, em que alguma coisa ficou assentada, inclusive pedir ao governo para mandar a Paris um homem de letras, paulista, representar o Estado nas festas hugoanas.

Aí está uma comissão para a qual não faltarão candidatos... Fosse eu paulista e procuraria um bom empenho para o Dr. Rodrigues Alves.

Naturalmente os cariocas só se lembrarão de fazer alguma coisa nas vésperas do centenário. É o que sempre sucede e por isso nada se faz com jeito. Pois a não haver uma festa digna do poeta, melhor será ficar a gente em casa, e celebrar o centenário em família, lendo simplesmente algumas páginas das *Lendas dos séculos* ou dos *Raios e sombras*.

É pena, realmente, nos esqueçamos de Victor Hugo, que continua a ser e será sempre – digam o que disserem – o primeiro poeta do século XIX e um dos maiores de todos os séculos.

Logo depois que ele desapareceu, em 1885, houve, na própria França, uma pequena reação contra a sua fama; alguns escritores, que a própria audácia não tornou conhecidos além do *boulevard*, começaram a notar não sei que manchas naquele sol.

O primeiro iconoclasta havia sido Zola, ainda em vida do poeta, e são essas as únicas páginas inglórias da obra do formidável prosador, que, aliás, não pôs o ponto-final nos seus doestos sem fazer uma espécie de apoteose ao velho sublime.

Houve um momento em que os detratores de Victor Hugo conseguiram quase abalar o meu espírito. Cheguei a desconfiar das minhas primeiras impressões, porque, efetivamente, há livros célebres que não me produzem agora a mesma impressão que produziam há vinte anos.

Há pouco tempo reli com avidez a maior parte da obra do mestre e a minha admiração, longe de diminuir, cresceu extraordinariamente.

Não há em Hugo uma página em que não se sinta, com mais ou menos intensidade, a garra do gênio, pois que as suas próprias extravagâncias são geniais.

E onde já se viu tamanha individualidade? O leitor, familiarizado com Victor Hugo, distingue um verso dele ou três linhas da sua prosa num pequenino fragmento de página encontrado na rua. Ele não se parece com nenhum outro poeta, ou prosador, e ninguém o imitou, porque não se imita o inimitável.

E que engenho mais universal? Pois não é ele o verdadeiro Poeta da Humanidade?... Não é ele o filho de todas as Pátrias, o apóstolo de todas as liberdades, o augusto semeador das mais nobres ideias, todo amor, toda piedade, toda abnegação?

Quando Victor Hugo não deixasse outro livro de versos além das *Odes e baladas*, outro romance além de *Nossa Senhora de Paris*, outro drama além de *Burgraves*, seria o mesmo Victor Hugo. Esses três livros, não sendo as suas melhores obras, bastariam para imortalizá-lo. E o seu legado é tão prodigioso pela quantidade como pela qualidade: ele não era um gênio, era um fenômeno.

Há perto de vinte anos que o colosso caiu, ferido pela morte, e desde então aparecem, periodicamente, trabalhos seus que se conservavam inéditos. As obras póstumas desse octogenário, que escreveu uma biblioteca, representam, só por si, tão considerável bagagem, que daria nome a outro grande poeta!

Victor Hugo, morto, faz lembrar um desses troncos da nossa maravilhosa flora, que, depois de derrubados, ainda brotam e reverdecem.

O centenário do glorioso Avô não deveria passar despercebido nesta capital, onde tanta gente se diz amante das boas letras, e onde os poetas são tantos que seria difícil estatisticá-los.

Se ainda há tempo, reúnam-se todos e concertem o plano de uma inteligente e alegre manifestação, que espante o bom burguês condecorado e desdenhoso.

Dar-se-á caso que, para deixarmos de celebrar a maior glória literária do século XIX, nos desculpemos ainda com a baixa do câmbio e a carestia geral?

* * *

O acontecimento literário dos últimos dias foi a publicação, em volume, do novo romance de Júlia Lopes de Almeida, *A falência*, que também aparecera em folhetins n'*A Tribuna*.

É este o nono volume com que a talentosa escritora enriquece as letras nacionais, é o terceiro romance em que publica – quatrocentas e tantas páginas dignas da pena que escreveu *A família Medeiros* e *A viúva Simões* – um livro de atualidade, cheio de movimento e de interesse, estante de vida, observado, colorido, apaixonado, vibrante, trabalhado conforme os processos do romance moderno.

Não cabe nesta ligeira *Palestra* a apreciação de obras de fôlego, que reclamam demorado exame; demais, um distinto colaborador d'*O País* já ontem analisou *A falência* e lhe fez a devida justiça. Falarei, pois, não do romance, mas da romancista.

* * *

Júlia Lopes de Almeida, que inquestionavelmente é a primeira das escritoras brasileiras mortas e vivas, não tem absolutamente o tipo desagradável da *basbleue*; não é pretensiosa nem pedante, não afeta modos ou ademanes de homem; é uma senhora com todas as delicadezas, com todo o melindre de uma senhora.

No seu úbi, modelo de asseio, de ordem e de simplicidade elegante, nota-se em tudo o cuidado inteligente da dona de casa. Ninguém recebe uma visita com mais amabilidade nem com mais distinção. A solicitude da mãe de família revela-se no carinho e no escrúpulo com que ela tem criado e educado os filhos. O marido adora-a e considera-se o mais feliz dos homens. A literatura jamais os desviou, nem a ela, nem a ele, dos seus deveres paternos. Aquela casa é um ninho de arte e de saber.

Os leitores d'*O País*, que há muito tempo se deliciam com os escritos de Júlia Lopes de Almeida, e naturalmente a estimam, receberão, talvez, com agrado as informações que aí ficam e pelas quais poderão conhecê-la melhor e estimá-la ainda mais.

A.

8 de fevereiro de 1907

Há dias, estava eu sentado no terraço de um café na Avenida Central, com muitas outras pessoas, quando ali apareceu de repente um menino a fazer exercícios de deslocação, como pretexto para pedir esmolas. Segundo informação de um dos moços do café, que pelos modos conhece de perto o pequeno pelotiqueiro, achava-se a pouca distância, inspecionando a coleta, um brutamontes explorador da pobre criança.

É preciso notar que muitas das pessoas ali reunidas deram dinheiro ao pequeno, mas não houve nenhuma que lhe não pedisse fosse mostrar mais longe as suas habilidades. E o desgraçado lá foi, com aquele arzinho humilde, magoado e melancólico das crianças exercitadas na arte de sensibilidade os homens.

Notei que um guarda-civil assistia impassível a esses exercícios de acrobacia ao ar livre, embora nenhuma lei brasileira reconheça em ninguém o direito de mendigar.

É verdade que o pequeno não mendigava: fazia contorções e cabriolas, e os circunstantes davam-lhe dinheiro antes mesmo que ele o pedisse, não porque lhe admirassem as cambalhotas, se não porque desejavam ver-se livres de tão desagradável espetáculo.

Se a polícia não puser cobro a essa odiosa exploração, em breve tempo veremos a nossa bela avenida frequentada por outros pequenos saltimbancos ao ar livre. Todos sabem que entre nós essas indústrias ignóbeis se desenvolvem com muita facilidade, porque infelizmente os brasileiros e os portugueses têm o níquel fácil e, como no Rio de Janeiro há de tudo quanto é mau, não nos faltam nem mesmo os "compra-chicos".

Agarre a polícia aquela criança e diga-lhe que vá fazer seus exercícios ginásticos na Escola Quinze de Novembro, ou onde for mais acertado, e quanto ao monstro que a explora, provavelmente estrangeiro, porque os naturais do país não dão conta para isso, que verifique pessoalmente se a lei de expulsão é ou não é constitucional.

Poupemos à nossa avenida tudo [...] são toleradas nas grandes capitais, mas não é isso razão para que as toleremos nós, pois que nenhuma consideração ponderável nos obriga. Como o Rio de Janeiro está num período de grande renovação de costumes, estabeleçamos como princípio assimilar das grandes capitais apenas o que tiverem de bom. Os abusos cortados agora pela raiz nunca mais aparecerão: os que medrarem serão eternos.

Poupemos à nossa Avenida tudo quanto possa deslustrá-la, tudo quanto seja indigno dela. Uma vez que não podemos evitar que a frequentem maltrapilhos descalços e imundos, e também "mordedores" de casaca, livremo-la ao menos do doloroso espetáculo de exploração da infância.

Consintamos, quando muito, que um modesto astrônomo nos mostre a lua através do seu telescópio.

A. A.

16 de fevereiro de 1907

A aspiração mais legítima que pode ter um bom pai de família é a de possuir um teto sob o qual abrigue sua prole. A própria natureza nos ensina que deve ser esse o primeiro cuidado do homem. Os bichos constroem os seus ninhos, as suas tocas, os seus buracos, as suas casas; nenhum deles tem senhorio.

Todo homem que não teve a doce ventura de nascer proprietário, deve, em chegando à idade da razão, cuidar seriamente, por todos os meios lícitos, de se livrar desse pesadelo cruel que se chama o aluguel da casa, e desse herdeiro em vida que se chama o senhorio.

* * *

Bem sei que isso é difícil, tão difícil, que, apesar de escrever o que aí fica, ainda não tenho casa e assinei por um ano o *País*, na esperança de apanhar os vinte contos que ele oferece como prêmio aos seus assinantes, para a compra de um prédio.

Por sinal que fiquei um tanto contrariado quando o *País*, modificando a sua primeira ideia, resolveu substituir o prédio por dinheiro. As pelegas correm o risco de evaporar-se antes da escolha do prédio...

* * *

Mas não foi para fazer reclames ao *País*, coisa com que o Lage embirra solenemente, que me pus a escrever este ligeiro artigo.

Inspirou-o a notícia de haver a Associação dos Funcionários Públicos Civis resolvido construir ou adquirir prédios para serem vendidos, nas melhores condições, aos seus associados. O inquilino entrará de uma vez com certa quantia, e mensalmente com uma quantia certa. Nem aquela é de aleijar, nem esta mais dura de roer que o preço do aluguel, se o imóvel pertencesse a um particular. No fim de alguns anos, o inquilino se tornará o dono, e estará no que é seu, tendo resolvido facilmente este problema que tira o sono aos pobres: ter casa.

Não quero transcrever nesta seção um prospecto, cuja leitura achariam por demais árida os que vêm aqui buscar um pretexto para sorrir; procurem porém, os funcionários, na sede da própria associação, os esclarecimentos complementares desta notícia, e verão, ainda os mais pobres, que não lhes será difícil verem-se um dia livres do aluguel de casa, pedra de Sísifo, que todos os meses arrogam até o alto da montanha e todos os meses rola pela montanha abaixo, para que eles a carreguem de novo.

Procurem pelo beijinho dos propagandistas, o capitão Julio do Carmo, a alma, ou antes (sejamos justos), uma das almas da Associação dos Funcionários Públicos Civis. Ele dará, com o sorriso nos lábios, todas as informações desejáveis.

A. A.

14 de março de 1907

A festa de Botafogo esteve esplêndida, e, sem lisonja, merecem cumprimentos quantos a promoveram e organizaram. Aquela outra, do mesmo gênero, ali realizada quando foi do Congresso Pan-Americano, agradou muito, mas não teve a beleza desta. É verdade que devia ter sido um pouco mais barata...

Teve, entretanto um senão a festa de segunda-feira, e hão de tê-lo quantas atraiam grande massa de povo a um ponto afastado da cidade: A dificuldade de condução. Para quem não tem carro nem automóvel, e não pode, mesmo excepcionalmente, alugá-los, pois que não se fizeram eles para os pobres, e estou quase a dizer que nem para os remediados, essas festas constituem um verdadeiro suplício. Para a gente convencer-se disso, basta olhar para os bondes.

O número destes é insignificante para acudir as necessidades, e o resultado é ver-se o que anteontem se viu, e o que se verá todas as vezes que o povo se abalar de casa para ir à festa: senhoras de boa sociedade nas plataformas, ao lado dos motorneiros ou dos condutores, outras nos estribos, agarradas às colunas, outras de pé, entre dois bancos ocupados por marmanjos mais ágeis que cavalheirescos, e tudo isso numa confusão, numa promiscuidade indescritível, em que se cruzavam chalaças de um gosto duvidoso, e os mais finos e delicados perfumes do Bazin se casavam com os cheiros intoleráveis do sebo de Holanda e do ácido cáprico.

Se a viagem fosse rápida, rápido seria o suplício; mas não: nessas ocasiões anormais os bondes levam parados uma eternidade, porque o serviço das manobras não é um serviço ideal, e arrastam-se penosamente, porque conduzem o triplo da lotação. Pelo fato de não ter carros que cheguem, a companhia nada perde: o resultado pecuniário seria o mesmo quando ela os tivesse, visto que raro é o passageiro que não pague quatro passagens em vez de duas; quem perde é o povo, que paga bem e é malservido.

Ainda assim, muita gente volta das festas *pedes calcantes* por falta absoluta de condução. A minha cozinheira, coitada, que só sai à noite, havendo fogo de vistas, eram 2 horas da madrugada quando me bateu à porta. Sem ter boas pernas, foi obrigada a vir a pé de Botafogo à rua Fresca! Nem como pingente conseguiu arranjar-se, pois, por ser preta, foi brutalmente empurrada todas as vezes que tentou a conquista de dois palmos de estribo! Ontem o meu café matinal ressentia-se daquela caminhada...

O povo é malservido, escrevi eu, mas notem bem que só me refiro a essas ocasiões anormais, porque decididamente não tenho pelas nossas companhias de bondes a ojeriza dos meus concidadãos, e a má vontade dos meus colegas de imprensa. Confesso-me até reconhecido pelos bons serviços que todas elas me têm prestado a troco de magros níqueis. Esta confissão vai dar-me ares, talvez, de um fenômeno, ou de uma quintessência do Dr. Pangloss; creiam, porém, que é movida por um sentimento de justiça, e estou pronto a justificá-la com um palmo de prosa, se preciso for.

Quanto às festas de Botafogo, o inconveniente seria remediado se se lembrassem de estabelecer, nessas ocasiões, um serviço de barcas para S. Cristovão, com escala pelo Pharoux.

É mesmo para admirar que nessa cidade, onde há tanta gente à procura de meios de ganhar dinheiro, não haja todos os dias um vaivém de *bateaux-mouches* recebendo e despejando passageiros em todo o litoral.

A. A.

5 de abril de 1907

Um amável correspondente, J. Constante Júnior, pede a minha atenção para a propaganda que os padres andam a fazer, no interior do estado de S. Paulo, contra o casamento – propaganda de que já se ocupavam, há dias, o *País* e o *Correio da Manhã*.

A um padre chamado Miguel Martins ouviu ele, entre outras injúrias, a seguinte frase, expectorada no púlpito: "A mancebia, meus queridos irmãos, é muito mais bem-vista pelos olhos de Deus que o casamento civil"...

O que se passa no interior de São Paulo também se passa no interior de outros Estados da República, sem que as autoridades se importem com isso, e façam ver, ao menos, aos pataus, os graves e irremediáveis inconvenientes que podem resultar de um casamento feito sem as formalidades legais.

Não se trata aqui de comparar os dois casamentos, religioso e civil, que na minha opinião equivalem ambos à pior das mancebias quando os casados não se amem nem se respeitem mutuamente; trata-se apenas de evitar anomalias que perturbem a sociedade e a família. Um homem que, esquecido das palavras do Cristo – "Dai a Cesar o que é de Cesar", se casa sem passar pelo juiz, não reflete nos dissabores futuros a que expõe os seus descendentes e a sua própria esposa.

Fui, há tempos, testemunha de uma cena que deve ser narrada para exemplo dos que se deixam levar por pregadores:

Não no interior de nenhum Estado, mas nesta capital, havia um funcionário público bem remunerado, que tinha mulher e quatro filhos, e os tratava como bom chefe de família, que o era.

– Fulano é feliz, diziam os amigos; não lhe falta nada em casa, e quando morrer deixará aos seus um bom montepio. Ele morreu, efetivamente, e quando menos esperava.

Passados os primeiros dias, a viúva, coberta de luto da cabeça aos pés, foi à repartição competente a fim de habilitar-se para perceber a pensão de montepio. Um dos documentos que levava era a sua certidão de casamento.

– Esta não serve de nada, explicou-lhe um empregado – é a certidão eclesiástica; é preciso que a senhora exiba a outra.

– Que outra?

– A do casamento civil.

– Só nos casamos na igreja, respondeu a viúva; meu marido era muito católico, e só tomava a sério o casamento religioso.

– Seu marido, que a lei não considera seu marido, era muito católico, mas pouco previdente: fez com que a senhora e seus filhos perdessem o montepio!

Imaginem o efeito que estas palavras produziram na pobre senhora, que não contava absolutamente com outro recurso para viver que não fosse aquela pensão!

Depois de uma crise de lágrimas, ela perguntou:

– Perco então o montepio por não ser casada civilmente?

– Sim, minha senhora. A lei é implacável.

– Eu não sabia...

– Não admira; o que admira é que seu marido, um funcionário da República, o ignorasse também...

E aí tem o reverendo padre Miguel Martins uma infeliz senhora atirada à miséria, à prostituição, talvez, porque o marido, dando a Deus o que era de Deus, recusou a Cesar o que era de Cesar.

A. A.

11 de abril de 1907

O carioca ficou profundamente impressionado com a publicação da análise de diversas marcas de cerveja, feita no Laboratório Municipal – e não era o caso para menos, porque o extraordinário desenvolvimento que tem tido nesta cidade a fabricação dessa bebida e o seu enorme consumo demonstram claramente que ela é o nosso néctar favorito.

Quanto a mim, declaro que não me entristeceu aquela publicação. Desde que me convenci de que a cerveja engorda, nunca mais quis saber dela, mesmo porque sou dos que dizem que, se essa droga fosse vendida nas farmácias, ninguém a suportaria.

Não há dúvida que um copo de cerveja fresca sabe muito bem quando faz calor e se tem sede; mas nessas condições não há beberragem que não seja deliciosa, sendo que a todas elas é preferível a água do pote. E se o primeiro copo é saboroso, o segundo é detestável e o terceiro vai porque o homem, como já disse, o outro, é o único animal que bebe sem ter sede.

Não creio que o ácido sulfuroso anidro, em que se pese a ciência do Laboratório Municipal de Análises, faça recuar os bebedores de cerveja, em primeiro lugar porque estes não sabem ao certo o que aquilo é, e em segundo lugar, porque estão ou fingem estar convencidos de que a cerveja nunca lhes fez mal. Não há pior veneno que o álcool; não há melhor negócio que o de bebidas alcoólicas. Os bebedores, como os fumantes, iludem-se a si mesmos. Se assim não fosse, não fumariam nem beberiam.

E o que se dá com a bebida e o tabaco também se dá com o jogo, as mulheres e todos os demais agentes de depressão física. Um sábio afirmou que o homem não morre: mata-se. Afirmou uma grande verdade.

O laudo implacável do Laboratório Municipal de Análises só me desgosta por ser a condenação de uma grande indústria, que faz viver muita gente. Há inúmeras famílias a quem a cerveja proporciona o pão quotidiano; receio que sejam elas as primeiras vítimas do tal ácido sulfuroso de anidro.

A. A.

16 de abril de 1907

Os leitores estarão talvez lembrados de que, nas vésperas das últimas eleições municipais, escrevi um artigo recomendando-lhes a candidatura de Julio do Carmo, não por amizade, não por política, mas simplesmente por ter sido aquele cidadão, quando intendente, o autor da lei que criou o teatro municipal.

Está visto que esse motivo não bastaria, se Julio do Carmo não fosse um homem inteligente, honesto e bem-intencionado.

No dia da eleição tive a satisfação de saber que ele fora eleito, ficando em quinto lugar na lista dos oito conselheiros municipais mais votados no 1º distrito.

Ele próprio me confirmou a notícia da sua eleição, tendo, entretanto, a cautela de acrescentar que receava alguma patifaria, por não ser candidato de nenhum partido ou grupo, senão do povo.

Os receios de Julio do Carmo justificaram-se: a junta dos pretores encarregada da apuração passou-o do 5º para o nono lugar e degolou-o!

Entretanto, ainda há um recurso para salvar os créditos do Conselho: examinem as atas os conselheiros mais votados, aqueles sobre os quais não pode recair suspeição de fraude, e verão que as há falsas como Judas. Numa delas figura como tendo votado o Dr. Edmundo Moniz Barreto, que no dia da eleição estava em Caxambu!

Examinem as atas, comparem-nas com os boletins, e façam justiça, não a Julio do Carmo, que foi eleito, mas ao povo, que o elegeu.

Desta forma aqueles cavalheiros darão um bom exemplo, e se mostrarão respeitosos da soberania popular sem a qual a República não passará de uma republiqueta ridícula.

Nem esses cavalheiros, a quem estimo e tenho na melhor conta se mostrarão dignos de representar o povo, se deixarem que a sua vontade não seja feita. O povo quis que Julio do Carmo figurasse nos conselhos da municipalidade; é uma ordem que deve ser acatada pelos conselheiros honestos que ali não entraram em virtude de indecorosos manejos.

A apuração mente por quantas juntas... quero dizer: por uma junta só, a dos pretores.

A. A.

7 de maio de 1907

Maio, o belo mês de Maria e dos poetas, ficará este ano assinalado pelo triunfante volume que tenho diante dos olhos, intitulado *Poesias* e assinado Goulart de Andrade.
O poeta que hoje se estreia, no livro, já é vantajosamente conhecido por magníficos trabalhos publicados no *Correio da Manhã* e em algumas revistas literárias; o volume, portanto, a nenhum indivíduo surpreende de quantos se interessam pela fortuna das nossas letras; não foi uma revelação (a revelação estava feita): foi um triunfo.
Entretanto, não é um livro definitivo; o poeta, como um pássaro pairando na altura, procura ainda orientar o voo. Ensaia-se em vários gêneros de produção poética, experimenta todos os metros, submete à rima todos os caprichos da inspiração, e sente-se que ainda não adotou, de uma vez por todas, a expressão mais adequada ao seu ideal. Por enquanto o verso tem sido para ele uma espécie de "esporte" intelectual.
Mas nessa mesma diversidade de forma alguns leitores encontrarão, talvez, o maior encanto deste livro, que há de ficar como ficaram os *Primeiros cantos*, as *Primaveras* e a *Lira dos vinte anos*, para falar apenas dos poetas mortos.
É possível, é mesmo provável que Goulart de Andrade dentro de algum tempo se meça ombro a ombro com Alberto de Oliveira, a quem reconhece como seu mestre, ao invés da maioria dos moços de hoje, que não se consideram discípulos de ninguém senão de si mesmos.
Entretanto, não disfarçarei os meus receios de ver este poeta de vinte e quatro anos, que tão apercebido se mostra para a conquista de um nome glorioso, entrar na vida práti-

ca e desprezar as musas que o reclamam. A nossa época é material e utilitária, nem pode deixar de ser assim, porque o Brasil percebeu, afinal, que basta de sonhos e devaneios.

Antes desta febre de renovamento e progresso, não seria nunca um brasileiro de vinte e sete anos o autor do grandioso regulamento, ontem publicado, para o serviço de povoamento de solo nacional. Em 1880, Miguel Calmon, se tivesse a idade que tem hoje, estaria ainda metido numa nuvem.

Ora, eu receio, confesso, que Goulart de Andrade, sendo, como é, engenheiro civil, saia um dia também da sua nuvem, onde, na frase de Paul Albert, que ele escolheu para epígrafe do livro, os secretos laços das harmonias misteriosas o prendem aos inúmeros aspectos da vida exterior e do mundo invisível, e assim privem a Nação de um grande poeta.

Goulart de Andrade é irmão de Aristeu de Andrade, o doce poeta alagoano, morto no alvorecer da vida. É, pois, uma restituição que nos faz a natureza, e como esta é pródiga e liberal, a restituição é feita com juros acumulados.

Saudando esse moço, que se estreou no verso tão vitoriosamente como Euclides da Cunha se estreou na prosa, sinto que as contingências da vida de cronista me fizessem baratear muitas vezes meus louvores. Quisera encontrar adjetivos inéditos e arremessá-los aos seus pés como um punhado de flores.

A. A.

28 de maio de 1907

Nesta cidade indivíduos há bem trajados e de boa aparência, que não vivem de outra coisa senão pedir dinheiro na rua, não aos amigos e conhecidos, que já sabem quem eles são e não caem, mas a toda a gente que passa. Dantes, o numeroso pessoal dos "mordedores" era todo masculino, mas ultimamente apareceram na circulação algumas senhoras com magníficos dentes...

Há dias, na Rua Primeiro de Março, fui inopinadamente atacado por uma dessas damas:
– O senhor pode dar-me uma palavra em particular?
– Pois não, minha senhora!
– Estou numa situação embaraçosa: tenho que aviar uma receita para um filho doente, e esqueceu-me em casa a carteira! Se o senhor me emprestasse o dinheiro preciso, far-me-ia um grande obséquio...

A minha primeira ideia foi perguntar-lhe com que direito pedia dinheiro emprestado a um homem que não conhecia; e minha segunda ideia foi dizer-lhe que não tinha comigo nem uma de X; a minha terceira ideia foi a melhor. Voltei-me para a tal senhora e perguntei-lhe com toda a naturalidade:
– A senhora quer, então, aviar uma receita?
– Sim, senhor.
– E não tem dinheiro?
– Não, senhor.
– Então não poderia ter-se dirigido a uma pessoa que estivesse mais no caso de servi-la.
– O senhor dá-me o dinheiro?

– Não, senhora.
– Ah!
– Não lhe dou o dinheiro, mas avio-lhe a receita, o que vem a dar no mesmo: eu sou farmacêutico. Queira acompanhar-me.

Dizendo isto, dei-lhe as costas e segui o meu caminho. Ao passar em frente à farmácia Granado, entrei no estabelecimento, pensando comigo:

– Se ela me acompanhou, mando aviar a receita, e pago. Se não me acompanhou, foi porque mentia.

Pus-me à porta da farmácia e olhei para todos os lados: a tal senhora tinha-se eclipsado.

Meia hora depois, eu encontrei-a na rua do Carmo, agarrada a um cavalheiro complacente, que explorava a algibeira da calça, naturalmente, à procura dos cobres para aviar a receita.

Pobre cavalheiro! Se ele se lembrasse, como eu, de dizer que era farmacêutico, ter-se-ia livrado daquela receita... e daquela despesa!

Entretanto, aqui fica a minha receita para uso dos leitores, a quem estiverem reservados semelhantes encontros. É infalível.

A. A.

31 de maio de 1907

Um cavalheiro que se assina "Campello" escreve-me queixando-se de que, tendo lido o *País* durante uma viagem de bonde, chegou ao seu destino tão mascarrado que parecia um preto, porque a tinta do jornal lhe sujara as mãos e as mãos lhe sujaram o rosto.

Não sei por que o Sr. Campello se dirigiu a mim, que não sou encarregado da tinta com que se imprime o *País*; entretanto, como fui eu o escolhido por esse cavalheiro para intermediário da sua queixa, aqui ponho para conhecimento da administração da folha, que tomará na consideração que merecer.

Devo dizer que tenho por hábito ler todos os dias de manhã cedo o *País* ainda fresco do prelo, e nunca me aconteceu sujar as mãos. Para não se pensar que estou fazendo "reclame", devo acrescentar – e o faço com toda a lealdade – que também nenhuma das outras folhas me tisnou as mãos; estou convencido até de que todos os nossos jornais consomem tinta da mesma qualidade, senão do mesmo fabricante.

Poder-se-ia supor que algum farsola de mau gosto, a quem se aplicaria com toda a justiça o desastroso epíteto de "troca-tintas", fizesse imprimir um exemplar do *País*, um apenas, para pregar uma peça ao Sr. Campello; mas o sistema das máquinas rotativas em que o jornal se imprime destrói essa hipótese.

Refletindo maduramente sobre caso de tanta ponderação, chego ao seguinte resultado: o Sr. Campello não tem que se queixar senão de si mesmo. Se o *País* lhe largou tinta nas mãos, foi naturalmente porque as tem úmidas e pegajosas, e nesse caso, não se pode dizer que o *País* fosse o culpado. Sendo recente a impressão, era impossível não largar tinta.

O Sr. Campello provavelmente sofre do fígado, se é certo que a transpiração constante das mãos seja, como tenho ouvido dizer, uma secreção devida a perturbações hepáticas.

O Sr. Campello deve tratar-se; numa terra, como a nossa, em que o aperto de mão chega a ser mania, não há coisa mais desagradável que apertar uma dessas mãos frias, moles, escorregadias e glutinosas, que deixam as nossas úmidas e ansiosas por um lavatório com muita água e um sabonete com muita espuma.

No seu *David Copperfield*, Charles Dickens comparou a uma enguia a destra de um desses enfermos, e a comparação é tópica. É muito desagradável pegar numa enguia.

Enquanto o Sr. Campello tiver as mãos suadas, não poderá, sem as enfarruscar, pegar em jornais que não sejam os dos cegos, porque esses não são impressos.

O seu incômodo é fácil de curar, felizmente; um bom médico num instante o fará desaparecer; mas até lá bom seria que o Sr. Campello calçasse luvas... impermeáveis.

A. A.

2 de junho de 1907

Adoro o mar – visto de longe é verdade, porque enjoo que nem um maricas –, mas adoro-o.

Ainda há bem pouco tempo, todas as manhãs, ao romper d'alva, eu abria a janela do meu gabinete de trabalho e mandava-lhe o meu bom dia.

Esse prazer me foi aos poucos subtraído pela construção do novo mercado. À proporção que se erguia aquele imenso arcabouço de ferro, ia eu perdendo um pedaço do gigante. Hoje não tenho diante dos olhos nem uma nesgazinha de oceano, e, o que é duro, o senhorio continua a cobrar o mesmo preço pelo aluguel da casa, e é até possível que pretenda aumentá-lo (a minha filosofia conta com tudo pelo pior), sob pretexto de que vou ter as hortaliças à mão.

Quando hoje abro minha janela, debalde procuro com os olhos a incomparável marinha, que era o quadro mais belo da minha galeria: só vejo telas, cúpulas, colunas de ferro, chapas de zinco e um relógio!

Um relógio! Eis aí tudo quanto me deram em troca do mar, que me roubaram! Vejo a hora, mas não vejo a minha formosa Guanabara! Maldito mercado! ...

* * *

Sim, adoro o mar, a sua beleza, a sua imensidade, o seu azul cambiante, e simpatizo com toda a gente que vive no mar, do mar, ou para o mar, desde o navegante ousado, que vai mundo fora descobrir mundos, até o modesto pescador das praias.

Por isso, também eu venho aplaudir a ideia da criação da Liga Marítima Brasileira – ideia que felizmente não morreu com o desventurado Santos Porto na tragédia do *Aquidabã*.

Tive imenso prazer quando dois oficiais da nossa armada, o Sr. Frederico Villar e o meu amigo de infância José Augusto Vinhaes, me participaram a criação dessa liga, e o fizeram com um entusiasmo e uma convicção que logo me encheram de confiança.

Realmente, era para estranhar que não se fundasse no Brasil uma associação nos moldes de tantas, que prosperam e prestam os mais patrióticos serviços em muitos países menos marítimos que o nosso – sem essa imensa costa, que é o nosso orgulho e a nossa inquietação, que nos traz desvanecidos e, ao mesmo tempo, sobressaltados.

Os fins a que se propõe a Liga Marítima já foram largamente divulgados pela imprensa, e está na consciência nacional que eles se impõem à atenção e à simpatia de todos os brasileiros e de todos os estrangeiros que residem neste país, ou que o amam.

Uma das ideias mais simpáticas da associação é "criar assistências de toda espécie aos homens do mar, com o estabelecimento de 'casas de marujos' (*sailor's home*); onde possam encontrar conforto, diversões ou abrigo, nas horas de descanso".

Fico ansioso pelo primeiro número da revista mensal ilustrada, que vai ser a pedra angular da Liga Marítima Brasileira, e empenho a minha obscura pena ao serviço de tudo quanto possa concorrer para que tão bela ideia seja brevemente uma realidade.

A. A.

13 de junho de 1907

*E*screvi estas linhas na bela Pauliceia, num quarto de hotel, depois de uma viagem alegre, mas fatigante.
Eu não via S. Paulo desde 1898, e não posso dizer que o tenha visto agora, porque o meu passeio por enquanto se limitou ao percurso, em carro, da estação do Brás até aqui.
Bastou isso, entretanto, para que eu apreciasse o irrepreensível asseio das ruas por onde passei e o grande movimento da população, principalmente na rua Quinze de Novembro, que vim achar alargada, asfaltada e deslumbrante de luz.
Mas tudo passou como se fosse uma vista de caleidoscópio, ao rodar do carro; não posso dar ainda senão estas impressões fugitivas e malseguras.
Amanhã estarei mais habilitado para dizer alguma coisa dos progressos que esta admirável cidade tem realizado nestes nove anos. A maior preocupação da minha vida, depois de dar de comer aos meus filhos, é não faltar com a "Palestra" aos leitores do *País*. Assim se explica este artiguete escrito sabe Deus como.
Além de tudo, tenho fome. Almocei muito cedo na Barra do Piraí, e o trem chegou a S. Paulo um pouco atrasado. Vou jantar, e depois de jantar é provável que dê uma chegada ao Politeama, para matar saudades da companhia Vitale, com especialidade do Gravina, que tanto me fez rir no Palace Theatre.
Está frio, um frio seco, agradável; sinto-me bem e estou ansioso por pisar o asfalto da Pauliceia.
E desculpem os leitores a exiguidade da minha prosa: a fome é tamanha!...

A. A.

19 de junho de 1907

*S*antos, 16.
Só agora tenho um momento de meu para escrever algumas linhas: estou submetido a um verdadeiro despotismo... da obsequiosidade.

As impressões que vou recebendo são tantas e tão simultâneas, que me reservo para traduzi-las, mais tarde, em letra redonda, depois de convenientemente coordenadas. Os homens e as coisas deslizam diante dos meus olhos que nem uma fita de cinematógrafo.

Considero-me um personagem de magia, ou, pelo menos, de peça de grande espetáculo, desde que entrei na estação da Luz, que é um deslumbramento, e desci uma larga escada de pedra, para tomar, lá em baixo, o trem que me trouxe a esta cidade.

A subida e a descida da serra do Cubatão, que me lembra um pouco (um pouco apenas) a Mantiqueira, são duas séries de maravilhas; durante duas horas e meia o viajante é levado de surpresa em surpresa, de pasmo em pasmo.

O que ali se admira não é somente o trabalho de engenharia, mas o asseio, o bom gosto, o carinho com que a linha é conservada.

O que estou escrevendo não é, provavelmente, uma novidade para o leitor: não há quem não conheça este belo trecho da S. Paulo Railway. Eu é a primeira vez que aqui venho.

Chegado a Santos, fui conduzido ao hotel do Parque Balneário, no fim de uma longa avenida, que vai dar à praia José Menino. O estabelecimento é de primeira ordem e o sítio delicioso. Lembra a Copacabana, mas o espetáculo do oceano é aqui mais grandioso. À noite, a iluminação elétrica do Parque dá ao lugar um aspecto de cenário fantástico. É belo!

Ontem, visitei a Santa Casa de Misericórdia, fundada no século XVI, o elegante edifício manoelino do Real Centro Português, e os clubes Quinze e Éden, onde se reúne a fina flor da sociedade santista.

Hoje, pela manhã, devia visitar a *garage* do Clube Internacional de Regatas, do outro lado da baía; mas amanheceu chovendo, foi transferido o passeio e eu aproveitei a situação para escrever este artiguete.

Não sei como agradeça os obséquios e favores que me têm sido dispensados na hospitaleira cidade de Brás Cubas.

A. A.

28 de junho de 1907

O homem de bem não duvida da honradez do próximo, sem que para isso esteja autorizado por fatos positivos e incontestáveis; hão de convir, porém, que nesta cidade os incêndios das casas comerciais se sucedem com tanta frequência, que nenhuma boa-fé resiste à suspeita de que tais incêndios sejam propositais.

É raro, muito raro, incendiarem-se as casas de família, onde, aliás, se lida com o fogo desde pela manhã até à noite, e dou um doce a quem me provar que tenha havido incêndio em algum prédio onde estivesse estabelecida uma companhia de seguros, ou em alguma loja de marmorista. Só ardem as casas de comércio, e começam invariavelmente a arder à noite, quando vazias e de portas fechadas, sem ninguém lá dentro que as acuda...

Parece que um incêndio devia ser um aviso para que cada qual guardasse com mais vigilância e cuidado a sua fazenda: se quem vê a barba do vizinho a arder, põe a sua de molho, que fará quem vê pegar fogo não a barba, mas a casa do vizinho? Entretanto, no Rio de Janeiro, os incêndios são contagiosos, como os suicídios, e quando a firma Fulano & C. oferece à população o espetáculo horrivelmente belo de um incêndio mais ou menos pavoroso, é contar pela certa que dali a dias a firma Beltrano & C. se dá ao luxo de oferecimento igual.

Esta folha noticiou ontem que o Sr. chefe de polícia ordenou todo o cuidado nos indefectíveis inquéritos e vistorias que são inúteis cataplasmas policiais. Inúteis, sim, porque o incendiário, sendo o mais feroz dos assassinos, porque não sabe a quem nem a quantos vai assassinar, é também o mais feliz, porque é o único protegido pela própria arma de que se serve; o fogo destrói todas as provas do crime, e põe a justiça dos homens diante de um montão de cinzas e de destroços que nada lhe dizem.

Se fosse possível suspender, por dois ou três meses, as operações de todas as companhias de seguro, veríamos que durante esse período não ocorreria um único incêndio. Em S. João Del Rei, quando lá estive, disseram-me os mais velhos moradores da cidade não se lembravam de que ali tivesse havido algum incêndio.

E em S. João Del Rei não havia casa nenhuma no seguro...

Resta saber se não havia seguros por não haver incêndios, ou se não havia incêndios por não haver seguros...

A. A.

29 de junho de 1907

A filha de Martins Pena pediu no ano passado, ao Congresso Nacional, uma pequena pensão para não viver às sopas alheias ou não morrer de fome. Não houve tempo de examinar e discutir esse pedido. O requerimento foi arquivado. Há dias, a pobre senhora se dirigiu pessoalmente à Câmara, onde a receberam com muita simpatia, e conseguiu exumar a petição e pô-la nas mãos do ilustre deputado Sr. Tosta, para este dar parecer.

Sou, talvez, um pouco suspeito para dizer que esta pensão é justa, é muito justa, em comparação com outras que se têm dado sem grande esforço: admiro tanto Martins Pena, que o escolhi para meu patrono literário na Academia Brasileira.

É bom lembrar (muita gente não o sabe) que ele foi criador da comédia nacional. Quando morreu, estava adido à legação brasileira em Londres. Como funcionário, nenhum serviço prestou ao país, pois que a tuberculose o levou aos 33 anos de idade, quando ele apenas encetara a carreira diplomática, mas, como escritor, é uma glória nacional.

O seu teatro é primoroso como observação dos costumes: é a sociedade carioca dos começos do segundo império apanhada em flagrante e fotografada ao vivo.

Nas suas comédias não se encontram louçanias de estilo, nem profundas análises de caracteres e paixões; ele não teve outro ideal literário que não fosse a descrição exata da vida fluminense, mas não imitou ninguém, nem mesmo Molière: aquele teatro é de uma espontaneidade, de uma originalidade absoluta, criação dele, exclusivamente dele, que não se submeteu a nenhuma influência estranha. Martins Pena é o mais nacional dos nossos escritores.

Sua filha, D. Julieta Pena, é viúva de um bom homem, que a deixou na miséria. Tem vivido apenas da generosidade dos amigos. Ultimamente o benemérito comendador Bethencourt da Silva, que tem um bom coração, lhe proporcionou um empreguinho no Liceu de Artes e Ofícios, mas esse empreguinho não dá para viver, nem mesmo a uma velha que se contenta com uma única refeição por dia.

Não será um grande sacrifício para os cofres públicos a modesta pensão que solicita a pobre senhora. Seu pai faleceu em 1848: a sua certidão de idade aí está; aquele resto de vida não pesará por muitos anos sobre o Tesouro.

Deve o Brasil deixar na miséria a filha de um brasileiro ilustre? Não, mil vezes não, e assim pensa, posso dizê-lo, o Sr. Presidente da República, que o ano passado acolheu carinhosamente a pobre velha, e prometeu sancionar a lei que lhe concedesse alguns vinténs para esperar tranquilamente a morte.

A. A.

2 de julho de 1907

Encetou a sua publicação em Sete Lagoas (Minas) um jornalete *pas plus haut qu'ça*, intitulado o *Fuzil*, do qual recebi o primeiro número; que agradeço.

O novo colega, que se diz humorístico e noticioso, e é, benza-o Deus, mais noticioso que humorístico, traz entre outras notícias locais, a seguinte, que deve ser muito agradável a Júlia Lopes de Almeida, meiga madrinha das flores: "Está sendo processado um filho do Sr. Antonio Serrano, por ter quebrado uma magnólia da arborização pública" Veja o leitor que em Sete Lagoas, a cidade longínqua daquela Minas pachorrenta e bela, os indivíduos que maltratam as flores são processados e punidos. Ali a justiça dos homens entende, e com toda a razão, que quebrar uma inofensiva magnólia, sem outro crime a não ser o de ser bela e cheirosa, é uma covardia passível de processo, multa, e – quem sabe? – cadeia. Envio sinceros parabéns à Justiça de Sete Lagoas.

Não conheço o delinquente, mas pelo tom em que está escrita a notícia, parece que o Sr. Serrano, pai dele, é uma personalidade, ou, pelo menos, pessoa conhecida. Se o não fosse, não seria simplesmente o "Sr. Serrano".

Isto faz crer que a justiça de Sete Lagoas não distingue, quando se trata de vingar as flores, entre os cidadãos que tenham pai alcaide e os que o não tenham alcaide, nem mesmo alguazil, ou que o não tenham absolutamente – sim, porque há por aí muito filho sem pai, embora ninguém haja que não seja filho de alguém.

Todas ou quase todas as ruas de Bruxelas, uma das cidades mais encantadoras da Europa, são plantadas de árvores frutíferas, e esse vasto pomar constitui uma verba importante no orçamento da receita municipal. Todos os anos, em certa época, a Municipalidade vende todos os frutos em hasta pública, e, chegado o tempo da colheita, o adjudicatário toma posse deles.

Ora, em Bruxelas há garotos, como em toda a parte, e no entanto nenhum fruto desaparece do galho de onde pende maduro e tentador. Não há menino de escola nem vendedor de jornais que não respeite aquela propriedade sem vigia. E se isso acontece aos frutos, que provocam o apetite e matam a fome, que se dirá das flores, que brotam unicamente para a delícia dos olhos e do olfato?

Bem fizeram, pois, as autoridades policiais de Sete Lagoas corrigindo a estúpida maldade do filho do Sr. Serrano; é com exemplos tais que se pulem os costumes e se civiliza a sociedade mais refratária ao progresso.

Felizmente, os garotos do Rio de Janeiro, que d'antes destruíam até mesmo as grades de ferro dos jardins, hoje respeitam as flores, que nascem e morrem tranquilamente nos canteiros sem guarda nem defesa. Convenceram-se, e ainda bem, que se as destruíssem, destruiriam a sua própria fazenda e praticariam uma vergonhosa ação.

Entretanto, quando algum desalmado, seja ou não filho do Sr. Serrano, atentar contra a existência efêmera e benemérita da flor mais insignificante dos jardins públicos, façam as nossas autoridades o mesmo que fizeram as de Sete Lagoas, e não lhes doam as mãos.

A. A.

6 de julho de 1907

Dirigi-me anteontem ao Café Frontin, na Avenida Central, para tomar café, e achei-o de portas fechadas. Na vizinhança disseram-me que estava falido. Falido!... Quem diria que tão adverso lhe fosse o destino, quando ele começou tão chique, tão garboso, com a sua decoração *art nouveau* e as suas paredes enfeitadas com magníficas águas-fortes coloridas? Lembram-se do piano mecânico, na sala dos sorvetes? Esse engenhoso aparelho musical atraiu ao Café Frontin toda a população carioca! O piano tinha os seus *habitués* infalíveis, e entre estes alguns artistas. O Henrique Braga dizia que ali dentro havia uma alma! Durante meses um homem ruivo, de óculos, entrou ali todos os dias; sentava-se, tirava da algibeira um níquel de duzentos réis (o níquel que fazia falar o instrumento), e entregava-o ao garçom, dizendo solenemente: – As *Danças húngaras*, de Brahms. Terminada a peça, o homem ruivo murmurava: – Obrigado, e saía, para voltar no dia seguinte.

A falência do Café Frontin naturalmente vai dar ensejo a que se diga mal da Avenida. Esta já ouviu toda espécie de impropérios, como se não houvesse ali outros cafés que subsistem, como o Jeremias e o Café Chic.

A verdade é que o Frontin, a princípio, servia muito bem aos fregueses e depois foi se relaxando... Há dias serviram-me ali um copo d'água, tendo eu pedido um copo de leite. Digo um copo d'água – porque havia nele mais água que outra coisa.

Demais, o Frontin foi condenado desde o momento em que os automóveis começaram a estacionar diante dele.

A fedentina das máquinas e a vozeria dos *chauffeurs* eram insuportáveis. Escabrearam a freguesia.

Se reabrirem o café, ou se puserem ali outro estabelecimento do mesmo gênero, façam o possível para evitar que o fétido da gasolina se misture com o aroma da nossa rubiácea; do contrário será deitar dinheiro fora.

O Frontin foi o primeiro café que no Rio de Janeiro colocou mesas no passeio, ao ar livre, para uso dos fregueses; esse fato é bastante para lhe dar direito à crônica.

Foi depois dele que o Café Jeremias, a confeitaria Castelões, e outros estabelecimentos usaram da mesma regalia.

Do Jeremias faziam troça a princípio, porque ele não tinha a elegância do Frontin; mas o dono da casa, que era filósofo, não se lamentava como o seu homônimo da escritura, e dizia aos seus botões: – Demos tempo ao tempo e veremos que vence...

Venceu ele. O Frontin, que esteve na moda, fechou as portas, e o Jeremias, que foi sempre modesto, lá continua. Há muita gente parecida com esses dois cafés.

A. A.

10 de julho de 1907

A propósito do meu artiguete sobre os subúrbios, escrevem-me dizendo que, atualmente, há no Rio de Janeiro uma rua abandonada, onde não passa mais ninguém, a não ser as pessoas que nela residem ou trabalham. Entretanto, essa rua, que atravessa a Avenida Central, era, há dois anos, uma das mais concorridas da cidade. Dentro em pouco tempo, se lhe não acudirem, será uma rua morta.

Adivinharam já, naturalmente, que se trata da rua S. José, a única da cidade que não ganhou nada, absolutamente nada, com os grandes melhoramentos, quer federais, quer municipais.

Depois que as ruas da Assembleia e Sete de Setembro foram alargadas e asfaltadas, a população esqueceu-se completamente da de S. José, hoje transitada, apenas, de vez em quando, por um ou outro pai de família, que vai ao Quaresma comprar as *Histórias da avozinha* para os pequenos, ou algum vago amador teatral, que se dirige à legendária livraria Cruz Coutinho, à procura de uma peça com poucas damas, ou, talvez, um colecionador de antigualhas, que vai ver se o Lyon, do *Bric-à-brac*, tem na loja algum móvel antediluviano.

Mesmo os elegantes da Cidade Nova, que só compravam os seus inefáveis chapéus naquela rua, já lá não aparecem: vão agora à Avenida Passos, e os ferventes da homeopatia desprezaram a antiga botica da João Vicente.

O velho Bernardino, que há cinquenta anos ali mora e tem loja de vidraceiro, exclama todos os dias que durante esse longo tempo nunca lhe passou pela cabeça que a rua São José chegasse ao estado a que chegou.

– Pondo de lado a rua do Ouvidor, diz ele, esta foi sempre a rua em que passava mais gente. Hoje nem um deputado para remédio! Tomam todos a rua da Assembleia!... Os negociantes queixam-se de que não se faz negócio, e as senhoritas levam horas e horas à janela sem ver um rapaz! Os leitores hão de convir que houve grande injustiça para com essa rua, que aliás, figura em mais de uma página interessante da história da cidade. Ela está, coitadinha, esburacada, suja, com as lajes dos passeios afundadas umas e outras saídas, de modo que ninguém se aventura por ali sem se expor a dar topadas.

Seria de toda justiça que a Municipalidade mandasse, pelo menos, calçar a pobre rua S. José, tão digna de melhor sorte – ou então faça-se uma lei isentando os respectivos proprietários e moradores do pagamento de todos os impostos.

A. A.

3 de agosto de 1907

Tenho diante dos olhos uma carta em que me perguntam o que penso da questão ortográfica. Não sei por que não me perguntam o que penso também do último eclipse do sol ou da candidatura do general Taft à presidência dos Estados Unidos!
Tenho medo que me pelo das questões gramaticais, e é por isso que passo de largo quando brigam dois gramáticos. Se brigam três, não saio de casa.
Aqui há tempos, o Dr. Fausto Maldonado publicou em Carangola uma interessante brochura intitulada "Ortografia Portuguesa", e mandou-me um exemplar, acompanhado de uma carta, dizendo-me que no prefácio da 2ª edição responderia à minha crítica. Tanto bastou para que eu não escrevesse nada sobre o livrinho, que, aliás, me proporcionou algumas horas de prazer intelectual.
Nada! Com gramáticos não quero eu brigas!
Nunca me hei de esquecer da célebre questão "faz – fazem", que, há uns trinta anos, ou mais, se agitou no Maranhão, a terra em que os gramáticos mais proliferam.
Lembrou-se alguém de perguntar: Como se deve dizer: "fazem hoje dois anos" ou "faz hoje dois anos"?
Apareceram vinte respostas contraditórias: uns opinavam por "fazem", outros por "faz"; estes afirmavam que se podiam empregar ambas as formas; aqueles opinavam que nenhuma delas era correta.
Essa diversidade de opiniões deu lugar a uma discussão que durou longos meses. A princípio, nenhum dos contendores saiu do terreno da urbanidade e da boa educação, mas não tardaram as invectivas, os doestos e, finalmente, as injúrias.

Por causa da questão "faz – fazem" cortaram-se velhas relações, desavieram-se famílias umas com outras, desfizeram-se amizades, desmancharam-se casamentos!

Imaginem o que seria se se tratasse de uma questão de tanta magnitude como a da reforma ortográfica! Haveria, talvez, uma guerra civil!...

A minha opinião lá está na academia, manifestada nos meus votos.

Entretanto, reconhecendo embora a conveniência de simplificar e uniformizar a ortografia portuguesa, não faço, pessoalmente, questão de sistema. Desde que eu entenda o que está grafado, e haja boa sintaxe, o resto pouco me importa – tanto me faz o "f" como o "ph".

A simplificação ortográfica obedece a uma lei fatal da natureza, a lei do menor esforço, que tende a simplificar todas as coisas; tempo virá em que, quer queiram, quer não queiram, todas as palavras serão representadas pelo menor número possível de letras e sinais.

A. A.

23 de agosto de 1907

Só no último domingo – vejam como estou atrasado! – travei relações com o *foot-ball*, e fiquei sabendo o que isso é. Não vão agora pensar que figurei em algum *team*; com a minha idade, e este corpazil, seria absurdo e ridículo. Quero dizer que fiz a minha estreia de espectador de um *match* de *foot-ball*.

Conquanto eu não entendesse nada daquilo, passei uma hora divertidíssima. O local do clube, na rua Guanabara, foi bem escolhido. O prado é extenso e largo, arquibancada elegante e a paisagem deliciosa. Demais, estava uma dessas belas tardes cariocas, nem quentes, nem frias, uma tarde amena, que parecia, efetivamente, de agosto, mas não do agosto anacrônico e extravagante que vamos tendo este ano. Acresce ainda que a melhor porção da humanidade estava dignamente representada na festa, e havia na arquibancada outro *match*, mas esse de *toilettes* e chapéus.

Muita gente, muita, e da melhor. Decididamente a Liga Marítima Brasileira, ao nascer, foi protegida por uma boa fada. A festa era em seu benefício.

Confesso aqui, muito à puridade, que não fiquei conhecendo todas as regras e peripécias do *foot-ball*; ouvi falar em *goal*, em *kikiff*, em *center-forward* etc., mas a minha iniciação não foi completa, e preciso lá voltar para conhecer o *sport* e interessar-me por ele.

Entretanto, o que desde já posso fazer, é recomendar o *foot-ball* a todos os pais que desejem ter filhos vigorosos e sadios, embora estes se arrisquem a levar, de vez em quando, uma pancada ou a dar um trambolhão, que não podem, aliás, ter sérias consequências.

Eu, na minha ignorância esportiva, tinha tal ou qual prevenção com o *foot-ball*, porque, iludido pela própria denominação do jogo, supunha que os jogadores só pudessem fazer uso dos pés: não há tal: apenas as mãos são interditas, eles utilizam os ombros, a cabeça, as costas, o ventre, se for preciso, e com isso constitui um exercício físico de primeira ordem. Todos os rapazes que jogavam eram musculosos e ágeis! Uns rapagões!

O dizer que o exercício dos músculos concorre para a elevação moral do indivíduo é uma chapa que deve ser conservada para reproduções, e, por isso, a reproduzo aqui. Os homens fortes são os melhores; é entre os débeis que se encontra maior dose de misantropia, inveja e azedume.

Entretanto, os pais devem refletir que a educação intelectual deve acompanhar a do corpo; um homem fisicamente forte, sem cultura de espírito, não faz no mundo outra coisa se não abusar de sua força. O *sport* é uma bela coisa, contanto que não absorva completamente o indivíduo e não sacrifique o resto.

Dizem-me que o *foot-ball* foi introduzido no Rio de Janeiro por um grupo de moços ingleses. Beneméritos moços! Fosse eu governo, e dava-lhes um prêmio.

A. A.

CORREIO DA MANHÃ

VICTOR MEIRELLES

1 de março de 1903

Foram bem tristes meus dois últimos carnavais. No domingo gordo do ano passado morreu Urbano Duarte; no deste ano, Victor Meirelles.

Quando, na segunda-feira, levávamos o cadáver do artista a caminho do cemitério, de vez em quando encontrávamos um mascarado, que parava, como surpreendido de que se enterrasse alguém num dia tão alegre.

No cemitério, vi o caixão baixar à sepultura; a última pá de cal ia ser atirada sobre ele e não tardariam a cobri-lo de terra, sem que ninguém dissesse o adeus da Pátria ao despojo ilustre que ali estava.

Foi então que me animei a proferir esse adeus, declarando que o fazia por não se achar presente nenhum representante do governo da República nem da Escola de Belas-Artes. Com essa declaração busquei justificar o meu procedimento, e não censurar e muito menos verberar, como se disse, a ausência dos que lá deveriam estar.

Quer como homem, quer como artista, Rodolpho Bernardelli, o diretor da Escola, é uma das criaturas a quem mais amo nesse mundo. Estou convencido de que alguma coisa houve que o impediu de acompanhar o velho mestre à sepultura. Em casos análogos, Rodolpho tem sido sempre um modelo de solicitude, de correção e de trato!

Victor Meirelles merecia muito mais que a simples presença do elemento oficial em seu enterro: merecia pomposos funerais, feitos pelo Estado, isto é, pelo povo. O grande dignatário da Rosa perdera, com o advento da República, as honras a que tinha direito; mas o artista não desmerecera da consideração da Pátria. Durante um largo período, ele e Pedro Américo personificaram a arte brasileira, desbravando o caminho para os que vieram depois.

Victor Meirelles morreu, septuagerário, e nada mais fez, é verdade, que vibrasse tanto como a *Primeira missa*, obra imortal de sua mocidade; mas é preciso estudar sua vida artística, para absolvê-lo de toda e qualquer culpa.

Pensionista do Estado, ele partiu para a Europa, e, durante o tempo que lá se demorou, viveu incessantemente sob a inspeção dos atrasados mentores que só lhe aconselhavam pintura histórica e os pintores clássicos. Metiam-lhe à cara o Barão Gros e David, a ele, que tinha o temperamento e a alma de um paisagista; nunca lhe recomendaram os pintores da vitoriosa escola de Fontainebleau, porque naquele tempo ninguém acreditava em Corot, François, Daubigny, Rousseau etc. Basta dizer que Victor Meirelles, amigo íntimo e confidente da natureza, era discípulo de Leon Coignet!

Quando voltou, entenderam fazer do grande paisagista um pintor histórico, e encomendaram-lhe batalhas que ele pintou a custo, pela impossibilidade terrível com que lutam os nossos pintores para obter modelos. Os *Guararapes* ressentem-se disso; parece que o mesmo holandês posou para todos os holandeses do quadro, que é, reparem bem, uma esplêndida paisagem e nada mais.

Enquanto não lhe deram tais encomendas, e depois que estas foram aviadas, Victor Meirelles pintou retratos, muitos retratos, cuja exposição retrospectiva seria hoje de um grande interesse, e poderia fornecer – quem sabe? – os fundos necessários à criação de um monumento que perpetuasse a memória de tão notável brasileiro.

Entre os retratos notam-se muitos homens ilustres; soldados como Tibúrcio, marinheiros como Joaquim José Ignácio, médicos como Valadão, advogados como Busch Varela, engenheiros como Ewbank da Câmara, funcionários como José Vicente Jorge, religiosos como frei João de Santo Antônio, negociantes como Manuel Pinto da Fonseca, senhoras notáveis do D. Anna Nery, a patriota baiana, e artistas como o estatuário Chaves Pinheiro e o ator João Caetano. O retrato deste último foi adquirido por mim num leilão, e ofertado à Caixa Beneficiente Teatral, onde se conserva.

Pessoas de todas as classes, de todas as cores, de todas as condições passaram pelo pincel de Victor Meirelles, e toda essa iconologia constitui hoje a mais curiosa, a mais interessante galeria brasileira que é dado imaginar.

Quando se cansou de fazer retratos, única "pintura histórica" possível no Rio de Janeiro, porque o modelo é o primeiro a oferecer-se ao artista; Victor Meirelles, que tinha apreciado em 1883, em Paris, o famoso panorama da batalha de Campigny, lembrou-se de pintar também um panorama – o panorama do Rio de Janeiro.

Os nossos puritanos da arte torceram o nariz, coisa que não fizeram os de França, quando Détaille e Neuville pintaram o aludido panorama de Champigny.

Nem por isso Détaille deixou de ser considerado, até hoje, o primeiro pintor militar da França – nem por isso Neuville, depois de morto, deixou de ter, como tem, a sua estátua – e quando, há alguns anos, fragmentaram o panorama de Champigny para vendê-lo aos pedaços, o produto da venda excedeu a um milhão de francos – de onde se vê que há panorama e panorama.

O meu ilustrado confrade Virgílio Várzea, escrevendo ontem, nesta mesma folha, a respeito de Victor Meirelles, reproduziu a opinião de Gonzaga Duque sobre o grande artista: era um cenógrafo.

Um cenógrafo, sim, pois os seus panoramas eram, efetivamente, maravilhosas cenografias; mas a arte do cenógrafo não será porventura uma arte? – e, antes de se revelar o extraordinário cenógrafo que foi nos seus últimos anos, não era Victor Meirelles um excelente paisagista?... não era um colorista que lembrava, não David nem o Barão Gros, mas Eugenio Delacroix?... Não desenhava bem?... não ensinou pintura durante trinta anos?...
As cenografias do nosso artista desaparecerão; desapareceram já... Os seus quadros ficarão, e a posteridade lhes fará justiça, porque, como já observou alguém, estão na altura da civilização e do progresso que o Brasil tem manifestado em todos os outros ramos do saber humano.

Lastimo profundamente que Victor Meirelles se houvesse em pura perda sacrificado ao panorama – sim porque a cenografia, em vez de o enriquecer, em vez de lhe proporcionar a velhice tranquila com que ele sonhava, atirou-o na miséria, aniquilou-o, matou-o.

Já contei nestas mesmas colunas, e não quero repetir, a história do último panorama. Não creio que nenhum artista, em época alguma, sofresse os dissabores e amarguras que perseguiram Victor Meirelles no último quartel da vida.

A sua morte foi um descanso. Quando o vi estendido no caixão, inteiriçado, frio, esperando que o levassem para a cova, pela primeira vez ele me pareceu feliz.

Artur Azevedo

KOSMOS

UM ARTISTA MINEIRO

Fevereiro de 1904

Quem vai a Minas e visita as suas velhas igrejas e as suas casas velhas é continuamente surpreendido pelas manifestações da arte indígena, que não poderia, em que pesasse à estreiteza do meio, deixar de expandir-se naquela terra maravilhosa de cor e de luz.

Que de vocações perdidas, de talentos ignorados, de geniais anônimos na misteriosa plêiade que tem como o seu mais ilustre representante, iluminado pela crítica moderna, aquele inverossímil Antonio Francisco Lisboa, o Aleijadinho, artista sem dedos, poeta imortal da pedra-azul.

O obsequioso sacristão do Carmo, em São João Del Rey, não quis que eu deixasse de ver os ex-votos que em profusão se encontram pendurados numa dependência lateral daquela igreja.

Antigamente ninguém escapava de qualquer enfermidade ou perigo a não ser por obra e graça do santo ou santa de sua particular devoção, ao qual – ou à qual – fazia uma promessa – e o primeiro cuidado do devoto, passada a crise, era mandar pintar um pequeno quadro comemorativo, e colocá-lo na igreja onde se venerava o santo ou santa que o atendera.

Esse costume persiste ainda hoje, mas não tanto como no tempo em que havia, se não mais crença, ao menos mais credulidade.

A coleção dos ex-votos do Carmo é curiosíssima, e, entre todos, os do século XVIII me pareceram os mais interessantes. Um destes, por exemplo, representa um moleque agasalhado na cama, e Nossa Senhora aparecendo sobre uma nuvem. Esse ex-voto tem o seguinte letreiro, que copio sem lhe alterar a gramática:

Mce. q. Fez N. Sr^a. Do Carmo a Ilias crioulo escravo de Bartolomea de Souza Soares q. estando mto. mal já deixado de Serugioniz (*sic*) recorreu a May de D. logo se achou Milhor. 1763. an.

Fica a gente na dúvida se o que moveu Dona Bartolomea foi a piedade ou o interesse pecuniário: o moleque valia um bom par de cruzados.

Essas pinturas são todas de uma ingenuidade teratológica, – alguma coisa que lembra ao mesmo tempo as iluminuras dos manuscritos persas do século XVI e os calungas dos anúncios que a Municipalidade complacente deixa escandalisarem o bom gosto nas ruas desta capital.

Dir-se-ia que esses ex-votos, pintados em épocas diversas, com distância de muitos anos, e até de um século, uns dos outros, saíram todos do mesmo pincel: têm o mesmo desenho, o mesmo colorido, o mesmo estilo, a mesma intuição de arte. Raro é aquele que não faz sorrir, alguns são mais divertidos que a melhor caricatura de Léandre.

Saibam, porém, que, percorrendo atentamente, e com espírito sacrílego, os ex-votos do Carmo, caíram-me os olhos surpresos sobre um, que se distinguia singularmente de todos os outros pela incontestável habilidade do artista.

O quadro tinha a seguinte explicação que transcrevo *ipsis verbis*:

Merce, que fes a Virgem S.S. N. S^a. do Monte do Carmo, por sua infinita Misericórdia, e piedade, ao

Barão de Entre-Rios, que achando-se desenganado por quatro Médicos, que o assistiam, em hua grave enfermidade, e declarada hua gangrena, apegando-se com a mesma S.ª de Coração, imediatamente recobrou o uso de razão, e adquiriu melhoras, e depois a saúde acontecido em julho de 1885.

Representa o ex-voto um homem doente na cama, com um lenço amarrado na cabeça, os olhos cerrados, a fisionomia dolorida. Por trás do leito, uma senhora muito triste aponta para o enfermo, a cuja cabeceira outra senhora, sentada, tem cara de quem já não conta que ele se restabeleça. Do outro lado, quatro médicos discutem o caso, e um deles, mostrando um estojo aberto, parece propor aos colegas uma intervenção cirúrgica. A alguns dos leitores parecerá, talvez, que ele oferece charutos, o que seria o cúmulo da extravagância. Por cima desses médicos, numa auréola formada por nuvens aparece Nossa Senhora do Carmo com o Menino Jesus ao colo e dois escapulários na mão.

Pensei comigo que provavelmente esse ex-voto fora pintado por algum artista estrangeiro que os acasos da vida levassem a São João del Rey, artista irônico e *pince sans rire*, que pusera certa malícia em fazer aquele contra-anúncio a quatro doutores da terra; conversando, porém, com o Sr. Modesto Paiva, distinto sanjoanense, poeta e cavalheiro, de quem trouxe a mais agradável impressão, este disse-me que o ex-voto do barão de Entre-Rios era obra de um artista mineiro, falecido há muitos anos, o capitão Venâncio José do Espírito Santo. Capitão, entenda-se, porque, na província, nem mesmo os artistas escapam da guarda-nacional.

Esclarecido por essa informação, voltei a examinar a pintura com outros olhos, e me convenci então de que era sinceridade o que me parecera malícia. O ex-voto é ingênuo como todos os outros, com a diferença, porém, de ter sido pintado por um homem que nasceu artista, que não teve mestres, e que seria, quem sabe? uma notabilidade, se não tivesse nascido no interior do Brasil.

Obtida a necessária licença, mandei fotografar o quadro, que o *Kosmos* reproduz,[1] com muita pena de não poder reproduzir igualmente o colorido, que é, talvez, o que há nele de mais apreciável. O original, pintado à cola, apresenta, a alguma distância, o gracioso aspecto de uma agua-tinta de Debucourt ou Janinet.

Venâncio, que nasceu em 1783, era filho, não de São João del Rey, mas de uma localidade próxima. Foi para ali criança, ali cresceu, ali se fez homem e adquiriu grande fama, não como pintor de quadros, mas como encarnador de imagens, profissão em que se mostrou exímio, e que lhe dava fartamente para viver numa terra de tantos oratórios, e tão guarnecidos que, pode-se dizer, as casas particulares são ali outros tantos prolongamentos das igrejas.

Só pintava por desfastio e durante os lazeres que lhe deixavam as imagens. Foi assim que pintou, para o saguão da Santa Casa da Misericórdia, o retrato, idealizado com muita inteligência, de Francisco Moreira da Rocha, que durante cinquenta anos foi irmão pedinte daquele pio estabelecimento, e é um dos tipos mais populares na tradição da cidade. Não há em São João del Rey quem não conheça a história do "irmão Moreira", que reviveu na palheta do capitão Venâncio.

Tive ocasião de apreciar outros vários trabalhos do artista mineiro, principalmente em casa de seu filho, o Sr. Sebastião José do Espírito Santo, que me forneceu alguns apontamentos para esta ligeira notícia, e me emprestou o retrato acima reproduzido.

Oito filhos deixou Venâncio quando faleceu, aos 86 anos, em 1879. Só existem dois.

O Sr. Sebastião do Espírito Santo não abraçou a profissão paterna: é um modesto alfaiate, homem simples e virtuoso, chefe de numerosa família.

---

1 Na publicação original, a crônica era acompanhada de um retrato. (N.S.)

O velho Venâncio não trabalhou durante os últimos onze anos da sua longa existência por ter sido atacado de uma enfermidade que infelizmente lhe inutilisou o cérebro. O seu último trabalho e o mais importante é uma *Ceia de Cristo*, que pintou para a igreja matriz de São José do Rio Preto, onde ainda se acha e é muito gabada por todos; não a vi: nada posso dizer.

Sobre o ex-voto da igreja do Carmo acrescentarei as seguintes informações: a senhora que está sentada à cabeceira do barão de Entre-Rios é, naturalmente, a baronesa; os médicos são os Drs. Guilherme Lee, Cassiano Bernardo de Noronha Gonzaga, e os dois irmãos José Policarpo e Francisco de Oliveira, isto é, os facultativos mais acreditados que em 1855 havia em S. João del Rey.

É de crer que nenhum dos quatro, e com especialidade o Dr. Lee, que era inglês e protestante, gostasse que o barão atribuísse à Nossa Senhora do Carmo o ter ficado bom, e ainda por cima os mandasse retratar daquele modo...

Todos quantos figuram no quadro são falecidos, à excessão de Cristo que, como é sabido, ressuscitou.

Artur Azevedo
Da Academia Brasileira

O BUMBA MEU BOI

Janeiro de 1906

Seria muito difícil estabelecer definitivamente a verdadeira origem da festa popular conhecida pela denominação de *Bumba meu boi*. Pode ser que entrasse ali o elemento português, com uma ligeira reminiscência dos velhos autos e das velhas chácaras, em que a figura do vaqueiro foi muitas vezes explorada, e o elemento africano com os seus descantes bárbaros, a que não falta, entretanto, uma admirável intuição musical.

É mesmo provável que o *Bumba meu boi*, na forma primitiva, fosse um auto composto, com todas as regras do gênero, por algum poeta do povo, que hoje seria um fazedor de peças de teatro; talvez houvesse ali o propósito de satirizar um costume ou mesmo um fato que não sabemos, que não podemos saber qual seja. Hoje é um simples folguedo sem significação alguma, exibindo vários personagens cujas funções não estão logicamente determinadas.

Não sei, pois, ao certo, se se trata de uma composição que se alterou na longa viagem por ela feita através dos séculos e das gerações. Creio que assim foi, mesmo porque em cada província do Norte variam os personagens do *Bumba meu boi*.

No seu interessante livro *Festas e tradições populares do Brasil*, Mello Moraes Filho menciona as seguintes figuras da versão da Bahia: "O Boi, o Tio Mateus, a Tia Catarina, o Surjão, o Doutor, o Padre e o Vaqueiro".

No Maranhão o pessoal não é tão considerável, mas lá há um *alferes pai Francisco*, que julgo invenção da terra; entretanto, o *Bumba meu boi* maranhense tem algo do baiano, porque lá está a *mãe* (não *tia*) Catarina, a quem pergunta cantando, outra figura:

– Mãe Catarina, onde você vai?

E ela responde:

– Vai na Itaparica, na função das rapariga.

Note-se a intenção do metro e da rima: *Itaparica* pretende rimar com *rapariga*.

Ora, Itaparica é a pitoresca ilha baiana, celebrada, sob o nome de ilha da Maré, no poemeto de Manoel Botelho de Oliveira, velho e esquecido poeta brasileiro.

No curioso desenho de Rodolpho Amoedo que a *Kosmos* hoje publica,[2] as figuras mais em evidência são, além do Boi e do Vaqueiro, o Cavalo-Marinho e o Caboclo, personagens estes que não entram no *Bumba meu boi* maranhense nem no baiano, mas que naturalmente figuram nas versões de outras províncias do Norte. Examinando o desenho, alguém notará, talvez, que nessa festa plebeia em que todas as vestimentas e acessórios são ridículos, o artista, ao mesmo tempo que nos mostra um *Cavalo-Marinho*, que nada tem de marinho e muito menos de cavalo, nos apresenta um boi tão bem-feito, que, se não fossem as pernas, pareceria um boi de verdade.

Cumpre explicar que em alguns lugares há certa preocupação artística no arranjo do boi, que é o protagonista da festa. A carranca de papelão é ajustada sobre uma caveira de Boi, aproveitando-se os chifres do animal.

Mas, voltando às origens problemáticas do *Bumba meu boi*, pode também ser que esse folguedo tivesse a princípio

---

2 Na publicação original havia desenhos. (N.S.)

um caráter religioso. Sabe-se que até o catolicismo penetrar no ocidente o boi era aí sagrado. A mascarada do *Boef-gras*, restabelecida na França por Bonaparte, teve essa origem; até o século XVIII o boi dava o seu passeio anual pelas ruas de Paris coroado de violetas, e o cortejo ia cantar e dançar às portas dos cidadãos mais importantes, tal qual o rancho dos Reis. O *Bumba meu boi* e o *Boef-gras* não terão, pois, a mesma origem? Oh! o rancho de reis!... O que tem a festa de encantadora não é propriamente a representação do boi: são as cantigas do rancho, que o acompanham, cantando ao som de flautas, violões e pandeiros, como se vê no desenho.

Sim, que o *Bumba meu boi*, não sei por que, é um divertimento exclusivo da véspera de Reis. D'alguns lugares (não da Bahia, que é a porção do Brasil mais brasileira e mais fiel às suas tradições) ele desapareceu completamente: só ficou o rancho, que conserva até hoje a poesia de outrora.

Não há quem ignore esta quadrinha, que canta aos ouvidos de todo o Nortista como um hino da sua infância:

Ó de casa nobre gente,
Escutai, e ouvireis
Que das bandas do Oriente
São chegados os três reis

Há quem atribua esses versos a Gonçalves Dias, com os outros mais que se seguem, e andam por aí deturpados a ponto de não se lhes poder apanhar o sentido; por exemplo:

Ó senhor dono de casa,
Mande entrar, faça favor,
Que dos céus estão caindo
Pinguinhos de água de flor.

Mas, deturpados ou não, os versos do Reisado são ainda uma das mais delicadas manifestações da piedosa alegria dos nossos pais, e eu não posso ouvi-lo sem me sensibilizar.

Os moços cariocas, de hoje, não podem compreender que a gente se sensibilize por estas coisas. Cresceram sem esses folguedos ingênuos e patriarcais. O Rio de Janeiro, com a sua população heterogênea, formada com elementos importados de todos os pontos do globo, perdeu, como era natural, as suas tradições populares: não lhe resta nenhuma. O próprio Natal estrangeirou-se, adotando a árvore europeia contra a qual se revoltou ultimamente a alma profundamente brasileira do nosso Olavo Bilac.

Não sei se o Rio de Janeiro conheceu o *Bumba meu boi*; sei que alguns folguedos, como o do judas em sábado de aleluia, imortalizado na farsa de Martins Pena, foram proibidos, há muitos anos, por uma polícia inconsciente, que tinha uma ideia errônea da civilização. É provável que houvessem proibido também o *Bumba meu boi*.

Tem isto muita graça, numa terra onde se consente, pelo carnaval, a escandalosa exibição de prostitutas seminuas, carregadas em carros de triunfo.

A. A.

O SÉCULO
"TEATRO A VAPOR"

TEATRO A VAPOR

PAN-AMERICANO

(*Na venda, Manuel, o vendeiro, está ao balcão. O Chico Facada acaba de beber dois de parati.*)
Chico (*Limpando os beiços*): Ó seu Manuel?
Manuel: Diga!
Chico: Eu sou um cabra viajado: já fui até ao Acre, mas sou um ignorante. Você, que é todo metido a sebo, me explique o que vem a ser isso de pan-americano.
Manuel: Sei lá! Pois se a coisa é americano, como quer você que eu saiba? Tenho os meus estudos, isso tenho, mas só entendo do que é nosso. Lá o *americano* sei o que é; e *pan* é o que me dá volta ao miolo!
Chico: Você ainda tem aquele livro que ensina tudo, e que o copeiro do doutor Furtado lhe vendeu para papel de embrulho?
Manuel: Ah! tenho! Lembra você muito bem! E é justamente o volume em que tem a letra p. (*Vai buscar numa prateleira o segundo volume do dicionário de Eduardo de Faria*). Ora, vamos ver! Isto é um livro, seu Chico, comprado a peso, aqui no balcão, por uma bagatela, mas que não dou por dinheiro nenhum! É obra rara! (*Depois de folhear o dicionário.*) Cá está! (*Lendo.*) "Pan, deus grego..."
Chico (*Interrompendo.*): Grego ou americano?

Manuel: Aqui diz grego. Talvez seja erro de imprensa (*Continuando a leitura.*) "Filho de Júpiter e de Calisto"
Chico: Que diabo! então ele tem dois pais?
Manuel: Naturalmente Júpiter é a mãe. O nome é de mulher. (*Lendo.*) "Presidia ao rebanho e aos pastos, e passava pelo inventor da charamela."
Chico: Charamela? Que vem a ser isso?
Manuel: Lá na terra chamamos nós charamela a uma espécie de flauta.
Chico: De flauta? Então já sei! Isso de pan-americano é uma flauteação!
Manuel: (*Fechando o dicionário.*): Diz você muito bem, seu Chico: são uns flauteadores! Ora, que temos nós com os pastos e os rebanhos? (*Vai guardar o dicionário.*) Coisas que eles inventam para gastar dinheiro, como se o dinheiro andasse a rodo! (*Em tom confidencial.*) Olhe, aqui para nós, que ninguém nos ouve, o filho de Calisto deve ser o tal Rute, que andou por aí a fazer discursos e a encher o pandulho...
Chico: Por falar em Calisto: deite mais um de parati, seu Manuel!

A VERDADE

(*Gabinete de trabalho. O Juquinha chegou do colégio, entra para a bênção ao pai, o Doutor Furtado, que está sentado numa poltrona, a ler jornais*)
Juquinha: Bênção, papai?
Doutor Furtado: Ora viva! (*Depois de lhe dar a bênção.*) Venha cá, sente-se ao pé de mim. (*Juquinha senta-se.*) Saiba que estou muito zangado com o senhor.
Juquinha: Comigo?
Doutor Furtado: O diretor do colégio deu-me uma bonita informação a seu respeito!
Juquinha: Esta semana só tive notas boas.
Doutor Furtado: Não é dos seus estudos que se trata, mas do seu comportamento.

Juquinha: Eu não fiz nada.
Doutor Furtado: O diretor disse-me que o senhor não abre a boca que não pregue uma mentira! Isso é muito feio, senhor Juquinha!
Juquinha: Mas, papai, eu...
Doutor Furtado: O homem que mente é o animal mais desprezível da criação! Retire-se (*Juquinha vai saindo penalizado. O pai adoça a voz.*) Olha, vem cá. (*Juquinha volta.*) Tu sabes quem foi Epaminondas?
Juquinha: Lá no colégio tem um menino com esse nome.
Doutor Furtado: Não é esse. Ainda não sabes, mas hás de lá chegar, quando estudares a história da Grécia. O Epaminondas, de quem te falo, era um general tebano, vencedor dos lacedemônios, que ficou célebre não só pelos grandes feitos que cometeu, como também porque não mentia nem brincando.
Juquinha: Então nem brincando a gente deve mentir?
Doutor Furtado: Nem brincando! A mentira é degradante. Degradante e inútil: o mentiroso é sempre apanhado. A sabedoria das nações lá diz que mais depressa é pegado um mentiroso a correr que um coxo a andar. O homem honrado – presta-me toda a atenção! – o homem honrado não mente em nenhuma circunstância da vida, ainda a mais insignificante! (*Batem palmas no corredor.*) Quem será? Algum importuno!
Juquinha: Papai, quer que eu vá ver quem é?
Doutor Furtado: Vai, e se for alguém que me procure, dize-lhe que não estou em casa.

UM GREVISTA

(*A cena passa-se em Paris, durante uma greve de carroceiros, em casa de um grevista casado e pai de filhos.*)

O Grevista: Não te apresses, mulherzinha: podes dar-me hoje o café um pouco mais tarde. Não saio de casa!
A Mulher: Estás sonhando? Olha, que não é domingo!
O Grevista: Bem sei; mas estou em greve!
A Mulher: Estás em greve, *Manel*? Isso é o diabo!
O Grevista: É o diabo, é, mas que remédio?! Olha, que por meu gosto eu ia trabalhar, que é ali, nos queixos do burro, que ganho o necessário para te dar de comer e aos pequenos; mas, como os outros não trabalham, também eu não posso trabalhar... É o que lá os entendidos (*má* raios os partam!) chamam... espera... espera, que a coisa é arrevesada... Ah! Agora me lembra: solidariedade da classe.
A Mulher: Tudo isso é muito bom quando a gente aveza para os feijões.
O Grevista: Não julgues tu que me diverte estar sem fazer nada. Sou homem de trabalho. Um estupor me dê, se não prefiro trabalhar, mesmo de graça, a ficar em casa feito um estafermo!
A Mulher: Ainda se isso valesse alguma coisa! Nada ganhas, e daqui a dias voltas para o serviço ganhando o mesmo que ganhavas antes da greve!
O Grevista: Lá por isso não, mulher, que o patrão é boa pessoa, e como não é por meu gosto que estou em greve, hei de pedir-lhe que me pague os dias que deixei de trabalhar.
A Mulher: Duvido que ele te pague.
O Grevista: Se me não pagar, aí então é que me declaro em greve – a greve de um só. Ora, a minha vida! Queres saber quem lucra com isto? Os burros, que descansam, coitadinhos... *Má* raios os partam!

SENHORITA

(*Diálogo entre Dodoca e Joaninha.*)

Dodoca: Ó Joaninha! estava morta por encontrar você!...
Joaninha: Por quê, Dodoca?
Dodoca: Porque, como você é muito instruída, eu queria saber a sua opinião sobre o grande assunto que atualmente se debate na imprensa!
Joaninha: Qual?
Dodoca: O tratamento que nós devemos ter.
Joaninha: Nós quem?
Dodoca: Nós, moças solteiras. Devemos ser meninas, *mademoiselles*, doninhas, senhorazinhas, senhorinhas ou senhoritas? Qual é a sua opinião?
Joaninha: Eu lhe digo. Não gosto de menina. Houve lá em casa uma criada portuguesa que só me chamava "a menina" Joana, e esse tratamento me soava muito mal ao ouvido.
Dodoca: Naturalmente! Ora, a "menina" Joana!... Até parece que é outra pessoa, que não é você!
Joaninha: Todas as vezes que algum dos nossos elegantes me dirige um *mademoiselle*, acho-o supinamente ridículo.
Dodoca: Você está comigo!
Joaninha: E num dia em que certo jornal me chamou *demoiselle* fiquei deveras ofendida.
Dodoca: Naturalmente.
Joaninha: Quando me dizem "dona", sinto-me envelhecer.
Dodoca: Realmente, o "dona" só nos assenta depois que nos casamos, e por isso mesmo, deixe lá. Joaninha (*Com um suspiro.*), é o tratamento que, no fundo, mais nos agrada!
Joaninha: Antes de casadas, poderíamos ser "doninhas", diminutivo de "donas", mas se fôssemos "doninhas", os rapazes quereriam ser sapos.
Dodoca: Para nos fascinarem...
Joaninha: Assim pois, como "senhorinha" e "senhorazinha" são desgraciosos, o melhor é "senhorita". É delicado e sonoro.
Dodoca: Mas dizem que não é português...

Joaninha: Se não é, fica sendo. E não é português por quê?
Se "senhorita" não é português, também o não são "mosquito", "palito" e outros diminutivos em ito, como por exemplo...
Dodoca: Periquito...
Joaninha: Não, Dodoca, "periquito" não é diminutivo.
Dodoca: Perdão, Joaninha; você está enganada: "periquito" é diminutivo de "papagaio".

CINEMATÓGRAFOS

(Na sala do Baltazar, que entra da rua, e encontra sua mulher Dona Inês sozinha em casa.)
Baltazar: Oh! que silêncio nesta casa! Onde estão as meninas?
Dona Inês: Foram ao cinematógrafo Pathé.
Baltazar: E o Juca?
Dona Inês: Foi ao cinematógrafo Parisiense.
Baltazar: E o Cazuza?
Dona Inês: Foi ao Paraíso do Rio.
Baltazar: Também é cinematógrafo?
Dona Inês: Também.
Baltazar: E o Zeca?
Dona Inês: Foi ao cinematógrafo falante do Lírico.
Baltazar: E a criada?
Dona Inês: Foi ao Moulin Rouge; também há lá cinematógrafo.
Baltazar: E a copeira?
Dona Inês: Pediu licença para ir a um cinematógrafo que há na rua Larga de São Joaquim.
Baltazar: Que sensaboria estar sozinho em casa sem as pequenas, sem os rapazes!
Dona Inês: Pois vamos nós também ver o cinematógrafo do Passeio Público!
Baltazar: Eu? Não me faltava mais nada! Estou farto de cinematógrafos! Há quinze dias que não faço outra coisa senão ver cinematógrafos!

Dona Inês: Você gostava tanto!
Baltazar: Gostava e gosto; mas tudo tem um termo! Nós não íamos ao teatro porque o teatro era caro. O cinematógrafo é barato, mas os cinematógrafos são tantos, que afinal, se tornam caros... Sabe você quanto temos gasto em cinematógrafos?
Dona Inês (*Irônica.*): Uma fortuna!
Baltazar: Demais, o cinematógrafo é muito inconveniente para as pequenas...
Dona Inês: Não diga isso! Ainda não há cinematógrafo gênero livre!
Baltazar: Não é por causa das fitas, que são decentes e algumas até instrutivas, mas você bem sabe que a sala fica no escuro, e os pilantras aproveitam...
Dona Inês: Deveras?
Baltazar: Uma noite destas, num deles, uma rapariga soltou um grito porque um rapaz a beliscou em certo lugar!
Dona Inês: Um grande patife!
Baltazar: O melhor é não mandar as pequenas sozinhas, a menos que inventem um meio de não ficar a sala no escuro.
Dona Inês: Isso é impossível! Estou arrependida de ter mandado as meninas. Ah! elas aí vêm! (*Entram quatro senhoritas muito alegres, que beijam e abraçam os pais e começam, todas ao mesmo tempo, a contar o que viram no cinematógrafo.*)
Dona Inês: Marchem todas para o quarto e dispam-se!
As Senhoritas: Para quê?
Dona Inês: Por causa das pulgas. Há muitas pulgas no cinematógrafo! (*As senhoritas entram no quarto. A Baltazar.*) Você compreendeu? Mandei que se despissem, para eu verificar se há sinais de beliscões! (*Entra no quarto.*)

BIOGRAFIA DE ARTUR AZEVEDO

1855 – Nasce, no dia 7 de julho, em São Luís do Maranhão, Artur Nabantino Gonçalves de Azevedo, filho do cônsul português David Gonçalves de Azevedo e de D. Emília Amália Magalhães de Azevedo; irmão mais velho de Aluísio, Américo, Camila e Maria Emília.
1868 – Começa a trabalhar como caixeiro. Colabora, sob o pseudônimo de Elói, o herói, com os periódicos *Pacotilha* e *Semanário Maranhense*.
1870 – Escreve sua primeira peça, a comédia em um ato *Amor por anexins*.
1871 – Publica *Carapuças*, coletânea de versos satíricos.
1872 – Emprega-se na Secretaria do Governo. Lança a revista literária *O Domingo*.
1873 – É despedido da Secretaria e decide mudar-se para o Rio de Janeiro, onde chega em setembro. Começa a trabalhar como revisor e tradutor de folhetins no jornal *A Reforma*, de seu conterrâneo Joaquim Serra, dando início a uma profícua carreira na imprensa carioca. No decorrer da vida, irá colaborar com os periódicos: *Diário de Notícias, Diário do Rio de Janeiro, Gazeta da Tarde, Correio do Povo, O Século, Novidades, A Estação, O País, A Notícia, Kosmos*, entre outros.
1874 – Representa-se, na Bahia, sua primeira peça, *Amor por anexins*.

1875 – É nomeado adido e, logo depois, amanuense no Ministério da Agricultura, Viação e Obras Públicas. Casa-se com Carlota Morais.

1876 – Representa-se a paródia de opereta *A filha de Maria Angu*, pela empresa de Jacinto Heller, no teatro Fênix Dramática, no Rio de Janeiro; depois, *A casadinha de fresco*, pela mesma empresa. Morre seu filho recém-nascido.

1879 – Funda, com Lopes Cardoso, a *Revista dos Teatros*, que durou poucos números.

1880 – Funda o jornal *Gazetinha*, que circulou por dezesseis meses.

1881 – Escreve duas peças abolicionistas, *O liberato* e, em parceira com Urbano Duarte, *O escravocrata*.

1883 – Viaja para a Europa. Escreve sua primeira revista de ano de sucesso, *O mandarim*, em parceria com Moreira Sampaio.

1886 – Funda a revista *Vida Moderna*, com Luís Murat.

1889 – Publica o livro *Contos possíveis*.

1893 – Funda a revista *O Álbum*.

1894 – Começa a colaborar com a seção diária "Palestra", no jornal *O País* e com as crônicas teatrais semanais "O Teatro", no jornal *A Notícia*. Publica o livro *Contos fora de moda*. Casa-se com Carolina Adelaide Leconflé, que seria sua companheira até o fim da vida. Viúva, ela trouxe para o matrimônio quatro filhos, aos quais se uniriam mais quatro, que teve com Artur: Artur, Rodolfo, Américo e Aluísio.

1897 – Escreve a burleta *A Capital Federal*. Publica o livro *Contos efêmeros* e a tradução da peça *Escola de maridos*, de Molière.

1894 – Escreve a burleta *O mambembe*.

1908 – Morre no dia 22 de outubro.

BIBLIOGRAFIA

Do autor

A almanjarra. Rio de Janeiro: H. Lombaerts & C., 1888.

O badejo. Rio de Janeiro: Imprensa Americana; Fábio Reis & Comp., 1898.

O Bilontra: revista fluminense do ano de 1885. Rio de Janeiro: Tip. do Diário de Notícias, 1886.

A Capital Federal. Rio de Janeiro: Casa Mont'Alverne, 1897.

_____. Rio de Janeiro: Letras e Artes, 1965.

_____. Rio de Janeiro: MEC/SNT, 1972.

_____. Rio de Janeiro: Record, 2001.

_____. In: AGUIAR, Flávio (Org.). *Antologia da comédia de costumes*. São Paulo: Martins Fontes, 2003.

Carapuças, O Domingo, O Dia de Finados: sátiras I (introdução, estabelecimento de texto e notas de Antonio Martins de Araujo). Rio de Janeiro: Presença, 1989.

O Carioca: revista fluminense do ano de 1886. Rio de Janeiro: Diário de Notícias, 1887.

A casadinha de fresco. Rio de Janeiro: Tipografia Acadêmica, 1876.

Cocota: revista cômica de 1885. Rio de Janeiro: Tipografia Mont'Alverne, 1885.

Contos. Rio de Janeiro: Três, 1973.

Contos cariocas: livro póstumo (prefácio de Humberto de Campos). Rio de Janeiro: L. Ribeiro, 1928.

Contos de Artur Azevedo: os "efêmeros" e inéditos (introdução e seleção de Mauro Rosso). São Paulo: Loyola, 2009.

Contos efêmeros. Rio de Janeiro: Garnier, [19--].

Contos em verso. Rio de Janeiro; Paris: H. Garnier, 1909.

Contos fora da moda. Rio de Janeiro: Prado, 1955.

_____. Rio de Janeiro: Garnier, 1901.

Contos ligeiros (coligidos e prefaciados por Raimundo Magalhães Jr.). Rio de Janeiro: Bloch, 1974.

Contos possíveis. Rio de Janeiro: Garnier, 1908.

O dote. Rio de Janeiro: Livraria Luso-Brasileira; M. Piedade & C., 1907.

O escravocrata. Rio de Janeiro: Tipografia A. Guimarães & C., 1884.

A Fantasia: revista fluminense dos acontecimentos de 1895, em 1 prólogo, 2 atos e 13 quadros. Rio de Janeiro: Casa Mont'Alverne, 1896.

A filha de Maria Angu. Rio de Janeiro: H. Lombaerts, 1893.

A flor de lis. Rio de Janeiro: Domingos de Magalhães, 1882.

A fonte Castália. Rio de Janeiro: Livraria Cruz Coutinho de J. Ribeiro dos Santos, 1904.

Fritzmac: revista fluminense de 1888. Rio de Janeiro: Luiz Braga Júnior, 1889.

Gavroche: revista fluminense de 1898. Rio de Janeiro: Casa Mont'Alverne, 1899.

Histórias brejeiras (seleção, prefácio e notas de R. Magalhães Jr.). Rio de Janeiro: Tecnoprint, [19--].

_____. (prefácio de R. Magalhães Jr.). Rio de Janeiro: Cultrix, 1962.

Horas de humor. 2. ed. Rio de Janeiro: Typographia Academica, 1875.

O jagunço: revista fluminense dos acontecimentos de 1897. Rio de Janeiro: Imprensa Americana, 1898.

A joia. [S.l.]: Typographia da Escola de Serafim José Alves, 1879.

O Mambembe (introdução, notas e estabelecimento de texto de Larissa de Oliveira Neves). São Paulo: Martins Fontes, 2008.

O Mandarim: revista cômica de 1883. Rio de Janeiro: Augusto dos Santos, 1884.

A mascote na roça. Rio de Janeiro: Tipografia da Gazetinha, 1882.

Melhor teatro Artur Azevedo (seleção e prefácio de Bárbara Heliodora). São Paulo: Global, 2008.

Melhores contos Artur Azevedo (seleção de Antonio Martins de Araujo). São Paulo: Global, 2001.

Mercúrio: revista cômico-fantástica de 1886. Rio de Janeiro: Novidades, 1887.

O oráculo. Rio de Janeiro: Livraria Luso-Brasileira; M. Piedade & Comp., 1907.

Os noivos. Rio de Janeiro: Molarinho e Mont'Alverne, 1880.

A pele do lobo e outras peças (organização de Larissa de Oliveira Neves). São Paulo: Hedra, 2009.

Plebiscito e outros contos (seleção de Maura Sardinha). Rio de Janeiro: Ediouro, 1997.

Plebiscito e outros contos de humor (introdução e seleção de Flávio Moreira da Costa). Rio de Janeiro: Revan, 1993.

A princesa dos cajueiros. Rio de Janeiro: Tipografia da Escola de Serafim José Alves, 1880.

Rimas de Artur Azevedo (recolhidas dos jornais, revistas e outras publicações por Xavier). Rio de Janeiro: Typographia da Cia. Industrial Americana, 1909.

Sonetos e peças líricas. Rio de Janeiro: Garnier, [s.d.].

Teatro a vapor (organização, introdução e notas de Gerald M. Moser). Rio de Janeiro: Cultrix, 1977.

Teatro de Artur Azevedo (organização e introdução de Antonio Martins de Araujo). 6 v. Rio de Janeiro: Instituto Nacional de Artes Cênicas, 1983-1995.

_____. (organização e introdução de Antonio Martins de Araujo). 6 v. Rio de Janeiro: Funarte, 2002.

O Theatro: crônicas de Artur Azevedo (organização de Larissa de Oliveira Neves e Orna Messer Levin). Campinas: Editora da Unicamp, 2009.

O tribofe (estabelecimento de texto, notas e estudo linguístico de Rachel T. Valença). Rio de Janeiro: Nova Fronteira; Fundação Casa Rui Barbosa, 1986.

Uma véspera de reis. Rio de Janeiro: Livraria Cruz Coutinho de J. Ribeiro dos Santos, [s.d.].

Vida alheia: livro póstumo (prefácio de Chrysantheme). Rio de Janeiro: L. Ribeiro, 1929.

Vida alheia: contos e comédias (introdução de Fausto Rocha). Rio de Janeiro: Editorial Bruguera, [19--].

Traduções e adaptações

CHIVOT, Henrique; DURU, Alfredo. *Gillete de Narbonne*: ópera-cômica em três atos. Tradução livre de Artur Azevedo. Rio de Janeiro: Tipographia Hamburgueza deo Lobão, 1883.

GENNÉ, Richard, *Fatinitza*: ópera-cômica em três atos. Tradução livre de Artur Azevedo e Eduardo Garrido. Rio de Janeiro: Tipografia A. Guimarães & C., 1882.

HENNEQUIN, Alfredo; MILLAUD, Alberto. *Niniche*: comédia em três atos. Rio de Janeiro: Tipografia da Escola de Serafim José Alves, [s.d.].

LETERRIER, Eugenio; VANLOO, Alberto. *Falka*: ópera-burlesca em três atos. Tradução livre de Artur Azevedo. Rio de Janeiro: Tipografia da Escola de Serafim José Alves, [188-].

LEUVEN, Adolphe de; BRUNSWICK, Léon. *Le brasseur de Preston* (adaptação de Artur Azevedo intitulada "Herói à força: ópera cômica em três atos").

MEILHAC, Henrique; HALÉVY, Ludovico. *Os salteadores*: ópera burlesca em três atos. Tradução de Artur Azevedo. Rio de Janeiro: Tipografia de A. Guimarães, 1884.

MOLIÈRE, Jean-Baptiste. *Escola de maridos*. Tradução de Artur Azevedo. Rio de Janeiro: MEC, 1957.

NAJAC, Emilio de; HENNEQUIN, Alfredo. *Nho-nhô*: comédia em três atos (versão livre de Artur Azevedo). Rio de Janeiro: Lombaerts & Comp., 1879.

Sobre o autor

Livros

ARAUJO, Antonio Martins de. *Artur Azevedo*: a palavra e o riso. Rio de Janeiro: Perspectiva, 1988.

MAGALHÃES JÚNIOR, Raimundo. *Artur Azevedo e sua época*. 4. ed. São Paulo: Lisa, 1971.

MENCARELLI, Fernando Antônio. *A cena aberta*: a interpretação de "O bilontra" no teatro de revista de Artur Azevedo. Campinas: Editora da Unicamp, 1999.

MONTELLO, Josué. *Artur Azevedo e a arte do conto*. Rio de Janeiro: Livraria São José, 1956.

SEIDL, Roberto. *Ensaio biobibliográfico*. Rio de Janeiro: ABC, 1937.

SÜSSEKIND, Flora. *As revistas de ano e a invenção do Rio de Janeiro*. Rio de Janeiro: Nova Fronteira; Fundação Casa de Rui Barbosa, 1986.

Artigos, prefácios, introduções

AGUIAR, Flávio. A dor e o júbilo: Artur Azevedo e a formação da dramaturgia brasileira. *Sala Preta*, n. 3, ECA/USP, 2003.

ARAUJO, Antonio Martins de. Ao lado de Artur Azevedo. In: AZEVEDO, Artur. *Teatro de Artur Azevedo* (organização e introdução de Antonio Martins de Araujo). Rio de Janeiro: Instituto Nacional de Artes Cênicas, 1986. v. 3.

_____. Artur Azevedo: o cordão umbilical do maranhense. In: _____ (Org.). *Carapuças, O Domingo, O Dia de Finados: sátiras I*. Rio de Janeiro: INL/MinC, 1989. (Coleção Resgate, v. 18.)

_____. Artur Azevedo: homos politicus. In: AZEVEDO, Artur. *Teatro de Artur Azevedo* (organização e introdução de Antonio Martins de Araujo). Rio de Janeiro: Instituto Nacional de Artes Cênicas, 1995. v. 5.

_____. Como nasceu o teatro de Artur Azevedo na Funarte. In: AZEVEDO, Artur. *Teatro de Artur Azevedo* (organização e introdução de Antonio Martins de Araujo). Rio de Janeiro: Instituto Nacional de Artes Cênicas, 1995. v. 4.

_____. As mutações da comicidade. In: AZEVEDO, Artur. *Teatro de Artur Azevedo* (organização e introdução de Antonio Martins de Araujo). Rio de Janeiro: Instituto Nacional de Artes Cênicas, 1987. v. 4.

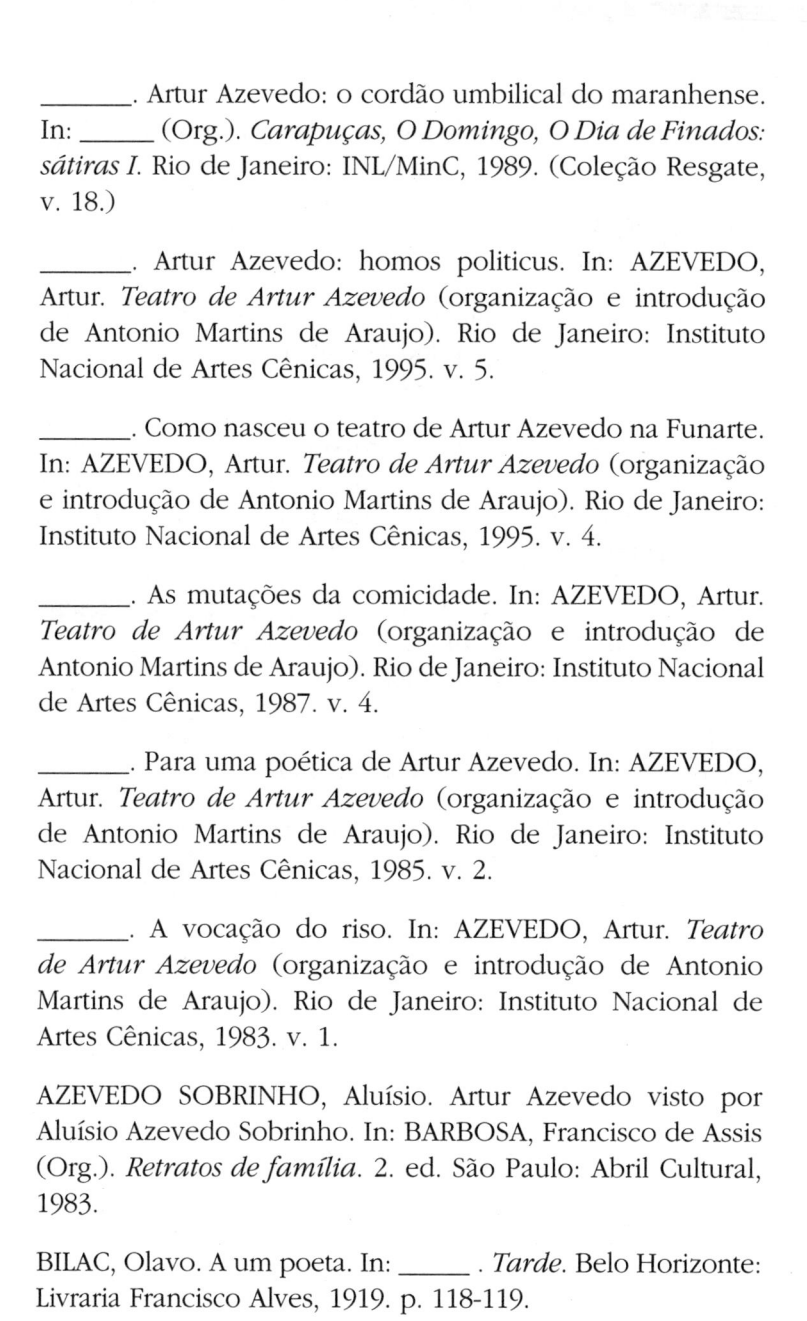

_____. Para uma poética de Artur Azevedo. In: AZEVEDO, Artur. *Teatro de Artur Azevedo* (organização e introdução de Antonio Martins de Araujo). Rio de Janeiro: Instituto Nacional de Artes Cênicas, 1985. v. 2.

_____. A vocação do riso. In: AZEVEDO, Artur. *Teatro de Artur Azevedo* (organização e introdução de Antonio Martins de Araujo). Rio de Janeiro: Instituto Nacional de Artes Cênicas, 1983. v. 1.

AZEVEDO SOBRINHO, Aluísio. Artur Azevedo visto por Aluísio Azevedo Sobrinho. In: BARBOSA, Francisco de Assis (Org.). *Retratos de família*. 2. ed. São Paulo: Abril Cultural, 1983.

BILAC, Olavo. A um poeta. In: _____. *Tarde*. Belo Horizonte: Livraria Francisco Alves, 1919. p. 118-119.

_____. *Artur Azevedo*. In: DIMAS, Antonio (Org.). *Vossa Insolência*: crônicas. São Paulo: Companhia das Letras, 1996. p. 105-111.

FARIA, João Roberto. Artur Azevedo e a revista de ano. In: _____. *O Teatro na estante*. Cotia: Ateliê Editorial, 1998.

FRAGOSO, Augusto. O álbum: o último jornal literário de Artur Azevedo. *Revista do Livro*, Rio de Janeiro, v. 12, p. 171-176, dez. 1958.

LEVIN, Orna Messer; NEVES, Larissa de Oliveira. Teatro, literatura e imprensa na virada do século: homenagem a Artur Azevedo. *Remate de Males*, Campinas, Unicamp/IEL, n. 28.1, jan.-jun., 2008.

MAGALDI, Sábato. Artur Azevedo, patrono do teatro brasileiro. *Anais da Academia Brasileira de Letras*, Rio de Janeiro, ano 98, v. 176, jul.-dez. 1998.

_____. Um grande animador. In: _____. *Panorama do teatro brasileiro*. São Paulo: Global, 1997.

MÉRIAN, Jean-Yves. Artur Azevedo, journaliste, témoin de son temps. *Études Portugaises et Brésiliennes (nouvelle série-1) XI*, Université de Haute Bretagne Centre D'Études Hispaniques, Hispano-Américaines et Luso-Brésiliennes, 1977.

MONTELLO, Josué. No centenário de Artur Azevedo. *Revista da Academia Brasileira de Letras*, Rio de Janeiro, ano 54, v. 89, jan.-jun. 1955.

_____. O teatro de Artur Azevedo (conferência proferida a 18 de dezembro de 1958, na Academia Brasileira de Letras). In: _____. *Caminho da fonte*: estudos de literatura. Rio de Janeiro: Ministério da Educação e da Cultura/INC, 1959.

NEVES, Larissa de Oliveira. Artur Azevedo: entre o público e a sociedade. *Sínteses*, Campinas, Unicamp, v. 12, 2007.

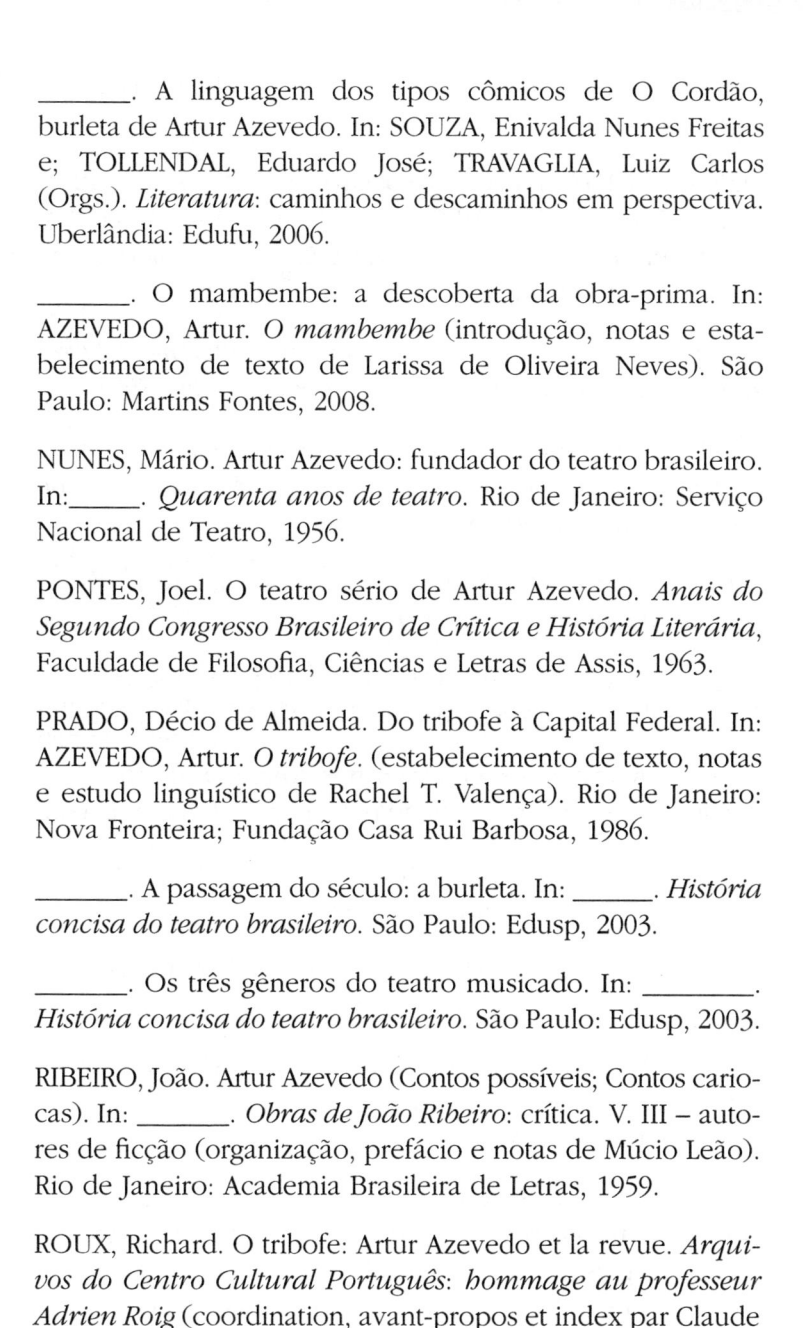

_____. A linguagem dos tipos cômicos de O Cordão, burleta de Artur Azevedo. In: SOUZA, Enivalda Nunes Freitas e; TOLLENDAL, Eduardo José; TRAVAGLIA, Luiz Carlos (Orgs.). *Literatura:* caminhos e descaminhos em perspectiva. Uberlândia: Edufu, 2006.

_____. O mambembe: a descoberta da obra-prima. In: AZEVEDO, Artur. *O mambembe* (introdução, notas e estabelecimento de texto de Larissa de Oliveira Neves). São Paulo: Martins Fontes, 2008.

NUNES, Mário. Artur Azevedo: fundador do teatro brasileiro. In:_____. *Quarenta anos de teatro.* Rio de Janeiro: Serviço Nacional de Teatro, 1956.

PONTES, Joel. O teatro sério de Artur Azevedo. *Anais do Segundo Congresso Brasileiro de Crítica e História Literária,* Faculdade de Filosofia, Ciências e Letras de Assis, 1963.

PRADO, Décio de Almeida. Do tribofe à Capital Federal. In: AZEVEDO, Artur. *O tribofe.* (estabelecimento de texto, notas e estudo linguístico de Rachel T. Valença). Rio de Janeiro: Nova Fronteira; Fundação Casa Rui Barbosa, 1986.

_____. A passagem do século: a burleta. In: _____. *História concisa do teatro brasileiro.* São Paulo: Edusp, 2003.

_____. Os três gêneros do teatro musicado. In: _____. *História concisa do teatro brasileiro.* São Paulo: Edusp, 2003.

RIBEIRO, João. Artur Azevedo (Contos possíveis; Contos cariocas). In: _____. *Obras de João Ribeiro:* crítica. V. III – autores de ficção (organização, prefácio e notas de Múcio Leão). Rio de Janeiro: Academia Brasileira de Letras, 1959.

ROUX, Richard. O tribofe: Artur Azevedo et la revue. *Arquivos do Centro Cultural Português: hommage au professeur Adrien Roig* (coordination, avant-propos et index par Claude

Maffre), Lisboa; Paris: Fundação Calouste Gulbenkian, v. 31, 1992.

SIMÕES JÚNIOR, A. Retratos e poemas d'*O Álbum* (1893-1895) de Artur Azevedo. In: CAIRO, Luiz Roberto Velloso; MOREIRA, Maria Eunice (Org.). *Questões de crítica e de historiografia literária*. Porto Alegre: Nova Prova, 2006. p. 9-26.

SOUZA, Cláudio de. Artur Azevedo. In: *Conferências literárias*. Rio de Janeiro: Academia Brasileira de Letras, 1956.

SÜSSEKIND, Flora. Crítica a vapor: a crônica teatral brasileira na virada de século. In: _____. *Papéis colados*. Rio de Janeiro: Editora UFRJ, 1993.

TIBAJI, Alberto. Artur Azevedo: cômico por natureza?. *Folhetim*, Rio de Janeiro, v. 3, 1999.

_____. Artur Azevedo: teatro e heterogeneidade cultural. *Trupe*: saberes e fazeres teatrais, Uberlândia, v. 2, 2004.

_____. A capital federal de Artur Azevedo: questões de análise dramatúrgica. *Urdimento*, Florianópolis, v. 5, 2003.

_____. Narrativa e teatro: Artur Azevedo através da história. *Folhetim*, Rio de Janeiro, v. 20, 2004.

_____. Heterogeneidade e cultura na obra de Artur Azevedo. *Urdimento*, Florianópolis, v. 5, 2003.

_____; MONTEIRO, Juan Pablo Salgado. A Capital Federal, de Artur Azevedo: reflexões sobre um clássico. *Vertentes*, São João del-Rei, 2004.

VALENÇA, Raquel Teixeira. Artur Azevedo e a língua falada no teatro. In: *O tribofe* (estabelecimento de texto, notas e estudo linguístico de Rachel T. Valença). Rio de Janeiro: Nova Fronteira; Fundação Casa Rui Barbosa, 1986.

_____. Nas entrelinhas de *O Teatro*. In: CANDIDO, Antonio (Org.). *A crônica*: o gênero, sua fixação e suas transformações no Brasil. Campinas: Editora da Unicamp; Rio de Janeiro: Fundação Casa de Rui Barbosa, 1992.

VICTORINO, Eduardo. *Artur Azevedo*. In: _____. *Actores e Actrizes*. Rio de Janeiro: A noite, 1937.

Teses

BRITO, Rubens José de Souza. *A linguagem teatral de Artur Azevedo*. Dissertação (Mestrado) – Escola de Comunicações e Artes da Universidade de São Paulo, São Paulo, 1989.

CAVALCANTI, José Dino Costa. *Aspectos cômicos em Artur Azevedo*: uma análise dos recursos de construção cômica em "A Capital Federal" e "O Mambembe". Tese (doutorado) – Faculdade de Ciências e Letras da Universidade Estadual Paulista "Júlio de Mesquita Filho", Araraquara, 2005.

DIAS, Paulo Sérgio. *Colcha de retalhos. Artur Azevedo, o teatro que divertia e formava*: revistas de ano e "O mambembe". Tese (Doutorado) – Faculdade de Filosofia, Letras e Ciências Humanas da Universidade de São Paulo, São Paulo, 2004.

LIMA, Simone Aparecida Alves. *Teatro a vapor de Artur Azevedo*: um olhar satírico sobre o Rio de Janeiro do início do século XX. Dissertação (Mestrado) – Faculdade de Ciências e Letras da Universidade Estadual Paulista "Júlio de Mesquita Filho", 2006.

LOSANO, Carmem Cristiane Borges. *Qual é a graça?*: uma visão crítica da crítica de teatro cômico brasileiro. Dissertação (Mestrado) – Universidade Federal de São João del Rei, São João Del Rei, 2005.

NEVES, Larissa. *"O Teatro"*: Artur Azevedo e as crônicas da Capital Federal (1894-1908). Dissertação (Mestrado) –

Instituto de Estudos da Linguagem da Universidade Estadual de Campinas, Campinas, 2002.

_____. *As comédias de Artur Azevedo*: em busca da história. Tese (Doutorado) – Instituto de Estudos da Linguagem da Universidade Estadual de Campinas, Campinas, 2006.

ROCHA JÚNIOR, Alberto Ferreira. *Teatro brasileiro de revista*: de Artur Azevedo a São João del Rei. Tese (Doutorado) – Escola de Comunicações e Artes da Universidade de São Paulo, São Paulo, 2002.

SILVA, Esequiel Gomes da. *De Palanque*: as crônicas de Artur Azevedo no *Diário de Notícias* (1885/1886). Dissertação (Mestrado) – Faculdade de Ciências e Letras da Universidade Estadual Paulista "Júlio de Mesquita Filho", Assis, 2010.

STOPA, Rafaela. *As crônicas de Artur Azevedo na revista literária "O Álbum" (1893-1895)*. Dissertação (Mestrado) – Faculdade de Ciências e Letras da Universidade Estadual Paulista "Júlio de Mesquita Filho", 2010.

TORRES, Walter Lima. *L'Influence de la France dans le Théâtre Brésilien au XIXe siècle*: l'exemple d'Artur Azevedo. Dissertação (Mestrado) – Universidade de Paris III – Sorbonne-Nouvelle, Paris, 1997.

Obras de Referência

ARAUJO, Antonio Martins de. Bibliografia. In: AZEVEDO, Artur. *Teatro de Artur Azevedo* (organização e introdução de Antonio Martins de Araujo). Rio de Janeiro: Funarte, 2002. v. 4.

_____. Bibliografia comentada de Artur Azevedo. In: AZEVEDO, Artur. *Teatro de Artur Azevedo* (organização e introdução de Antonio Martins de Araujo). Rio de Janeiro: Funarte, 2002. v. 5.

Orna Messer Levin é professora de literatura no Departamento de Teoria Literária da Unicamp. É autora de *As figurações do dândi: um estudo sobre a obra de João do Rio* (Editora da Unicamp, 1996) e organizadora de livros sobre os autores João do Rio: *Teatro de João do Rio* (Martins Fontes, 2002); Fagundes Varela: *Cantos e fantasias e outros cantos* (Martins Fontes, 2003); Aluísio Azevedo: *Ficção completa* (Nova Aguilar, 2005); Gil Vicente: *Auto da sibila Cassandra* (Cosac Naify, 2007); e João do Rio: *Antologia de contos* (Lazuli, 2010). Em parceria com Larissa de Oliveira Neves, *O Theatro: crônicas de Artur Azevedo (1894-1908)* (Editora da Unicamp, 2009).

Larissa de Oliveira Neves é professora de dramaturgia, teoria e história do teatro do Departamento de Artes Cênicas da Unicamp. É autora da tese de doutorado: *As comédias de Artur Azevedo, em busca da História* e organizadora dos livros, de autoria de Artur Azevedo, *O mambembe* (Martins Fontes, 2010); *A pele do lobo e outras peças* (Hedra, 2009) e *O Theatro: crônicas de Artur Azevedo (1894-1908)* (Editora da Unicamp, 2009).

ÍNDICE

Cenas fluminenses de todo dia 7

GAZETA DA TARDE

A propósito da rua do Ouvidor 18

O MEQUETREFE

Os suicídios 26

DIÁRIO DE NOTÍCIAS – "DE PALANQUE"

21 de outubro de 1885 30
26 de outubro de 1885 34
16 de novembro de 1885 37
12 de dezembro de 1885 41
15 de dezembro de 1885 45
28 de abril de 1886 50

27 de maio de 1886 53
7 de junho de 1886 56

VIDA MODERNA – "CRÔNICA FLUMINENSE"

21 de agosto de 1886 60
11 de setembro de 1886 64
18 de setembro de 1886 68
25 de setembro de 1886 72
9 de outubro de 1886 76
16 de outubro de 1886 80
23 de outubro de 1886 84
30 de outubro de 1886 88
13 de novembro de 1886 92
20 de novembro de 1886 96
27 de novembro de 1886 99
4 de dezembro de 1886 103
11 de dezembro de 1886 107
18 de dezembro de 1886 110
25 de dezembro de 1886 114
1 de janeiro de 1887 117
8 de janeiro de 1887 120
15 de janeiro de 1887 123
29 de janeiro de 1887 126
5 de fevereiro de 1887 130
14 de maio de 1887 133

A ESTAÇÃO – "CRONIQUETA"

15 de maio de 1888 138
31 de maio de 1888 142

CORREIO DO POVO – "FLOCOS"

26 de novembro de 1889 146
3 de dezembro de 1889 149
11 de dezembro de 1889 152
15 de dezembro de 1889 155
4 de janeiro de 1890 158
8 de janeiro de 1890 160
13 de janeiro de 1890 163
23 de janeiro de 1890 165
26 de janeiro de 1890 167
12 de fevereiro de 1890 170
27 de fevereiro de 1890 172
5 de março de 1890 174
12 de março de 1890 177
14 de março de 1890 179
23 de março de 1890 182

O ÁLBUM – "CRÔNICA FLUMINENSE"

N. 7, fevereiro de 1893 186
N. 8, fevereiro de 1893 190

N. 9, fevereiro de 1893 193
N. 10, março de 1893 196
N. 24, junho de 1893 199
N. 35, agosto de 1893 201
N. 36, setembro de 1893 204
N. 37, setembro de 1893 208
N. 38, setembro de 1893 211
N. 41, outubro de 1893 213
N. 42, outubro de 1893 215
N. 51, setembro de 1894 220

A NOTÍCIA – "O TEATRO"

6 de fevereiro de 1896 224
9 de abril de 1896 229
21 de maio de 1896 233
17 de dezembro de 1896 239
4 de março de 1897 243
17 de fevereiro de 1898 249
8 de junho de 1899 257
22 de janeiro de 1903 263
31 de outubro de 1903 268
9 de setembro de 1908 273

O PAÍS

10 de fevereiro de 1902 280

O PAÍS – "PALESTRA"

27 de janeiro de 1902 288
8 de fevereiro de 1907 292
16 de fevereiro de 1907 294
14 de março de 1907 296
5 de abril de 1907 298
11 de abril de 1907 300
16 de abril de 1907 302
7 de maio de 1907 304
28 de maio de 1907 306
31 de maio de 1907 308
2 de junho de 1907 310
13 de junho de 1907 312
19 de junho de 1907 313
28 de junho de 1907 315
29 de junho de 1907 317
2 de julho de 1907 319
6 de julho de 1907 321
10 de julho de 1907 323
3 de agosto de 1907 325
23 de agosto de 1907 327

CORREIO DA MANHÃ

Victor Meirelles 330

KOSMOS

Um artista mineiro 336
O Bumba meu boi 341

O SÉCULO – "TEATRO A VAPOR"

Teatro a Vapor 346

Biografia de Artur Azevedo 353

Bibliografia 355